내 앞으로

100m 이내

접근 금지

내 앞으로 100m 이내 접근 금지 1
임은희 N세대 연애 소설

초판 1쇄 찍은 날 § 2004년 4월 10일
초판 1쇄 펴낸 날 § 2004년 4월 20일

지은이 § 임은희
펴낸이 § 서경석

편집장 § 문혜영
편집책임 § 이종민 · 신혜미
마케팅 § 정필 · 강양원 · 이선구 · 김규진 · 홍현경

펴낸곳 § 도서출판 청어람
등록번호 § 제1081-1-89호
등록일자 § 1999. 5. 31
어람번호 § 제4-0038호

주소 § 경기도 부천시 원미구 심곡1동 350-1 남성B/D 3F (우) 420-011
전화 § 032-656-4452 팩스 § 032-656-4453
http://www.chungeoram.com
E-mail § eoram99@chollian.net

© 임은희, 2004

ISBN 89-5831-058-8 (SET)
ISBN 89-5831-059-6 04810

내 앞으로
100m 이내
접근금지
임은희 N세대 연애 소설
1
도서출판
청어람

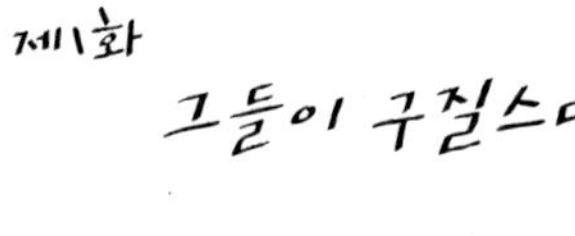

제1화
그들이 구질스다

그들이 구질스다

#1

5월의 싱그러움을 자랑하는 듯 푸른 나무들이 숲을 이뤄 효성고의 운동장은 장관을 이루고 있었다. 커다란 운동장 왼쪽의 수돗가가 있는 곳으로 가다 보면 큰 버드나무와 앉아서 쉴 수 있는 하얀색 벤츠가 있었는데 그곳은 효성고에서 새로운 역사가 하루에 한 번씩은 열리는 고백의 장터이기도 했다. 하지만 그곳은 2년 전부터 한 사람이 전세 내다시피 온통 그에게 고백하기 위해 세워져 있는 것마냥 버드나무의 고백 장터는 바빠지기 시작했다. 1, 2학년 후배들부터 시작하여 3학년 같은 또래들, 주변 학교들은 물론이거니와 졸업한 선배들, 심지어는 대학생 누나들까지 그의 인기는 마치 거대한 알프스 산맥 같았다. 주변 소녀들은 그를 한 번 더 보기 위해 부단히도 노력했고, 그의 시선을 단 한 번이라도 받기 위해 블랙군단, 그의 제1대 친위대 '튼생튼사'의 눈을 피해 끝없는 노력을 해야 했다.

때는 5월 15일 스승의 날. 오늘은 선생님들을 위한 특별한 날 중의 하나였지만 효성고의 제1대 친위대 '튼생튼사'들은 일찍 끝나는 오늘만큼은 밖으로 나가는 그를 따라다니기 위해 온갖 치장에 시간을 투자해야 했다. 단 '튼생튼사'의 회장을 제외하고 말이다. 하지만 3층의 오른쪽 그늘진 계단 끝에는 은밀한 거래가 이루어지고 있다는 것을 그들은 전혀 모르고 있었다. 회장까지도 말이다.

"물건은 확실한 거지?"

"당연하지! 너 지금 우리를 물로 보냐?"

"미안해. 너도 잘 알잖아. 튼생튼사들이 워낙 고단수여야 말이지. 말이 튼생튼사지, 완전히 블랙군단이잖아? 회장 그 인간 때문에 내가 아주 치를 떤다니까."

"걱정 마. 앞으로 우리 구질스가 튼생튼사 따위는 완전히 따돌려 줄게."

"고마워. 물건은?"

키가 아주 크고 살짝 긴 머리의 남학생이 갑자기 주변을 훑어보고는 아무도 없음에 안도의 숨을 내쉰다. 그리곤 재빨리 옆에 자리 잡고 있는 뚱뚱한 여학생에게 곁눈질로 얼른 꺼내달라는 신호를 보냈다. 그러자 뚱뚱한 여학생은 길이 28㎝에 폭 30㎝ 정도 하는 검정 007가방에서 무언가를 꺼내 키가 크고 까무잡잡한 남학생에게로 건네줬다.

"자, 여기 있어."

남학생에게서 자신이 원하는 물건을 건네받은 여자 아이는 그것을 보자마자 뛸 듯이 기뻐하며 매우 만족하고 있었다. 물건인즉 어떤 남자가 자고 있는 사진 한 장이었다.

"어떡해! 너무 잘 나왔어. 최고야! 잠자는 모습이 어쩜 이리도 귀여운 거야? 으, 깨물어주고 싶어!"

"시간없어. 얼른 돈을 지불해."

"얼마면 돼?"

"만 원이야."

"만 원씩이나 해?"

"알잖아, 그 사진은 너 한 사람에게만 유일하게 있는 최고급 특제품이라는 것. 우리 구질스는 절대로 한 장 의외는 더 이상 제작하지 않아. 비싸서 마음에 들지 않는다면 어쩔 수 없지. 옆 학교 free파 리더에게 넘기면 되거든."

"아니야! 사, 살게! 자, 여기 있어."

옆 학교라면 여학교 중에서 최고의 여성만을 양성한다는 최고의 여자 고등학교였다. 자존심상 넘길 수 없는 사진이었다. 구질스의 말에 의하면 이 사진은 현재 자신밖에 가지지 않았다고 했다. 그렇다면 충분히 만 원의 가치가 있는 사진이었다.

"야! 그런데 너희는 어떻게 친구라면서 사진을 팔 수가 있는 거야? 그리고 화이 너는 사촌이잖아. 믿을 수 없다니까."

사진을 보고 있던 여자 아이는 뚱뚱한 여자 아이를 보며 의외라는 듯 고개를 갸우뚱거렸다.

"거 참 말 많아! 사촌이든 친동생이든 뭐든 무슨 상관이야? 어차피 선배도 사진사잖아. 얼른 가셔."

"피이, 알았어. 참, 지우현~ 사진 실력이 점점 늘고 있네? 고마워!"

사진을 사고 간 여학생의 모습이 사라지자 키가 큰 남학생은 기분이 좋은 듯 만 원짜리 지폐 한 장을 보며 연신 웃음을 참지 못했다. 그러자 여학생이 화이라고 말했던 뚱뚱한 아이도 한몫 거들어 서로 박수를 치며 좋아했다.

"강산 오빠, 우리 아무래도 길로 나서야 할까 봐. 진짜 장난 아니다."

"화이야, 이번 건은 너의 공이 무척 컸다. 수고했어. 하하."

"쿡, 아니지. 우현 오빠의 프로급 사진 실력 아니었으면 꿈에도 못 찍었을 영광의 사진이야."

서로 칭찬을 아끼지 않는 두 사람을 안중에도 없는 듯 무시한 채 휴대폰으로 연신 테트리스 게임을 하던 우현은 이번 판은 졌는지 무척이나 속상한 듯 아쉬워했다.

"후, 격화소양(隔靴搔癢)이군."

게임에 진 우현의 고사성어를 들은 강산과 화이는 한 대 치고 싶은 욕망을 참아내느라 애를 썼다. 하지만 언제나 그렇듯이 우현은 아무렇지도 않았다. 때마침 점심 시간이 끝나는 5분 전 종이 쳤고, 강산과 우현, 그리고 화이는 방과 후의 만남을 위해 아쉬운 작별을 하며 교실로 돌아갔다.

그렇다. 저들 세 명이 바로 '구질스'라는 초특급 멤버이다. 그렇다고 해서 멤버의 수가 많은 것도 아니다. 딱 저 세 명뿐이다. '구질스'는 '튼생튼사'와는 다르게 사촌 동생인 화이와 튼튼과 어렸을 적부터 각별한 사이인 강산과 우현. 그와 가까운 동족들이 뭉쳐 있는 그룹이었으므로 그를 추종하는 자들은 '구질스'를 얕보지 않았다.

'구질스'의 자칭 리더 강산은 작은 수첩을 항상 소지하고 다녔는데 그 수첩 속에는 언제나 한가득 여자 아이들의 신상명세가 담겨져 있었다. 자칭 리더이자 매니저인 강산은 언제나 그를 좋아하는 여자 아이들의 사랑을 전해주는 메신저이기도 했다. 순 거짓말쟁이 메신저 말이다. 평범한 삶보다는 비정상적인 삶을 추구하는 이 시대를 대표하는 사이코라 할 수 있었다. 그렇게 어이없을 만큼의 황당한 행동도 많이 했다. 이번 구질스 개최 건과 사진 판매 건 또한 강산의 머리에서 나온 아이디어였다.

그리고 그의 동생 강.화.이. 옆으로 튀어나온 특급뱃살과 학생과 주임 선생님을 피해 몰래 하고 다니는 최신형 웨이브 머리. 그녀의 구질스 합류에 모두들 의외라고 하지만 화이의 동기는 그저 한번 튀어보려고였다. 몸매 때문에 열일곱 살이 되도록 한 번도 남자 친구를 만들어보지 못한 화이가 그저 오빠 덕분에 한번 튀어보려고 강산의 제의에 단 한 번의 거절 없이 승낙한 것이다. 그리고 화이의 의도대로 구질스에 합류하자마자 불꽃 튀듯 그녀의 인생은 반짝 튀기 시작했다.

그리고 마지막! 강산이 이 시대를 대표하는 사이코라면, 지우현은 이 시대를 대표하고 자랑하는 최고의 진지한 학생이었다. 날마다 탁월하게 선택하여 말하는 그의 고사성어 대행진은 그 누구도 말릴 수가 없었다. 사진사가 될 거라는 우현을 시험 삼아 열심히 노력해 보라는 강산의 권유에 구질스에 우현 또한 아무런 거리낌 없이 순순히 동의한 것이었다. 결국 우현과 화이는 강산의 던져놓은 완벽한 미끼에 미꾸라지 빠지듯 순조롭게 들어오게 된 것이었다.

강산과 우현은 3학년 5반 교실로 들어갔다. 창문 쪽 1분단 끝에 점심 시간 내내 곤히 잠들어 있는 그들의 친구가 보인다. 최고의 인기를 몇 년째 연속 홈런을 기록하고 있는 이 시대를 대표하는 최고의 카사노바. 그의 이름은 강튼튼이다, 강튼튼. 흠. 가끔은 강산의 이유없는 놀림에 '튼튼우유' 라는 죽어도 듣기 싫어하는 말을 들을 때도 있지만 튼튼은 그럴 때면 항상 강산을 성과 함께 불러준다. 백강산! 금강산도 아닌 것이 그렇다고 해서 백두산도 아닌 희한한 이름 백강산! 강산이 성과 함께 불려지는 것을 매우 싫어하는 데에는 이유가 있었다. 마지막으로 사귀었던 여자 친구와 헤어진 게 이름이 웃기다는 이유에서였기 때문이다. 강산의 이름만 생각하면 웃기고 애들한테 말해 주기도 창피하다는 말 같지도 않은 이유 때문에 강산은 상처를 받고 그 후로 성과 함께 불리우는 이름을 가장 듣기 싫어했다.

“아직도 자나 봐. 어제 뭐 했길래 저렇게 잠만 자지?”

“보나마나 어제 또 작업 때문에 잠 못 잤을 거야.”

“화상 채팅?”

“그렇지 뭐.”

“훗~ 역시. 고금무쌍(古今無雙)이라니까.”

“아! 지우현 너 정말!!”

“정말 뭐?”

“재수없어! 안 놀아. 흥!”

큰 키에 아주 안 어울리는, 주로 귀엽고 깜찍한 아이들이 하면 아주 어울릴 만한 재수없어 톤을 해주고는 자기 자리로 돌아갔다. 우현은 강산의 행동에 조금은 멋쩍었는지 어색하게 한번 웃고는 자고 있는 튼튼의 옆 자리로 가서 앉았다.

튼튼은 수업이 시작했지만 언제나 그렇듯 단 한 번도 고개를 들지 않고 잠을 자는 것에 충실히 임했다.

드디어 5교시가 끝나자 담임 선생님이 종례를 하기 위해 들어왔고 7교시까지 하는 오늘은 스승의 날이어서 단축수업에 5교시까지 하여 모두 1시 50분에 끝났다. 수업이 끝나자 강산과 우현은 튼튼을 깨우는 것에 열심히 몰두했다.

"인나!"

"튼! 튼! 가자. 일어나."

"야! 튼튼우유! 인나!!"

튼튼이 일어나지 않자 강산은 옆에서 알짱거리며 옆구리를 콕콕 쑤셔댔다. 모자라는 잠을 자고 있다가 강산이 옆에서 자꾸만 귀찮게 하자 온갖 짜증이 한꺼번에 밀려오는 튼튼이었다.

"아, 쌍."

"튼튼아, 여기 학교야."

"후~"

밀려오는 짜증을 한꺼번에 표출하려던 튼튼은 학교라는 강산의 말에 눈이 확 떠졌고, 그제야 정신을 차렸다. 욕이 목구멍까지 차올라와 금방이라도 터져 버릴 것 같았지만 애써 억누르며 선한 웃음을 보여줬다.

"이야, 역시 내 친구의 미소는 눈부시다니까~"

마음 같아서는 졸음으로 인해 강산을 한 대 치고 싶었으나 학교이기에 그 마음을 다시 한 번 애써 누르는 튼튼이다.

"벌써 끝났어?"

"응, 나가자."

우현과 튼튼, 그리고 강산이 교실에서 나오자 벌써부터 많은 여자학생들이 교실 뒷문에서 튼튼을 기다리고 있었다. 제마다 무언가를 하나씩 들고 있었다. 여기서 하나 짚고 가자면 튼튼은 분명 짜증이 차 오를 대로 차 있는 상태였다. 보통 이들 같으면 짜증이 나 있는 상태에서는 제 아무리 좋은 떡이 있다 하여도 인상이나 말투가 달라지기 마련이다. 하지만 이 대단하고도 완벽한 인물! 강튼튼은 어떠할 것인가? 짜증을 지켜낼 것인가, 아니면 대단한 짜증을 매몰차게 던져 버릴 것인가! 지켜보시라. 개봉박두!

#2

드르륵.

3학년 5반의 뒷문이 열렸다. 뒷문이 열리자 진을 치고 기다리던 여학생들의 수많은 눈동자들이 한곳으로 집중되었다.

"안녕~"

튼튼의 인사에 아주 당연하다는 듯이 고개를 끄덕이는 강산과 우현. 그렇다! 이것이 바로 강튼튼 인생의 절대적 가치! 절대적 철학방식! 바로 이미지 관리였던 것이다. 그의 목소리는 마치 카푸치노 위에 얹은 거품을 낸 우유를 마시는 기분이었다. 그렇다. 튼튼의 목소리는 일품이었다. '안녕'이라는 한마디에 교실 뒷문에서 진을 치고 있었던 여자 아이들의 마음은 완연한 봄이었다. 그 한마디와 이어지는 살인적인 미소. 차라리 보지 않았더라면, 차라리 눈을 가렸다면 좋았을 것을…… 그녀들은 보고 말았으며, 그리고 빠져 버리고 말았던 것이다. 그를 아는 사람들은 모두 희귀병인 '미소즈'에 걸려 있는 상태였다. 한 번 빠지면 절대로 헤어 나올 수 없고 또한 고칠 약도 없다 해서 생겨난 튼튼을 가리키는 희귀병. 이 병 또한 강산이 지어낸 말이었다. 자기 말로는 에이즈와 비슷하다고 생각하여 '미소' 자에 에이즈의 '즈' 자만 갖다 붙여 낸 병 이름. 일명 '미소즈'. 하지만 강산은 가끔 튼튼을 약 올리고 싶은 날에는 '개미소'라고도 한다.

"튼튼 선배님, 이거요!! 이거 받아주세요!!"

"이것두요! 제발 가져가 주세요!!"

여러 명의 1학년 아이들이 달려와 튼튼에게 쇼핑백을 내밀었다. 그러자 튼튼은 또다시 미소를 보이며 상큼하게 웃어주었다.

"나 주는 거야?"

도대체 이게 무슨 짓이란 말인가? 사실 가슴속으로는 뻔히 알고 있으면서 순진한 척 모르는 듯, 부끄러운 듯 얼굴은 발그래해지면서 살며시 물어보는 튼튼의 걷잡을 수 없는 모습이란 너무나도 천연덕스럽기 그지없었다.

"그럼 여기 오빠 말고 누굴 주겠어요?"

"고마워, 잘 간직할게."

“별말씀을요. 선배님, 저 오늘 튼생튼사에 가입했어요!”

“저두요!!”

“그래? 오~ 이제 우리 한식구구나? 부족하지만 잘 부탁해.”

“부, 부탁이라뇨. 제가 더 부탁드리죠.”

튼튼은 다시 한 번 그들을 향해 웃어주고는 복도에서 유유히 사라졌다. 그가 휩쓸고 간 3학년 5반 복도는 마치 거대한 회오리바람이 불어닥친 듯 거의 폐허 수준이었다. 여학생들은 자신의 머리를 쥐어뜯으며 제마다 한소리씩을 했다.

“어떻게 여자인 우리보다 웃는 게 더 예쁠 수가 있는 거야?”

“그러게! 웃는 거 봤어? 정말 짱이지?”

“이 학교에 들어오길 정말 잘했어! 내 일생에서 가장 죽여주는 선택이 바로 효성고였어.”

“나두, 나두!!”

하지만 그녀들이 아는 게 진실로 전부라 생각하는가. 선물을 받아 들고 운동장을 지나 교문을 벗어난 후 그의 행동들을 말이다. 학교에서 멀리 떨어지자 바로 시작된 튼튼의 행동.

튼튼은 쇼핑백에 들어 있는 물건들을 일일이 확인했다. 쇼핑백에는 정성스럽게 쓴 일기장과 수많은 편지들, 그리고 라이터, 인형 무수히 많은 선물들이 있었다. 하지만 튼튼이 집은 것은 은색 라이터 하나였다. 튼튼은 갑자기 일어나 사방을 둘러보기 시작했다. 그리고 자신이 찾고 있었던 것을 찾자 땅바닥에 있던 선물들을 다시 챙기고는 그쪽으로 걸어갔다.

툭!

쓰레기통에 일기장이며, 편지, 인형 등을 모두 버렸다.

"오늘 어디 가야 하는데 이렇게 큰 거 주면 가지고 다니기 귀찮잖아. 미안, 미안~"

바로 이 모습이, 들고 다니기 귀찮다 하여 바로 버려 버리는 이 모습이 진정한 튼튼의 모습이란 말인가? 조금 전만 하여도, 민망할 정도로 눈부시게 웃던 그가 말이다. 하지만 그에게 빠져 있는 여자들이 이런 본모습 따위를 알 턱이 없었다. 튼튼과 친밀한 사람들 몇을 빼고는 그의 정체에 대해서 아무도 몰랐다. 그리고 알아도 말해 주지 않았다. 그것이 그들의 불멸의 약속이요, 생활이었다.

"난 세상에서 나 좋다고 따라다니는 여자애들이 제~일 싫어! 너~무 싫어!"

생글거리며 고개를 도리도리 흔드는 강튼튼. 너무나도 사랑스러운 모습이었지만 그래도 '제일 싫어, 너무 싫어'라는 말이 충격적이긴 했다. 그렇다면 왜 그녀들 앞에서는 부드러운 카푸치노 같은 모습을 보여주며 친절히 대해주나 하면 앞에서 말했듯이 그것이 불멸의 약속이요, 생활이기 때문이다. 튼튼은 초등학교 6학년 때 이미 여자들을 간파했고 세상의 모든 여자들은 포기한 상태였기 때문에 자신의 행동이 얼마나 깊은 농락을 하는 것이며 그녀들에게 상처를 주는 일인지 알지 못했다. 진정 가슴으로 느끼는 사랑을 그는 아주 어린 시절에 끝을 맺었고 다시는 하지 않겠노라고 다짐했기에 그런 농락과 상처 주는 일에 무감각해진 것이 어쩌면 당연한 일인지도 몰랐다.

튼튼은 두 손을 하늘 높이 쳐 올리며 외쳤다.

"나는 자유인이다!!"

자유인을 외치며 방방 뛰는 튼튼을 본 강산과 우현은 재빨리 감싸 안았다. 가끔씩 황당하게 만드는 튼튼의 이런 행동들은 언제나 톡톡 튀게 만들었다. 튼튼은 구속받기를 싫어했다. 언제나 자유롭기를 원했고, 또 언젠가는 자유롭게 날아갈 것이라고 말하고 있었다. 그 언젠가가 언제가 될지는 모르지만 튼튼은 굳게 믿고 있었다. 자유롭게 날아가는 새들과 같이 자신 또한 그들처럼 훨훨 날아갈 것이라고, 그리고 절대로 돌아오지 않겠다고.

근처 공원을 찾은 그들은 벤치에 앉아 지나가는 사람들을 구경하기 시작했다. 세 명 모두 한 손을 턱에 괸 채로 자신들만 알아들을 수 있는 목소리로 소곤거렸다. 지나가는 사람들은 그들이 웃고만 있었으므로 괜스레 어색하거나 쑥스러워서 지나가다 말고 어설프게 같이 미소를 짓고 가기도 했다.

"에이, 바보. 우리가 욕하는지도 모르고 같이 웃네. 히히."

"그러게~"

"역시 구경놀이가 가장 재미있어."

고등학생 여자 아이가 웃으며 지나가자 튼튼이 강산에게 한 말이었다. 여학생은 가다 말고 다시금 살짝 뒤돌아보았다. 튼튼을 보기 위함이었다. 튼튼은 그런 여학생에게 서비스로 또 한 번의 미소를 날린다.

"저 애 되게 골 비어 보인다. 그치?"

"그러게. 엄청 비어 보인다. 치마도 너무 짧고. 쯧쯧."

튼튼은 강산의 말에 동감한다는 듯 고개를 끄덕인다. 요즘은 어떻게 된 것이 여중생이나 여고생의 치마 길이가 대단히도 짧았다. 보는 이가 민망할 정도로 초미니스커트로 입고 다니는 여학생들이 전체 중 반가량을 차지하고 있었다. 굳게 입을 다물고 있던 우현이 답답한 듯 입을 열었다.

"학생은 학생다울 때가 가장 아름다운 것인데 저 아이들은 어찌하여 그 아름다움에 대하여 저렇게도 짓밟고 있는 것일까?"

"그러게 말이지. 우리 봐, 얼마나 학생다워? 안 그래? 이 알맞게 통 줄인 멋진 교복 바지 하며 가끔씩 공부를 열심히 하기 위하여 피워주는 담배 하며 공부의 지침을 잠시 풀기 위하여 마시는 소주 하며. 아무리 생각해 봐도 우린 정말 너무 완벽해."

"강산이 말이 맞다. 우린 정말 너무 완벽하구나."

"아참, 튼튼아, 요즘 장미는 어때? 조용한 것 같기도 하고."

"뭐? 조용? 말도 마라. 어제는 밤새도록 문자질이었어. 변장미를 누가 말리냐? 내가 어머니랑 그 변씨 가족이랑 아는 사이만 아

니었음 절대 받아주지 않았겠지만 내가 정말 특별히 어쩔 수 없
이!"

　튼튼은 질려 죽겠다는 듯 고개를 절레절레 저었다. 변장미라 한
다면 천하의 백강산도 두 손 들어버린 아이였다. 최초로 튼생튼사
라는, 튼튼으로 살고 튼튼으로 죽는다는 팬클럽을 만들어놓은 장
본인이었다. 그렇다, 그녀가 바로 모두가 고개를 절레절레 젓는
악독한 악마였다. 말이야 튼생튼사 회장이었지, 사실은 어떡해서
든 튼튼을 여자들로 하여금 떨어뜨려 놓기 위해 모든 악한 짓을
마다 않는 작은 악마였다. 그래서 튼생튼사를 가끔은 블랙군단이
라고 부르기도 하는 것이었다. 카사노바인 튼튼을 묶어두려는 그
녀의 정책이 바로 튼생튼사 자칭 팬클럽이었다. 하지만 변 회장의
최대의 적! 튼튼의 카사노바인 모습을 사랑하는 인물 백강산! 강
산은 묶여 있는 상태의 튼튼을 자유롭게 훨훨 날게 해주었다. 그
것이 '구질스' 였다. 구질구질한 모임이라 해서 구질스. 돈이 아닌
다른 대가로 만족을 시켜주면 튼튼과 하루 데이트를 할 수 있도록
자리를 마련해 주는 일을 하고 있었던 것이다.

#3

　이 넓고 넓은 세상에는 보통 이들이 더 많겠지만 그중에는 가끔
씩 이상한 행동을 아무렇지도 않게 하는 사람들도 있기 마련이다.
보통 이들은 그런 사람들을 사이코라 부르기도 한다. 강산, 튼튼,

우현은 평범한 삶과는 거리가 먼 비평범함을 더욱더 추구하고 있는지도 몰랐다.

햇빛이 쨍쨍한 오전. 튼튼은 조용히 집에서 나와 언제나 발길이 닿는 그곳, 먹거리 장터에서도 가장 유명한 식당 '왕엄마네'로 향했다. 그곳은 튼튼의 삶 속에서 가장 평화로운 곳이었다. 식당 안은 점심 때라 매우 분주했다. 안으로 들어서자 종업원들과 아르바이트를 하는 사람들이 아는 척을 해왔지만 튼튼의 눈동자는 누군가를 찾느라 바쁘기 그지없었다.

"어휴, 튼튼 학생은 또 왕엄마 찾아? 이럴 때 보면 꼭 3살짜리 꼬마 같다니까~"

"왕엄마 어디 있어요?"

"잠깐 이 앞에 약국 가셨어. 소화가 안 된다고 하시네."

"왕엄마 아파요?"

"아침 드신 게… 하하, 말이 끝나기도 전에 먼저 가버리면 어쩌나. 에휴~ 어쩜 저리도 좋을까? 아주 죽고 못산다니까. 후~"

카운터를 보고 있는 지연은 튼튼의 뒷모습을 보며 흐뭇해했다. 이곳 먹자골목에서 튼튼의 이야기는 이미 떠들썩하게 소문나 있었다. 요즘 10대들의 최대문제가 제멋대로에 예의까지 없어서 걱정인데 부모님도 아닌 작은어머니께 자식 이상으로 효도하는 튼튼이 매우 기특했던 것이다. 그래서 모두들 그런 튼튼을 좋아했다.

튼튼은 사거리에 있는 효심 약국으로 뛰기 시작했다. 왕엄마가 아프다는 말을 들으니 어쩔 줄 모르겠다. 이제껏 뚝심 하나로 버텨왔다고 해도 과언이 아닐 왕엄마가 아프다니 튼튼의 큰 두 눈에 눈물이 그렁그렁 맺히기 시작했다.

'왕엄마…… 왕엄마.'

빨간 불임에도 불구하고 튼튼은 왕엄마의 모습이 약국 안에서 보이자 무작정 횡단을 하기 시작했다. 그런 튼튼의 모습을 발견한 왕엄마는 약을 먹다 말고 밖으로 뛰쳐나왔다.

"아이고, 이놈아! 이놈이 미쳤나!! 여기가 어디라고 무단횡단이여!!"

큰 덩치에 어울리는 우렁찬 목소리로 거리를 떠들썩하게 만드는 왕 영자 여사였다. 튼튼은 숨이 찼는지 헐떡거리며 걱정스러운 눈으로 왕엄마를 바라봤다.

"왕엄마, 어디 아파? 어디가 아프길래 약까지 먹어? 응?"

"누가 아프다냐? 그냥 속이 좀 안 좋아서 그랬지."

"왜? 아침에 뭐 먹었어?"

"아녀, 아무것도."

"지금은? 지금도 많이 아파? 왕엄마, 우리 그냥 병원 가자! 빨리!"

"아이고, 이놈아, 오버 좀 하지 마. 이제 다 낫어."

왕엄마는 튼튼의 눈가에 맺힌 눈물을 보았다. 이렇게 자신 일이라면 앞뒤 안 가리는 튼튼을 볼 때면 사실 티는 내지 않지만 눈물이 날 만큼 고맙고 기분이 좋았다. 미소가 예쁜 튼튼을 보고 있노라면 살고 있는 이 땅, 그리고 시간이 그렇게 아깝지만은 않았다. 왕엄마는 튼튼의 눈물을 자신의 옷자락으로 훔쳐 주며 웃었다.

"이놈아, 남들이 알면 어디 초상난 줄 알아! 사내자식이 걸핏하면 눈물이야, 눈물은."

"왕엄마, 얼마나 놀랐다고, 내가."

"나는 왕엄마여. 그러니까 나는 안 아파. 걱정 마. 알았냐?"

"그런 게 어디 있어!"

"아침은 먹고 온 거여?"

"응."

왕엄마는 다시 약국으로 들어가 약값을 계산하고 나왔다. 튼튼은 재빨리 왕엄마의 손을 잡고는 씨익 웃었다. 그런 튼튼을 보니 왕엄마도 웃음이 절로 나왔다. 누가 뭐라고 해도 그들은 사이좋은 모자의 모습이었다.

"왕엄마, 화이는?"

"모르겠다. 아침부터 구질스니 뭐니 활동하러 가야 한다고 나갔어. 구질스가 뭐야?"

"구질스? 아, 그거? 쿡쿡. 강산이 녀석이 또 이상한 거 하나 만들었어."

"또 강산이냐? 하여튼 그 녀석은 하는 일이 다 엉뚱해."

“하루 이틀인가 뭐. 정확히 뭔 일을 하는지는 모르는데 아주 열심이야.”

“그래? 화이도 덩달아 신이 난 것 같던데 이번에는 말썽 피우지 말고 잘하라고 해.”

“알았어. 왕엄마, 나 밥 줘!”

“또 먹게?”

“왕엄마가 주는 건 아무리 배불러도 계속 먹을 수 있어!”

왕엄마는 튼튼을 물끄러미 쳐다보았다. 궁금하고, 또 궁금하여 급히라도 물어보고 싶었지만 차마 입 밖으로 꺼내지 못하고 머뭇거려야 했다. 튼튼은 그런 왕엄마의 마음을 너무나도 잘 알고 있었다.

“어제 아버지 오셨어. 해외지사 사람들 만나고 오신 거래. 몸이 안 좋으셔서 걱정됐는데 어제 보니까 괜찮으시더라고. 역시 아버지셔.”

“그랬구나. 사모님은 잘 계시지?”

“응. 아버지랑 오늘 온천 가신다고 나가셨어.”

“그랴. 어서 가자. 밥 차려줄게.”

튼튼은 왕엄마의 마음을 너무나도 잘 안다. 아무런 말 하지 않아도 왕엄마가 무슨 생각을 하고, 무엇을 궁금해하는지 금방 알고 그에 대한 것들을 왕엄마가 묻지 않아도 언제나 먼저 말하곤 했다. 그런 튼튼이 왕엄마로서는 얼마나 고마운지 몰랐다. 이제 알아선 안 되는 사람이고, 어떻게 사는지조차도 시간이 흐르는 대로 그저 물밀듯 보내야 하는 사람이다. 그런 사람을 그리워하고 걱정하는 못난 자신을 탓해보곤 한다. 왕엄마와 튼튼은 서로를 바라보며 웃었지만 이유없는 물음 속에는 왠지 모를 슬픔이 피어나고 있었다.

오전부터 모인 세 사람. 모이는 아지트는 강산의 집이었다.
강산의 부모님은 지방에서 가든을 운영하고 계셨기 때문에 30평이나 되는 넓은 아파트는 강산의 독차지였다. 하나밖에 없는 아들 강산을 혼자 지내게 하는 것이 마음에 걸리는 부모님은 사실 지방으로 갈 생각을 하지 않았다. 욕심이 날 만큼 좋은 자리였지만 곧 죽어도 학교를 옮기지 않겠다는 강산의 강력한 의지에 어쩔 수 없이 혼자 두고 지방으로 가야만 했던 것이다. 강산, 그는 부모님께 어떡해서든 그 생각을 떨쳐 버리게 할 작정으로 수많은 노력을 하기 시작했다. 울먹이는 엄마 앞에서 침대보를 끄집어내 세탁기로 돌리고 청소까지 하는 대활약을 펼쳤다. 어디 그뿐이었는가. 일주일 내내 자신의 방에 들어가 생전 쳐다보지도 않던 수학책을 펼쳐 공부까지 했으니 걱정뿐인 엄마의 마음을 잡는 것에는 성공을 했던 것이다. 그렇게 하여 강산은 혼자 산 지 벌써 1년이 다 되어가고 있었다.
"강산 오빠, 여자 애들한테는 연락은 오고 있는 거야?"

“당근이지! 지금 서로 스케줄 잡아달라고 난리야, 난리! 누구부
터 해줄까?”

“당연히.”

강산과 화이의 입에서 동시에 같은 답이 튀어나왔다.

“젠틀소녀지!!”

과연 먹을 것이라면 환장하는 둘이었다. 우현은 그런 둘의 모습
에 짧게 웃었다. 강산은 수첩을 뒤지면서 하나씩 천천히 훑어보더
니 좋은 건수라도 생각난 것인지 방방 뜨기 시작했다. 그러곤 다
급하다는 듯이 휴대폰을 들고 수첩에 적힌 전화번호로 전화를 걸
기 시작했다. 상대가 전화를 받는 시간은 그리 길지 않았다.

“Hey, Girl! 나야, 세상에 하나뿐인 연예가이드 백강산!”

[백강산?]

“Yes! 나 기억 못하는 건 아니겠지?”

[아, 알아. 훗~ 벌써 내 데이트 시간이 정해진 거야?]

“그럼, 당연하지! 내일 저녁 7시, 사거리에 있는 롯데리아 앞으
로 나올 것!”

[그 시간에 가면 튼튼 오빠가 나와 있는 거지?]

“당연하지!”

[고마워! 그리고 이번 주 일요일 날 프리지아 호텔 앞으로 와.
근사하게 점심 쏠게.]

“그래, 알았어! 내일 즐거운 시간 보내.”

[응, 고마워.]

강산은 전화를 끊고 나자 화이와 손바닥을 마주치며 쾌재를 불렀다.

"아싸!"

두 시간쯤 지나자 튼튼이 강산네 집으로 합류를 했다. 화이는 급한 약속이 생겼다고 먼저 갔고, 나머지 녀석들은 거실에 동그랗게 모여 앉아 그들이 가장 좋아하는 술안주 계란찜과 소주를 놓았다. 이만하면 남부럽지 않은 근사한 술상이라고 생각하는 그들이었다.

"너희들은 우리의 우정을 뭐라고 생각하니?"

우현의 물음에 강산은 당황되는 듯 놀라는 시늉을 했다. 강산은 튼튼의 허벅지를 툭툭 치며 어떻게 수습을 해보라는 눈치를 보내지만 튼튼은 웃기만 했다. 튼튼은 소주 한 잔을 입에 털어 넣곤 빙그레 웃으며 말했다.

"지우현, 너는 우리의 우정을 뭐라고 생각하는데?"

"우리의 우정은 고사성어로 관포지교라 표현할 수 있지. 옛날 중국 제나라 관중과 포숙아의 우정이 매우 좋았대. 그 신뢰 관계가 죽을 때까지 변하지 않았다고 해서 고사에서 나온 말이지. 나는 튼튼이, 그리고 강산이 너희가 무슨 일을 하든 간에 믿고 이해할 거다."

"이야~ 역시 지우현이라니까! 멋져!"

　튼튼은 우현의 말에 기분이 좋아져선 한 잔 술을 냉큼 비워냈다. 강산은 도대체가 무슨 말인지 몰라서 중국 제나라 관중, 포숙아 이것들 사이에서 헤어 나오지 못하고 있었다. 어느새 빈 병들이 등 하나둘씩 생겨났고 우현은 주방으로 가 냉장고 안에 있는 술을 다시 꺼내었다.

　"야! 계란이 없다?! 이런! 내가 내려가서 얼른 사 올 테니까 너희들끼리 너무 달리진 말아죠."

　"알았어!"

　사실 강산의 저 말은 튼튼을 두고 하는 말이었다. 세 병까지는 거의 완벽하게 소화해 내는 튼튼이었지만 세 병하고도 첫 잔을 마시는 순간부터는 자기 자신도 모르게 취해 버리는 참으로 이상한 버릇이 있었다. 술만 취하면 무방비 상태가 되어버리는 튼튼은 꼭 어디론가로 나가야 직성이 풀렸다. 그랬기에 옆에서 누군가 지켜주지 않는다면 작은 일부터 무척 커다란 일까지 가지각색으로 저지른다. 더욱 웃기고도 어이없는 것은 다음날이면 자신이 저지른 실수에 대해서 100% 기억을 한다는 것이었다.

　한 번은 길 가는 예쁜 꼬마 아이를 보곤 우유를 사주겠다며 데리고 가다가 꼬마 아이의 엄마한테 걸려 유괴범으로 오인을 받았던 일도 있었다. 그 뒷수습을 하기 위해서 강산과 우현이 고생한 것을 생각하면…… 세 명은 모두 등골이 서늘해지곤 했다.

　"아, 튼튼아! 그만 마셔!!"

딴짓을 하던 우현은 아차 싶었다. 자신이 냉장고에서 술을 꺼내
와 튼튼의 옆에다 놓은 것이 기억이 났던 것이다. 하지만 이미 액
셀러레이터는 밟혔으며 버스는 출발한 상태였다. 고개를 갸우뚱
거리며 배시시 웃는 꼴은 영락없이 취했다는 증거였다. 우현은 거
의 날다시피해서 튼튼의 옆으로 왔고 튼튼을 꼭 붙잡고 절대 놓지
않았다.

"우현아~"

"제발 나를 부르지 마. 튼튼아, 어서 자러 가자."

"싫어, 싫어! 나는 밖으로 나가고 말 테야!"

"뭐야? 허억! 우현아, 얘 취했나?"

"아, 어떡하지? 강산아, 좀 잡아봐!"

"어쩐지 오늘 강튼튼 등장부터가 심상치 않았어. 에이, 이런 개
미소."

튼튼은 자리에서 일어섰고, 하는 수 없이 강산은 튼튼의 오른쪽
으로, 우현은 왼쪽으로 바짝 붙었다. 그리고 그들은 언제 터질지
모르는 폭탄 하나를 조심히 잡은 채 아파트에서 나왔다. 정말로
언제 터질지 모르는 무서운 폭탄인 셈이었다.

#4

반짝거리는 빛에 튼튼이 눈이 부셨는지 한쪽 눈을 찡그렸다. 그
들이 걸은 거리만 하여도 버스 정거장 세 곳 정도의 거리를 될 것

이다. 그 안까지 아무 소동을 안 부린 튼튼이었다. 아무래도 오늘은 조용히 넘어가는 듯했다. 긴장이 풀린 강산과 우현은 튼튼을 놓아주고는 천천히 걸었다.

"강산아, 우현아, 나는 이 세상에서 답답한 게 제일 싫어."

"그래, 제일 싫지. 튼튼이 너는 새가 될 거니까 걱정 마."

"맞아, 강튼튼 너는 새가 될 거야. 그러니까 자유롭게 살 수 있어."

새가 될 것이라고 했다. 언젠가는 새가 되어 자유롭게 푸른 하늘을 날아다닐 것이라고 했다. 하늘과 바다가 맞닿는 그곳에서 자유롭게 살 것이라고 튼튼은 강산과 우현에게 귀에 못이 박히도록 말하곤 했었다. 하늘과 바다가 맞닿는 그곳에서 자유롭게 나는 새가 되는 그날까지……

새로 오픈하는 가게였는지 풍선이 여기저기에서 가득했다. '갈비형님과 삼겹살아우' 이름이 매우 독특한 가게였다. 그 가게 앞을 그들보다 한 걸음 앞서 걷고 있는 여자. 뒷모습이었지만 윤기 나는 검은 생머리가 강산의 눈을 자극했다. 장난기가 발동한 강산. 쿡쿡거리며 한마디 던졌다.

"이야, 예쁜데?"

앞서 걷는 여자 아이가 듣고도 남을 만한 커다란 강산의 목소리. 강산은 자신의 말을 받아쳐 달라고 우현에게 손짓했다. 강산의 뜻을 알아들은 우현은 너스레를 떨며 되받아쳤다.

"이야~ 몸매도 죽이는데!!"

"캬~ 꼬셔볼까?"

퍽!

놀라운 일은 그 다음이었다. 여자 아이는 걷다 말고 뒤를 돌아 강산에게로 발차기를 해버린 것이었다. 강산의 마음은 거의 폐허 수준이었다. 이렇게 하다가 맞아본 적은 오늘이 처음이었다. 거의 울상인 강산, 이 상황을 극복하지 못하는 듯했다. 하지만 그것도 잠시 더 더욱 놀라운 일은 지금부터였다.

"너 내 거 하자."

뒤에서 지켜보던 튼튼이 움직였던 것이다. 튼튼은 여자 아이의 옷을 잡고는 풀어헤치기 시작했다. 여자 아이는 너무나도 당황되는 남자 아이의 행동에 경악을 금치 못했고 거의 튀어나올 수준으로 동그랗게 뜬 두 눈만이 그녀가 엄청 놀랐다는 것을 대신해 주고 있었다.

"꺄아악!!"

발차기의 멋진 박력을 어디로 던져 버렸는지 고함을 지르는 여자 아이. 너무도 놀랐는지 작은 어깨가 부들부들 떨고 있었다. 그대로 쓰러져 잠이 들어버린 튼튼을 강산을 업었고 우현은 여자 아이 쪽으로 갔다.

"저기…… 정말 미안하다. 정말로 진짜 미안하다."

"너희 돌은 거 아니야?"

여자 아이는 얼굴이 새파랗게 질려 있었다. 짧은 앞머리, 어깨를 넘는 생머리. 어떻게 보면 촌스러운 머리 스타일이었지만 그녀에게는 무척이나 근사하도록 잘 어울리는 것 같았다. 머리까지 검은 탓에 얼굴은 유난히 하얗게 보였다.

"미안해. 악의는 아니니까 용서해 줘."

"한 번만 더 걸려봐. 그땐 오늘처럼 넘어가지 않을 거니까!"

윤기없는 입술을 꽉 깨물곤 강산 쪽으로 눈을 흘긴 여자 아이는 그곳에서 벗어났다. 유괴범도 모자라 이번에는 치한으로까지 몰릴 뻔했으니, 강산과 우현이 긴장되는 것은 당연한 것이었다.

10시가 되어서야 정신을 차린 튼튼은 비틀거리며 언덕길을 올라왔다. 언덕길을 지나서 오른쪽으로 틀면 바로 튼튼의 집이었다. 겉보기에도 화려하고 그 못지않게 안도 무척이나 화려한 집이었다. 튼튼은 옷매무새를 정리한 다음 주머니 안에 있는 껌을 씹는 일도 잊지 않았다. 밖에서 껌을 씹은 지 5분이 지나서야 튼튼은 천천히 초인종을 누른다.

[누구세요?]

"저 튼튼이요."

끼익.

커다란 문이 열리고, 넓은 정원을 벗어나 돌다리를 지났다. 순영 댁 아줌마가 튼튼을 현관 앞에서 기다리고 있었다. 순영 댁은 걱정스러운 듯 튼튼을 바라보았다.

"사모님 오셨어요. 왜 이렇게 늦게 오셨어요, 도련님?"

"벌써 오셨어요?"

"네, 한 시간 전에 오셨어요."

"아, 아버지는요?"

"손님 오셨다고 방금 전에 나가셨어요."

튼튼은 한 시간만이라도 일찍 올 걸 하고 후회했다. 그전에 들어와 자신의 방에 얌전히 있기만이라도 했으면. 한소리 들을 것을 생각하니 눈앞이 캄캄했다.

"순영 댁, 누구예요?"

"도련님이요."

거실에 앉아 수를 놓고 있던 김 여사를 보고는 튼튼은 허리를 숙여 인사했다. 김 여사는 튼튼과 눈을 마주치지 않은 채 수를 놓으며 한마디 했다.

"너 여기 좀 앉아보렴."

튼튼이 소파에 앉았다. 침묵되는 분위기를 보며 순영 댁은 조용히 혀를 차곤 김 여사를 보았다.

"저러다 애 잡지, 잡고 말아. 쯧쯧."

30분째 김 여사는 아무 말 없이 수를 놓는 것에만 열중했다. 한복을 곱게 입은 김 여사는 누가 보아도 단정했고 고결해 보였다. 자신의 앞에 앉아 조용히 침만 삼키는 튼튼을 아랑곳하지 않고 수를 놓는 것에만 열중할 뿐이었다.

"요즘도 먹자골목인가 하는 데 찾아가니?"

김 여사의 질문 속에는 아직도 '왕엄마'를 만나러 가냐는 것이 포함되어 있었다. 오늘도 역시 왕엄마를 찾아간 튼튼은 뭐라 대답을 해야 할지 머뭇거려야 했다.

"더 이상 말리지는 않겠다. 네가 어린아이도 아니고 이제는 내 주관대로 판단해도 될 나이니까. 하지만 정을 주어선 안 된다. 남자란 정에 약해선 안 되는 거란다. 그래야 너도 아버지처럼 성장할 수가 있는 거야. 화이 봐라, 쓸데없는 고집으로 그 여자 옆에서 고생이나 하지 않니?"

"화이 고생하지 않아요, 어머니."

"눈에 보이는 것만 고생인 것 같니? 지금은 모르지만 점점 더 자라게 되면 고생의 문턱에서 허우적될 것이 불 보듯 뻔해. 그렇게 내가 천하게 살지 말라고 일렀건만 고작 한다는 것이 시장바닥에서 음식이나 만들고 앉아 있으니, 쯔쯧. 미련한 것은 예전이나 지금이나 똑같아."

튼튼은 질식해 버릴 것 같은 목소리를 그저 듣고만 있어야 했다.

"아버지가 너희 학교 이사장과 더 이상 거래하지 않는다고 하시는구나. 그 몹쓸 사람이 욕심이 지나쳐서 아버지의 믿음에 금이 가는 행동을 했어. 하여튼 뭐가 쉬운 길인지 모르는 인간들이 너무 많아. 효성고등학교는 아마 며칠 이내로 폐지될 게다."

"네? 그럼 저희들은요?"

"다른 학교로 뿔뿔이 흩어지는 거지 뭐. 별수있겠니?"

학교가 없어진다는 것은 학생들에게 무척이나 충격적인 일이었다. 하지만 그녀는 그렇게도 충격적인 일을 별 대수롭지 않다는 듯 튼튼에게 내뱉고 있었다. 튼튼은 자신이 졸업해야 할 효성고가 없어진다는 말에 서운한 마음을 이루 말할 수 없었으나, 김 여사의 앞에서 표현은 할 수가 없었다.

"네 친구들과 화이는 같은 학교로 배정받게 처리할 테니까 너무 큰 걱정은 말거라."

"네."

"그럼 이만 올라가서 공부해라."

"예. 먼저 올라가겠습니다. 쉬세요."

김 여사와의 대화는 언제나 숨이 막혔다.

"아참, 그리고 아무래도 학교는 미래고등학교로 될 것 같구나."

미래고등학교는 남녀공학으로 2년 전부터 뛰어난 학생들로 양성하고 있다는 곳이었다. 최근에는 내신 성적도 좋아서 작년에는 서울 유명하다는 대학교들로 높은 합격률을 보였다. 때문에 고등학교를 갓 입학하는 학생들로부터 대단한 경쟁률을 만들었던 곳이기도 했다. 당연히 그런 학교를 김 여사가 놓칠 이유는 없었다.

"더 이상 효성고등학교의 전교 1등이 아니다. 이제는 미래고야. 내 말 뜻 무엇인지 잘 알아들었을 거라 생각한다. 넌 언제나 우리를 실망시킨 적이 없었잖니. 그렇지?"

"네, 어머니. 걱정 마세요."

"오냐. 열심히 하거라."

"네."

이층은 튼튼이 단독으로 사용하는 곳이기도 했다. 50평도 넘는 곳을 혼자 쓰는 외로움이란 아무도 모를 것이다. 모든 것들이 갖추어진 곳이었고, 모자란 것 하나 없는 곳이었지만 이곳은 언제나 튼튼을 더욱더 외롭게 만들었다. 방으로 들어간 튼튼은 휴대폰 저장번호 2번을 꾹 눌렀다.

강화이.

[응, 오빠.]

"우리 화이, 뭐 해?"

[그냥 있었어. 오빠는?]

"오빠 지금 집에 들어왔어."

[정말? 그 잔소리쟁이 아줌마가 또 뭐라고 했겠다? 그치?]

"늘 그렇지 뭐."

[오빠, 내가 꼭 성공해서 탈출시켜 줄게! 그러니까 조금만 더 있어! 알았지?]

"그래, 우리 화이가 얼른 성공했으면 좋겠다. 화이야, 왕엄마

들어오면 피곤할 테니까 어깨랑 다리 주물러 주는 것 잊지 말고. 알겠지?"

[그럼~ 잊지 않지! 누가 하는 말인데~ 헤헤.]

"응. 사랑해, 화이야."

[응. 나도 오빠 무지무지 사랑해.]

"그래. 이만 끊을게. 내일 보자."

[응.]

화이와 전화를 끊은 튼튼은 침대에 누웠다. 아무것도 하고 싶지 않은 시간이었다. 머리 속이 너무나도 복잡해서 잠들고 싶은 밤이었다.

"화이는 나보다 행복해요, 어머니. 나는 모든 걸 다 가졌어도 전혀 행복하지가 않거든요."

튼튼은 침대 매트리스에 끼어놓은 사진 한 장을 꺼냈다. 아무도 모르게 몰래 보아야 하는, 절대로 들키면 안 되는 사진이다. 들켰다가는 보는 앞에서 태워 버려야 할지도 모르는 사진이고, 튼튼이 가지고 있는 유일한 한 장밖에 없는 사진이기도 하다.

"난 새가 될 거야. 그러니까 이제 더 이상 슬퍼하지 마."

튼튼은 언제부터인지 모르게 새에 집착을 보이고 있었다. 아무도 모르는 그만의 비밀. 강산과 우현도 모르는 그만의 비밀. 그들이 중학교 때 서로를 알게 되었고 친구가 되었지만 튼튼의 대해 아는 것은 그렇게 많지 않았다. 사촌지간인 화이도 그렇게 자세히 알고 있지는 않았다. 그가 왜 새가 되고 싶어하는지 그 이유를 알지는 못했지만 모두들 그에게 항상 격려를 해주곤 했었다. 너의 소망대로, 네가 원하는 대로 꼭 이루어질 것이라며 말이다. 이 모든 것이 그들 세 명의 우정이었고, 그리고 서로를 위하는 사랑과 믿음이었다.

#5

　평화롭기만 하던 효성고등학교의 운동장이 하루아침에 아수라장이 되고 말았다. 아침부터 효성고의 학부모들은 떼거지처럼 몰려와 이사장 건물 앞에서 시위를 하고 있었다. 효성고는 이번 감사를 통해서 이사장과 몇몇 교직원들의 대한 비리가 드러났던 것이다. 매스컴에서는 일부 보도를 했고 분노를 참지 못한 학부모들이 그에 대해 반발을 하기 시작했다. 위기였다. 학생을 가르치는 선생이라는 신분에 어울리지 않게 경찰서로 가 조사를 받는 것에 학부모와 아이들은 크게 분개했으며 다른 학교로 전학을 가겠다고 앞다투어 성화를 부렸다. 일이 크게 벌어지자 이사장이라는 작자는 해외로 도피해 버렸고, 남은 사람들만이 사건을 수습하느라 진땀을 빼고 있을 뿐이었다.

　쾅!

　2학년 7반 교실의 문이 큰 소음을 내며 열렸다. 심란한 마음에 어쩔 줄을 모르던 반 아이들은 등장한 아이를 향해 궁금증을 보이고 있었다.

“장미야! 변장미, 큰일 났어!”

“큰일이라고? 지금 학교가 없어질지도 모르는 판국인데 그것보다 더한 일도 있단 말야?”

“헥헥. 넌 아마 놀라서 자빠질걸! 아니지, 실신이라도 안 하면 그나마 다행이지!”

“뭔데?”

그제야 장미가 큰 관심을 보이며 궁금해하기 시작했다. 아이는 얼굴이 노래져서는 당황함을 금치 못하고 있었다. 도대체 무슨 일일까.

“우리의 튼튼 선배가 다른 학교로 전학을 가신대! 어쩌면 좋아!! 으앙!!”

“뭐라고? 유인정, 너 지금 뭐라고 했어?”

“튼튼 선배가 다음 주에 미래고등학교로 전학을 간다고!! 이게 말이나 돼? 장미야, 니가 가서 좀 말려봐! 넌 튼생튼사의 회장이잖아. 튼튼 선배를 보낼 수 없단 말야.”

인정의 말이 끝나자 반 전체의 아이들이 술렁이기 시작했다. 인정은 끝내는 장미를 붙잡고 대성통곡을 했으며, 그것이 계기가 되어 여기저기서 훌쩍이는 소리가 들렸다.

“말도 안 돼! 우리 학교는 없어지지 않아! 그런데 튼튼 오빠가 전학을 간다고? 말도 안 돼! 내가 왜 효성고로 온 건데! 그 잘난 미림여고도 왜 포기하고 온 건데! 하! 있을 수 없는 일이야. 기다려. 내가 오빠를 만나고 올 테니까.”

“튼튼 선배님, 제발 밖으로 나와주세요! 네?”

“이봐요! 문 열어달라고요! 5반 반장 나와라!”

장미가 5반 앞에 도착했을 땐 이미 소식을 듣고 달려온 아이들로 북새통을 이루고 있었다. 5반은 급기야 문을 잠그고는 열어주지 않고 있었다.

“장미다!”

장미가 등장하자 진을 치고 있던 아이들의 눈가에 생기가 돌기 시작했다. 장미의 영향력은 매우 컸던 것이다.

“변장미입니다. 튼튼 선배 좀 만나게 해주세요.”

굳게 잠겨 있던 문은 장미의 말이 있은 후 5분도 안 되어 열렸고, 그리고 그녀들은 튼튼을 볼 수 있었다. 난감한 듯 조용히 나오는 튼튼을 보자 아이들은 모조리 울음을 터뜨리고 말았다. 학교의 상황도 좋지 못한 때에 튼튼마저 자신들을 버리고 전학을 간다니 서러운 마음이 드는 것은 어쩌면 당연한 것일지도 모른다.

“나랑 얘기 좀 해요, 선배.”

깍듯이 예의를 지키며 말하는 장미의 모습에 튼튼은 침을 꼴까닥 삼켰다. 드디어 복도에서 벗어나 벤치에 도착했다. 벤치 쪽에는 다행인지 불행인지 아무도 없어 조용했다.

탁!

장미는 치마를 입고 있었음에도 불구하고 우아해 보이기 위해 다리 한쪽을 벤치 위에 살짝 올려놓았다. 그러나 이내 소리를 지르기 시작했다.

"아악!!"

"장미야, 흥분하지 말고……."

"흥분? 지금 내가 흥분하지 않게 생겼어? 어?! 오빠가 나라면 흥분하지 않겠냐구!!"

"글… 쎄. 나는 니가 아니라서 잘 모르겠네."

"오빠, 웃지 말고 대답하란 말이야!"

"뭘 대답하니, 장미야?"

"미래고로 전학 간다는 것 뻥이지? 그냥 농담한 거지? 그렇지?"

"오늘 어머니가 수속 밟았다던데?"

"말도 안 돼!! 어머니가 왜 그러시는 거야, 도대체! 왜 장차 며느리가 될 나와 오빠를 헤어지게 만드시는 거야! 왜!"

튼튼은 도저히 감당이 안 된다는 듯 딴청을 부렸다. 장미가 말하기를 자신은 처음부터, 아니, 전생부터 튼튼의 여자였으며, 후에도 그것은 변치 않을 것이라고 단정하였다. 이런 장미를 튼튼의 어머니인 김 여사는 별 대수롭지 않은 것으로 받아들이고 있었으며 한창 사랑에 죽고 못사는 사춘기 열병에 걸린 것이라 농담조로 얘기하곤 했었다.

튼튼은 오늘 다시 한 번 감당이 안 되는 장미를 보자 미래고로 전학을 가는 것이 불행 중 다행이라는 생각이 들었다. 장미와 같은 학교를 다니지 않게 된다면 지금 학교 생활에서의 절반은 가벼워진다는 뜻일 테니까.

"장미야, 오빠 공부해야겠다. 아, 그리고 부탁 하나만 하자."

"무슨 부탁? 뭐든지 말해. 다 해줄게!"

"우리 반 앞에 있는 애들 좀 각자 반으로 돌아갈 수 있도록 해줘. 나만 쓰는 교실이 아니잖아. 저러고 계속 있으면 오빠가 너무 곤란해."

"칫~ 고작 그거였어? 걱정 마, 모두 돌아가도록 해놓을게."

"그래, 고맙다."

"대신 나도 부탁이 있어."

"그래, 좋아. 뭐든지 말해 봐. 오빠가 들어줄게."

뭐든지 들어주겠다는 그 말이 실수였다. 장미는 환한 미소를 보였고, 튼튼은 그 미소에 가려진 음흉함을 보지 못했다.

"오빠 눈 감아줘."

"눈?"

"응."

"뭐야, 눈만 감으면 되는 거야?"

"응, 그게 내 부탁이야."

"쿡, 이렇게 쉬운 부탁은 또 처음이네. 자, 눈 감았어."

장미는 잠시 튼튼을 물끄러미 쳐다보았다. 정말이지 눈물이 날 만큼 잘생겼고, 금방이라도 터질 것같이 자신을 설레게 만들었다. 살짝 감은 눈 위로 새까맣게 뒤덮인 길고 진한 속눈썹이 더 더욱 장미를 자극했다. 부탁이라고 했고, 뭐든지 들어준다고 했다. 그 것은 장미에게 있어 최고의 기회였다. 기회 중의 기회! 절호의 찬 스! 버드나무가 세워진 효성고의 고백 장터. 이제는 마지막일 것 만 같은 고백 장터에서 장미는 오늘 처음으로 수줍은 숙녀가 되어 보려 한다. 장신인 튼튼에게 맞추기 위해 벤치 위로 올라섰고, 그 리고 허리를 조금 숙인 채 그대로 튼튼에게 입맞춤을 했다. 장미 에게 있어서 평생 처음인 첫키스. 너무도 놀란 튼튼은 눈을 떴고, 장미는 웃었다. 그것은 여유로운 승리의 미소였다.

"야! 야! 변장미!!"

"오빠, 나 첫키스다! 오빠, 내 성격 알지? 나는 오래전부터 첫키 스 한 남자하고 결혼할 생각이었거든? 오빠는 이제 나한테서 벗어 나지 못해! 두고 봐, 정말이니까. 나는 오빠하고 결혼할 거야! 오 빠, 사랑해~"

깡충깡충 잘도 뛰어가는 장미. 오늘은 아무래도 장미의 승리인 듯싶다. 장미가 건물 안으로 들어가고 사라지자 튼튼은 오만상을 찌푸리며 입술을 옷으로 닦았다.

"아, 저걸 누가 말려? 내가 미치지 않고서야 쟤랑 대화다운 대화를 못하지! 에이, 퉤퉤!"

한참을 씩씩거리던 튼튼은 건물 안으로 들어갔고, 1학년 교실을 보자 화이가 보고 싶은 마음이 굴뚝같아져 버렸다.

4반의 문을 천천히 열자 수다를 떨고 있던 아이들이 일제히 제자리로 돌아가는 사태가 벌어졌다. 아이들은 선생님인 줄 알았던 모양이다. 튼튼의 얼굴은 순식간에 홍당무가 되어버렸지만 대신 아이들의 눈빛은 초롱초롱해져 있었다.

"어머! 튼튼 선배님이다!"

"오늘은 정말 재수가 좋구나, 선배님도 보고!"

1학년 아이들은 2학년과 3학년 여자 선배들 덕분에 3학년 교실 근처는 얼씬도 못했다. 때문에 튼튼을 볼 수 있는 기회가 그리 많지 않았다. 그런 판국에 꿈에도 그리울 튼튼이 제 발로 찾아왔다니 4반 아이들은 그저 행복했다.

"아, 미안. 저기, 화이 좀 불러줄래?"

"미안하긴요, 선배님! 화이야! 강화이, 튼튼 선배님 오셨어!"

자고 있던 화이는 옆 짝이 활기 차게 깨우는 바람에 잠에서 깼고, 아이들의 부러움을 한몸에 받으며 교실에서 나갔다.

"화이 쟤는 정말 좋겠다. 저렇게 멋진 사람이 사촌 오빠구. 거기에 얼마나 잘해줘? 정말 너무 부럽다."

튼튼은 매점에서 파는 햄버거와 우유를 사들고 와 화이에게 주었다. 화이에게 있어 튼튼은 아버지의 빈자리를 느끼지 못하도록 해주는 존재였다. 누구도 튼튼만큼이나 자신을 아끼고 사랑해 주지 않을 거라 생각했다. 그만큼 튼튼은 화이에게 유일함이었다.

"다음 주부터는 미래고에 다닐 거야. 알겠지?"

"나도 미래고로 가도 되는 거야?"

"그럼, 당연하지. 내가 가는데 화이 네가 안 가면 무슨 소용이야?"

"응, 오빠."

#6

"헥헥, 얘들아, 전학생들이야! 전학생들!"

"전학생이면 전학생이지, 뭐가 이렇게 호들갑이야?"

"전학생도 전학생 나름이어야 내가 가만히 있지! 이번에는 장난이 아니라구!"

아침부터 3반은 새로 오게 되는 전학생들로 인해 떠들썩했다. 폐교 직전인 효성고에서 전학 온다는 것도 시선집중이었는데 그들을 더욱 호기심 가게 만드는 것은 세 명이나 동시에 자신들의 반으로 전학을 온다는 것이었다.

"내가 멀리서 봤는데 세 명 다 키가 장난 아니었어! 전봇대 세 개가 서 있는 줄 알았다니까! 으~ 제발 잘생겨라. 나의 소원이다!!"

온통 흥분의 도가니인데 비해 창가 쪽 맨 뒷자리에 앉은 세 명의 아이들은 어쩐지 시큰둥해 보였다. 한 명은 휴대폰을 들고 문자 보내느라 정신이 없었고, 다른 한 명은 제 옆에 앉아서 창가만 보고 있는 아이에게 팔짱을 낀 채 연신 조잘거리느라 바빴다. 조잘거리는 아이는 19살인 나이에 비해 매우 동안이었다. 그렇게나 조잘거리는 아이 옆에서 묵묵히 모두 들어주는 듯했지만 어쩐지 눈동자는 딴 생각으로 가득해 보였다.

"지지배들, 하여튼 못 말려. 남자만 전학 온다고 하면 저렇게 난리라니까."

"후~ 지아, 너는 안 좋아? 키가 엄청 크대잖아? 쿡."

"난 별로 키 큰 애들 싫어. 키 큰 애들 옆에 서면 나 정말 매미 같단 말이야! 고목나무에 매달린 매미!!"

"하하, 아휴~ 우리 지아는 언제 크나? 그나저나 미지가 웬일이래? 남자들이 셋이나 몽땅 우리 반으로 전학을 온다는데 얌전하네?"

"얌전하긴! 미지 아직 못 들은 게 분명해. 지금 어제 미팅에서 만난 애랑 문자 주고받느라 반쯤 정신이 나간 상태라구."

"아하~ 문자 보내고 있었구나. 어쩐지."

"기다려 봐! 미지야, 김미지!"

지아는 아직도 휴대폰 액정만 연신 바라보며 웃고 있는 미지를 툭툭 치며 불렀다. 미지는 답장을 해주려는 듯 휴대폰을 쳐다보며 건성으로 대답했다.

"야, 너 지금 개 꼬시지 않아도 충분히 꼬실 애들 생겼다."

"어? 그게 무슨 소리야?"

"우리 반에 세 명의 남자애들이 전학 온대. 거기에 엄청 키도 크대. 니가 좋아하는 큰 키의 남자들이 세 명이나 온다고!"

"헉. 정말이야? 반지아, 너 정말이지?"

"그렇다니까."

"이런, 내가 이럴 때가 아니지!"

미지는 문자를 보내고 있다 폴더를 그냥 닫아버리곤 자리에서 급하게 일어나 뛰쳐나갔다. 미지다운 행동을 보여주자 지아는 고개를 끄덕이며 웃음을 터뜨렸다.

교무실의 아침 조회가 끝나자 3반은 다시 호들갑을 떠는 아이들로 분주했다. 남학생들은 여학생들의 호들갑 떠는 모습이 꽤나 마음에 들지 않았던지 공부하는 데 방해된다, 조용히 좀 하라는 등의 식으로 불만을 표시했다. 하지만 그런 불만 따위가 여학생들의 귀에 들어올 리가 없었다. 오로지 세 명의 남학생들이 자신들의 반으로 전학을 온다는 그 사실만 메아리치듯 울려댈 뿐.

드르륵.

교실 문이 열리자 수선을 피우던 아이들이 모두 자리로 돌아갔고, 긴장하기 시작했다. 두 눈 가득 설렘과 흥분을 감추지 못하고 있었다. 드디어 그들의 담임이 들어왔고 담임 뒤로 한 명씩 천천히 남학생들이 들어오고 있었다. 그런데 실망스럽게도 한 명이 보이지 않았고, 두 명뿐이었다. 조금은 실망한 눈치였지만 그래도 만족한다는 눈치였다. 두 명의 남학생들은 큰 키에 괜찮은 마스크를 가지고 있었던 것이다.

"우리 3반으로 세 명의 녀석들이 전학 왔다. 한 명 녀석은 전학 첫날부터 지각을 하고 있으니, 약간은 걱정스러운 마음이 드는구나. 자, 한 명씩 자기소개하도록."

윤 선생은 왼편에 있는 강산에게 인사를 하라는 제스처를 취했다. 그러자 강산은 약간 인상을 찡그리며 한숨을 내쉬었다. 이름에 콤플렉스를 느끼는 강산에게 자기소개는 언제나 곤욕스러운 일이 아닐 수 없었다.

"난 백강산."

"난 지우현."

참으로 간단한 자기소개에 윤 선생은 물론이거니와 앉아 있던 학생들이 당황하는 모습이 역력했다. 윤 선생은 헛기침을 하며 강산과 우현을 보았다.

"자식들아, 처음인데 잘 부탁한다는 뭐 그런 말은 안 할 거냐? 이름만 밝히는 게 자기소개냐?"

"이름 말고 소개할 게 없어요, 선생님."

"지내다 보면 알겠죠."

어처구니없는 대답에 윤 선생은 할 말을 잃은 듯한 모습이었다. 한편으로는 화도 나고, 한편으로는 웃음도 나오는 상황 앞에 윤

선생은 처음이라 봐준다는 식으로 강산과 우현을 빈자리로 가라
했다.

"야, 백강산! 한 명은 왜 안 와?"

"지금쯤 학교 교문 앞에서 골칫덩어리들 수습하고 뛰어오고 있
을 거예요."

"골칫덩어리? 그놈 싸움질하는 거야??"

"싸움질이라뇨. 걔 얼굴 보면 싸움질하고 다니게 생겼나 한번
보세요."

때마침 노크 소리가 들렸고 윤 선생은 아직 오지 못한 학생일
거라 짐작하고 들어오라 말했다.

"어머, 어머, 웬일이야!!"

"와~"

"장난 아니야! 이제야 꽃이 피는구나!"

튼튼의 등장으로 3반의 여학생들은 발칵 뒤집혀졌다. 새하얀
피부에 검은 머리카락, 큰 키, 호리호리한 몸매. 모든 것이 여학생
들을 만족케 만들었다.

"왜 이렇게 늦었어, 첫날부터, 윤석아."

"죄송합니다."

3반의 여학생들은 다시 한 번 무너지고 말았다. 남학생의 눈웃
음은 대단했던 것이다. 죄송하다며 웃는 남학생의 미소에 아이들
은 박수를 치며 좋아했다.

"아이고, 우리 반 여학생들 아주 난리났구만! 이 녀석들아, 그렇게들 좋아?"

"네!!"

윤 선생의 말에 합창하듯 일제히 대답했다. 윤 선생도 튼튼을 이리저리 살피며 흐뭇한 듯 고개를 끄덕였다.

"강튼튼이라고 합니다. 첫날부터 지각해서 죄송합니다. 앞으로 잘 부탁해!"

지아의 눈동자가 빛이 났다. 지아가 보기에도 튼튼은 괜찮았던 것이다. 그런데 어쩐지 옆에 있는 남자라면 쌍기를 들고 환영할 미지가 조용했다. 그 모습이 지아의 눈에는 퍽이나 이상해 보였다.

"김미지, 왜 너답지 않게 조용하고 그래? 튼튼이라는 애 멋지잖아! 딱 니 스타일인데?"

"응, 멋지다. 정말 멋져."

멋지다고 말하고는 있었지만 미지의 눈빛은 그다지 좋아 보이지 않았다. 전학 온 세 명은 미지네들과 같은 뒷자리였지만 미지네는 1분단이었고, 그들은 4분단이었다. 지아의 시선은 온통 튼튼에게 머물러 있었다. 지아에겐 따라다니는 남학생들이 많았지만 그중에서 지아의 마음에 드는 남자는 단 한 명도 없었다.

"튼튼이라는 애 보면 볼수록 괜찮다. 이따가 말이나 걸어볼까?"

지아의 눈동자가 반짝거리고 있었다. 하지만 그런 설렘도 잠시 지아의 옆에서 창가만 바라보던 가운이가 입을 열었다.

"집어치워. 저 새끼 사이코야."

가운의 말에 지아는 놀랄 수밖에 없었다. 아니다. 지아뿐만 아니라 잠자코 듣고 있던 미지조차도 놀랐다. 다짜고짜 사이코라니? 지아와 미지는 분명 처음 보는 아이인데 가운은 그런 그를 알고 있다는 것인가?

"가운아, 무슨 말이야? 사이코라니? 너 쟤 알아?"

"그런 게 있어. 지아 너는 저런 새끼한테 관심 같은 거 갖지도 마! 저 세 명 애들 모두 관심 갖지 마! 알겠지? 미지 너도 내 말 명심해."

"으응."

단호한 가운의 말에 둘은 고개를 끄덕이며 알겠다고 대답을 했지만 웬만해선 흥분 따위를 하지 않는 가운이 약간의 언성을 높인 것이 영 마음에 걸렸다. 생긴 것은 모두들 정상인 그대로였는데 사이코라니, 그들과 사이코라는 단어는 아무리 생각해 보아도 매치가 되지 않았다. 지아는 궁금증만 증폭되어 엄지손톱을 이빨로 문 채 튼튼과 가운을 번갈아 바라보았다.

"3반 체육부장 누구야?"

"전데요."

"정영민 선생님이 교무실로 오래."

가운은 자리에서 일어섰고, 교복 재킷 양쪽에 두 손을 놓은 채 천천히 움직였다. 4분단을 보니 여자 아이들이 앞뒤를 다퉈 튼튼에게 말을 붙이고 있었다. 그런 여학생들에게 미소 짓고 있는 튼튼을 보자 속이 저절로 뒤집히는 가운이었다. 줄곧 앞만 바라보던 튼튼이 뒤로 고개를 돌리는 순간 가운과 눈이 마주치고 말았다.

"헉!"

"미친놈."

그것이 장가운과 강튼튼의 악연, 그리고 만남의 시작이었다.

#17

두근두근. 안절부절.

튼튼은 가운이 들어간 교무실 앞에서 10분째 서성거리고 있는 중이었다. 믿을 수가 없었다. 애써 잊고 있었던 그 일이 기억났고 자신이 추한 짓을 하고 말아버린 여고생이 눈앞에 있다는 것만으로도 튼튼에게는 무서운 악몽이나 다름없었다. 그 여고생이 입만 열었다 하면 그동안 쌓고 쌓았던 이미지가 하루아침에 무너져 버리는 것쯤은 예삿일이었다.

드르륵!

드디어 문이 열렸다. 튼튼은 애써 모르는 척 미소를 지었다.

"뭐야?"

"너 우리 반이지?"

“그래서?”

“내가 여기 미래고등학교 좀 구경하고 싶은데 니가 해주면 안 될까 하고.”

“내가 그렇게 한가해 보여? 교실 가서 너보고 헤헤거리는 애들한테나 부탁해 봐. 아마 발 벗고 나서서 서로 하겠다고 난리칠 테니까.”

가운은 성가시다는 듯 지나쳤다. 만만치 않은 상대였고 그동안 알던 여자애들과는 다른 이임이 틀림없었다. 튼튼은 점점 불안감으로 젖어들고 있었다.

“저기! 너 이름이 뭐야?”

“출석부 봐. 나는 26번이거든.”

가운의 차가움에 몸 둘 바를 모르는 튼튼이었다. 교실로 들어가 버리는 가운으로 인해 튼튼은 답답할 따름이었다.

“그때 그 애 맞지?”

“응. 어떡하지? 성격도 장난 아니야.”

“어, 쟤 성깔있더라! 그때 나한테 발차기했다니까!! 얼마나 어이가 없냐? 여자애가 나한테 발차기를 했다니까!”

“강산아! 어떡하냐? 지우현, 뭐라고 말 좀 해봐!”

“모든 일에는 절차가 있는 법. 우선 그 애를 니 편으로 만들어야 하지 않겠어? 현재 상황은 튼튼이 네가 매우 분리한 상태이기 때문에 뭐든지 그 애한테 맞춰야 할 필요가 있다고 본다, 나는.”

우현의 말이 맞았다.

수업 시간 튼튼은 가운의 상태를 파악하기 위해 선생님의 시선을 피해가며 가운이를 쳐다보는 것에 열중했다. 어쩜 저렇게도 보면 볼수록 차가워 보이고, 성깔있어 보이는지 눈앞이 깜깜해지는 듯했다. 쉬는 시간이 되자 가운은 자리에서 일어나 교실을 나갔다. 당연히 가만히 있을 튼튼이 아니었다. 무작정 따라붙는 것이다!

"야! 너 저리 안 가?!"

"히히."

"벌써 몇 시간째야! 너 왜 하루 종일 나만 쫓아다니는 거야!"

"그, 그냥!! 하하. 이상하게 내가 가는 곳에 항상 네가 있네?"

"니가 가는 곳에 내가 있는 것이 아니라, 니가 나를 졸졸 따라다니는 거겠지."

"그런가? 이상하네."

배시시 웃는 튼튼을 가운은 한심하다는 듯 바라볼 뿐이었다. 어쩜 저렇게도 웃기만 하는 건지 가운은 보면 볼수록 멍청하다는 생각을 버릴 수가 없었다. 생긴 것은 멀쩡하다고 쳐도 이렇게 멍청해 보이는 애를 여자애들은 뭐가 좋다고 방방 뛰는 건지 이해가 되지 않았다. 그런 여자애들이나 눈앞에 있는 튼튼이나 한심해 보이긴 마찬가지였다.

"야, 사이코!"

“……?”

“너 말야, 너! 여기 사이코가 너 말고 또 누가 있냐?”

“내가 왜 사이코야?”

“그럼 길바닥에서 처음 보는 여자애 옷…… 읍!!”

“저기 26번! 너 배고프지 않냐? 나 배고파 죽겠다! 내가 쏠 테니까 우리 밥 먹으러 가자.”

“야! 야! 너 이거 못 놔! 야!!”

죽기 아니면 까무러치기라고 했던가! 그렇다. 강산이같이 발차기를 맞든 뭐든 우선은 최상의 클레스로 가운이를 우대해 주는 수밖에는 없었다.

“저기 26번, 뭐 먹고 싶어?”

“참나, 너 진짜 어이없는 짓 골고루 한다?”

“어? 왜?”

“왜 자꾸 말끝마다 26번이냐?”

“아, 미안. 출석부를 아직 못 봐서. 미안해. 이름이 뭐야?”

“장가운이다!”

“그래, 가운아! 우리 맛있는 거 먹자! 꼭 맛있는 거 먹자!!”

다음 수업이 시작함에도 불구하고 튼튼이와 가운인 학교를 빠져나갔다. 튼튼이와는 거리를 둔 채 떨어져 걸었다. 한산한 거리가 가운이 마음에는 쏙 들었다. 가끔 이렇게 학교를 빠져나오는 것이 얼마나 그리운지 모르겠다.

"짜증난다."

"왜?"

"날씨가 왜 이따위야?"

"아~ 날씨가 너무 좋아서? 그래서 나랑 나왔잖아~"

"나는 이런 날씨 제일 싫어해."

"뭐?"

"햇볕은 쨍쨍 모래알은 반짝? 후~ 그 딴 것 엿이나 먹으라고
해."

앞서서 걷는 가운이다. 찬바람 쌩쌩에 언어 구사력도 예사롭지
않는 고품격 성질을 가지고 있었다. 가운은 보통 또래 여자 아이
들과는 다른 느낌이었다. 가운의 뒷모습을 바라보는 튼튼은 또다
시 답답증이 밀려와 한숨을 크게 내쉬었다. 잘못 걸려도 한참을
잘못 걸린 듯싶다.

아침부터 미지는 기운이 없었다. 정확히 따지자면 전학생을 본
순간부터다. 점심도 먹는 둥 마는 둥 했지만 그렇게 먹은 밥마저
입으로 넘어가는 순간 체해 버린 건지 속이 더부룩하고, 어지러워
서 미칠 지경이었다.

"김미지, 뭐 해! 얼른 음악실 가자! 가운이 얘는 도대체 어디 간
거야? 어, 엇! 미지야, 김미지! 미지야!!"

걸어오다 말고 미지는 그 자리에서 쓰러져 버렸다. 지아는 너무

놀란 나머지 어찌할 바를 모른 채 발만 동동거리고 있어야 했다. 마침 반 아이들은 모두 음악실로 내려간 터라 지아는 더욱 막막하기만 했다. 그때였다. 지아의 눈앞을 더욱 캄캄하게 하는 인물이 등장해 쓰러져 있는 미지를 안아 올렸다. 그 인물은 바로 오늘 전학 온 지우현이었다. 우현은 지아를 향해 말했다.

"양호실이 어디야?"

"아, 아, 맞다. 양호실! 가자, 가자! 얼른!!"

미지의 얼굴은 백지장같이 창백했다. 지아는 작은 손으로 미지의 얼굴을 만지작거리고 있었다. 강산은 쓰러진 미지가 꽤나 궁금했는지 우현에게 궁시렁거렸지만 어쩐지 우현은 조용하기만 했다.

"야, 야, 꼬맹이! 니 친구 왜 이래? 왜 갑자기 쓰러져?"

"뭐, 뭐? 꼬맹이? 이, 이!"

"깜짝이야. 조그만 게 성격있네? 오~"

"너, 우리 가운이 오면 혼내주라고 이를 거야!"

"이야, 우현아, 애 되게 어리다~ 그치? 우와~ 장난 아닌데? 꼭 초등학생 같아."

"너, 정말?!!"

지아는 이를 악물고 강산에게 덤비려 해보지만 지아보다 무려 30㎝나 키가 큰 강산을 때리는 일이 퍽 쉽지만은 않았다. 오히려 강산의 폭소를 일으키는 일밖에 만들지 못했다.

"괜찮아?"

순간 지아와 강산의 모든 행동이 멈췄다. 미지가 눈을 뜬 것이다. 고요한 양호실에 조용한 우현의 목소리만이 들리고 있었다. 대답없는 미지에게 우현은 한마디를 더 했다.

"아직도 여전하구나, 체하면 견디지 못하고 쓰러져 버리는 거."

#8

수업을 마치고 집으로 돌아온 지아는 궁금한 게 한두 가지가 아니었다. 마치 자신만 빼고는 모두가 아는 듯한 그런 느낌이었다. 궁금했지만 시원하게 대답해 주는 미지도, 가운이도 아니었다. 전학 온 남학생보고 사이코라고 하지를 않나, 그리고 나서는 그 남학생과 함께 수업 시간을 빠져 버리지를 않나. 답답한지 지아는 오른손으로 부채질을 하며 한숨을 푹푹 쉬어댔다. 그리고 더욱 알 수 없는 것은 바로 미지와 우현이었다. 미지와 안 지는 일 년 정도 되었지만 미지가 체하면 쓰러져 버린다는 것은 오늘 처음 알았다. 자신도 몰랐던 일을 지우현이라는 전학생은 알고 있었다. 우현에 대해 미지는 아무런 말도 하지 않았다. 괜찮냐고 묻는 우현의 말에 대답도 하지 않은 채 양호실에서 나가 버리곤 그 후 바로 조퇴를 했고, 통화조차 할 수 없었다.

"싫어! 궁금해서 잠 못 자는 건 정말 싫어! 김미지, 기다려. 우씨!"

“지아야, 어디 가니? 반지아!”

미지네 집 앞에 도착한 지아는 벨을 몇 번이나 눌렀는지 모른다. 하지만 깜깜 무소식인 미지네.

한참이 지나서야 문이 열렸다. 미지였다. 두 눈은 빨갛게 충혈되어 있었다. 운 것이 분명했기에 지아는 궁금증이 더욱 증폭되었다.

“김미지, 너 울었어?”

“아니. 어쩐 일이야?”

“울었잖아! 왜 거짓말하는 거야! 너 지우현이랑 무슨 관계야!!”

“무슨 관계라니? 그냥 전에 좀 알았던 친구야. 배가 너무 아파서 운 거야, 바보야. 배 안 고파? 먹을거 줄까? 참, 가운이는 어떻게 됐어?”

“말 못하는 거지? 그치? 알았어. 더 이상 묻지 않을게. 그래도 나중에는 꼭 말해 주기다! 알겠지? 응?”

미지는 씁쓸한 듯 미소를 지었다.

“롯데리아 앞 7시까지야. 이번에는 약속 좀 지켜! 저번에 니놈이 약속 펑크 내서 지금 내 최면이 말이 아니야. 돈도 엄청 많고, 하여튼 퀸카 중에 퀸카니까 데이트 잘하고 와. 신경도 좀 쓰고! 알겠지?”

강산의 신신당부였다. 저번 주의 선약을 튼튼이 예고도 없이 깨

버렸기 때문에 강산으로선 자신의 업적에 오점이 생겼다며 호들
갑을 떨어댔다. 강산의 말로는 한 살 어렸지만 무척이나 예의 바
른 아이라 별명이 '젠틀소녀'라고 말했다. 튼튼은 일찌감치 약속
장소로 향했다. 가운과 함께 먹은 점심은 소화를 못 시켜 몇 시간
동안 고생했던 튼튼이다. 아무래도 꺼림칙한 그때의 그 일을 폭로
할까 봐 마음이 개운하지 못했다.

신호등을 건너자 롯데리아 앞에 한눈에 척 들어오는, 강산의 말
대로 퀸카 한 명이 서 있었다. 깔끔한 차림으로 서 있는 그녀는 무
척이나 아름다웠다.

"안녕? 너 맞지?"

"……."

"아닌가? 혹시 백강산이랑……."

"튼튼 오빠야?"

"응, 맞는데?"

놀란 듯 두 눈을 동그랗게 뜨고, 믿기지 않는다는 듯 튼튼을 바
라보고 있었다.

"무슨 생각을 그렇게 골똘히 해?"

"아, 미안. 저녁 먹었어? 가자, 밥 먹으러."

젠틀소녀는 조금 이상했다. 아무런 말은 하지 않았지만 무언가
가 있는 것이 분명했다. 젠틀소녀와 함께 저녁 식사를 마치고 시
내 여기저기를 돌아다니며 데이트를 즐겼다.

"오빠."

"응?"

"내 이름 궁금하지 않아?"

"내키지 않으면 가르쳐 주지 않아도 돼."

"어차피 한 번뿐이라 이건가? 나 다시는 안 만나줄 거야?"

"아니, 그런 게 아니라 네가 그냥 내켜하지 않는 것 같아서."

"설마~ 난 오빠와 매일매일 데이트하고 싶은걸? 내 이름은 강효원이야. 반가워. ……우리 한 9년 만인가?"

젠틀소녀의 말에 튼튼은 놀랄 수밖에 없었다. 9년 만이라니? 그렇다면 튼튼이 10살 때를 뜻하는데 자신과 알던 사람이라는 것인가? 도무지 믿을 수가 없었다. 강효원? 강효원? 튼튼은 머리를 굴려가며 기억해 보려 했지만 기억나지 않았다. 조금씩 젠틀소녀가 자신을 처음 만났을 때 당황했던 모습이 이해가 되고 있었다.

"이모부랑 이모는 잘 계시지?"

"엇! 너! 그럼 네가 그 강효원?"

이제야 기억이 나는 튼튼이었다. 9년 전에 미국으로 이민 간 작은이모의 딸이었다. 그때도 예쁘장하게 생긴 아이였는데, 크더니 그 미모가 더욱 빛났다.

"강산이는 어쩌다가 알게 된 거야?"

"정보 수집이 빨라. 후후~ 사실 이번에 효성고등학교로 전학 가게 되어 있었는데 폐교가 된다더군. 그러다가 효성고에서 대단

한 명성을 떨치고 있다는 강튼튼이 있다고 해서 궁금했지. 그런데
알고 봤더니 큰이모의 아들이 아니겠어? 10살 때 오빠 모습을 어
렴풋이 기억하고는 있었는데 어떻게 변했길래 명성까지 떨치나
궁금했지.”

“그랬구나. 어머니는 알고 계셔? 아무런 말씀 없으시던데.”

“아직 모르셔. 내일 정도에 찾아뵐 거야. 부모님은 이번 주말에
오시거든. 그래서 그때까지 내 개인적인 시간을 즐기고 있었지.
그러니까 오빠도 그때까진 내가 한국에 있는 건 비밀!”

“아, 그래. 알았다.”

자신을 향해 웃고 있는 튼튼은 그 미소가 매우 매력적이었다.
본인은 그것을 알고 있을까? 그 미소가 상대를 얼마나 설레게 만
드는지 말이다. 효원이 상상한 그 이상으로 멋진 남자가 되어 있
었다. 주체 못하는 가슴 떨림을 효원은 감히 사랑이라고 믿고 싶
었다.

퍽!! 퍽!!

벌써 한 시간째 이어지는 매질이다. 화가 많이 난 듯한 흰색의
명찰의 3학년 선배는 화가 많이 난 듯 후배 한 명을 죽일 듯 패고
있었다. 3학년 선배의 뒤론 1, 2학년의 후배들이 입을 굳게 다문
채 경직 자세를 유지하고 있었다. 매우 무섭고, 두려운 광경인 탓
에 말릴 수도 없는 노릇이라 그저 입 다문 채 조용히 있는 것이 차

라리 현명하다 느낄 정도였다.

대한공고는 선, 후배의 위계 질서가 대단했다. 그것은 30년 전통으로 현재까지도 이어지고 있었다. 대한공고의 역사상 가장 냉혈하다는 평가를 받고 있는 이 남자. 1, 2학년이라면 그의 향기가 나는 것조차 오금이 저릴 만큼 두려움을 떨게 만들었다.

묵묵히 그를 지켜보던 박재성은 다시 왼팔을 드는 그를 강하게 잡았다.

"뭐야!"

"이만하면 종석이도 정신 차렸을 거다."

그는 자신과 가장 친한 친구다.

박재성의 말에 한샘은 종석을 잡고 있던 다른 한 손을 놓았다. 그의 손이 내려옴과 동시에 종석은 그대로 기절하고야 말았다. 그는 후배들이 서 있는 곳으로 시선을 돌렸다.

"니들과 우리는 마이너스 1과 2라는 얼마 안 되는 차이가 있지만 그 안에는 대한공고가 있다는 것 명심해라!"

"예! 명심하겠습니다!"

"누구든 학교의 명예를 더럽히거나 기어오르는 새끼들은 절대로 가만두지 않겠어."

"예!"

"모두 해산!"

지옥 같은 시간이 드디어 끝이 났다. 세 번의 인내심으로도 통하지 않는 날이면 항상 이런 결말이 맺어졌다. 아무도 말릴 수가 없었다. 만약 그를 말릴 수 있고, 설득할 수 있는 사람이 있다면 그것은 장가운이라는 여자일 것이다. 장가운이라면 앞뒤를 가리지 않는 남자가 지금 재성의 눈앞에 있는 남자, 이한샘이었다.

"성질 좀 죽여라. 애들 쪼는 것 못 느끼나?"

"이렇게 하지 않으면 분위기 못 잡아. 알잖아? 아직 신입생들이라 군기가 잡히지 않았어. 때마침 종석이 새끼가 잘 걸린 거야. 본보기로."

"하여튼 이한샘 성질 사나운 건 알아주지. 쿡, 오늘은 마누라 보러 안 가나?"

"지금쯤 집에 콕 박혀서 아무것도 안 하고 있을 거야."

"왜? 무슨 일 있어?"

"오늘이 원이 새끼 생일이거든. 그 새끼 찾아야 하는데, 도대체 어디 붙어 있길래 왜 내 눈에 안 걸리지? 걸리면 그땐 질질 끌고서라도 집에 앉혀놓을 거야. 다시는 가운이 걱정하지 못하도록!"

원은 가운의 하나밖에 없는 남동생이다. 하지만 그는 2년 전 집을 나가 버렸다. 가운만 홀로 남겨둔 채 연락없이 사라져 버린 것이다. 하나밖에 없는 혈육을 잃어버린 가운의 마음은 하루하루가 가시밭을 걷는 심정이었다.

　재성과 헤어진 한샘은 조금이라도 빨리 가기 위해 잠시도 걷지 않고 뛰었다. 덕분에 단시간 내에 가운의 집 앞에 도착할 수 있었다. 문을 열고 들어갔다. 집 안은 역시 예상대로였다. 언제나 어둡고, 캄캄한 이곳. 남들과 같은 웃음과 따스함들은 이미 사라진 지 오래다. 아마도 오늘은 이층 원이의 방에서 꼼짝 않고 있을 것이라.

　한샘은 원이의 방문을 열었다. 그 안에 가운이가 보인다. 침대에 쪼그리고 앉아 눈물로 몇 시간이고 보냈을, 한샘이 너무나도 아끼고 사랑하는 단 하나뿐인 사람. 너무나도 가여운 사람. 한샘은 가운의 곁에 다가가 두 팔로 감싸 안았다.

　"아무도 없는데, 내 곁에 이제 아무도 없는데…… 그래서 나는 이렇게 무섭고, 두려운데…… 너무 보고 싶고, 그리운데…… 아무리 원하고, 원해도 돌아갈 수가 없나 봐. 하루가 지나고, 또 한 달이 가고, 또 한 달이 가고 그렇게 해서 벌써 2년이 흘러버렸는데 우리 원이는 아직도 나를 용서하지 못하나 봐."

　"울지 마. 너 우는 것 보면 나 지금이라도 당장 원이 새끼 찾아서 죽일지도 몰라. 널 버린 대가를 치르게 만들지도 모른다고."

　"몰랐어, 우리 집이 이렇게 큰 줄은. 그때는 이층짜리인 이 집도 비좁다며 더 넓은 곳으로 갈 수 없냐고 그랬는데…… 그런 이 집이 지금 내게는 낯선 타지마냥 더 넓고, 낯설어서 미칠 것 같아."

“우리 집에서 같이 살자. 엄마, 아빠도 너라면 허락하실 거야. 응? 내 옆 방 쓰면 되잖아. 가자.”

한샘은 조용히 가운을 일으켜 세웠지만 가운은 고개를 저었다.

“안 돼. 난 이 집을 지켜야 돼. 그래야지, 그래야지 우리 원이 돌아올 수 있어. 원이 돌아오면 나라도 반겨줘야지. 나마저 이 집에 없으면 우리 원이가 왔다가 빈집인 줄 알고 다시 돌아가면 어쩌라고. 원이가 올 때까지는 이 집에서 벗어날 수가 없어.”

가운은 미칠 것만 같았다. 자신보다 한 살 어린 남동생. 오늘은 장원이의 생일이었다. 하나뿐인 혈육이었다. 그래서 오늘은 유난히 맑은 날씨에 화가 나고 분했던 것이다. 한샘은 깡말라 버린 자신의 사랑이 너무나도 가여웠다. 음식도 제대로 먹지 못하고, 허구한 날 신경성으로 인해 체해 버리기 일쑤였다. 혼자 남은 가운의 상처는 매우 컸던 것이다.

한샘이 주방에서 식사를 준비하고 있는 동안 가운은 안방 문을 천천히 열어보았다. 깨끗하게 정리되어 있는 부모님의 방. 하지만 이제는 온화하던 그 표정들도, 따뜻한 그 음성도 들을 수 없다. 가운인 서랍장 위에 가지런히 놓인 부모님의 사진 앞에 무릎을 꿇었다.

“용서하지 마세요. 이 못난 딸 절대로 용서하지 마세요. 어머니, 아버지 그렇게 만든 불효자 장가운을 절대로, 절대로 용서하지 마세요. 저 평생을 불행하게 해주세요. 이렇게 빌게요. 제발 불행하게 살다 죽게 해주세요. 나는 절대로 나를 용서하지 않을 테니까.”

열아홉 살 가운이의 슬픈 기도였다. 아무도 모르는 가운이의 기도. 가장 가까운 한샘조차도 모르는 그녀의 기도였다. 언제나 똑같은 주문 ‘불행하게 살다 죽게 해주세요’라는 그녀의 기도. 오늘도 가운은 부모님의 영전 앞에서 빌고, 또 빌었다.

“아니, 이 녀석아, 한국에 왔으면 제일 먼저 이모 집으로 왔어야지. 어디서 지낸 거니? 응? 이모가 얼마나 걱정했는지 아니?”

“죄송해요, 이모.”

효원은 김 여사의 어깨를 주무르며 온갖 애교를 부렸다. 그런 효원이 김 여사로서는 딸 같고 예쁘기 그지없었다.

“효원아, 어쩌면 너는 어릴 때랑 똑같니? 그때도 예쁘더니 지금도 더 예쁘면 예뻤지 덜하지는 않는구나.”

“예쁘긴요. 우리 이모가 세상에서 제일 예쁘시죠.”

“아휴, 어쩜 말도 이렇게 예쁘게 할까?”

“헤헤.”

순영 댁이 가져온 과일과 음료를 마시며 김 여사와 효원은 지나온 추억들에 대해 이야기꽃을 피우느라 시간 가는 줄 몰랐다. 주방에 있던 순영 댁은 김 여사의 웃음소리에 혀를 차며 조용히 주절거렸다.

"에구, 도련님한테도 저러면 얼마나 좋아. 어쩌면 저렇게도 다를까? 애꿎은 도련님만 고생이지. 어린것이 무슨 죄가 있노, 죄가 있다면 나이 많은 우리 어른들이지. 쯧쯧."

"너희 엄마는 주말에 온다고?"

"예. 아직 볼일이 남으셔서 저만 일찍 온 거예요. 참, 저 튼튼 오빠는 먼저 봤어요."

"튼튼이를 먼저 봤다니?"

"제가 사실은 효성고로 전학 가게 되었거든요. 그런데 그곳에 강튼튼이라는 사람이 그렇게 인기가 좋고, 머리도 좋은 데다가 모두가 인정하는 킹카 중의 킹카라고 하지 않겠어요? 그래서 궁금해서 찾아가 봤죠. 그런데 오빠 정말 전과는 다르게 멋있어졌더라구요. 대단했어요."

"그 아이는 앞으로 우리 기업을 짊어지고 갈 아이야. 앞으로도 지금보다는 몇 배 더 성장해야 돼. 튼튼이는 지난 12년간 단 한 번도 자기 발전을 위해 안 받아본 교육이 없지."

"와~ 정말요?"

"그럼, 그 아이는 재능이 많은 아이란다. 다만 숨기고 있는 것뿐이지. 언젠가 그 모든 재능을 세상 밖으로 보일 날이 올 게다, 곧."

김 여사는 확신했다. 자신의 아들 강튼튼은 자신, 그리고 강 회장의 기대를 저버리지 않을 것을 말이다. 지난 12년간 영재 교육은 물론이거니와 다방면의 재능을 만들어주기 위해 김 여사는 끝없는 노력을 했다. 그것은 그녀의 자존심과도 같은 일이었다. 자신의 아들은 완벽해야 했다. 모든 이들의 선망의 대상, 그렇게 만들기 위해 수많은 노력을 했지만 그녀보다 더욱 힘겹고, 고통의 시간을 보낸 것은 튼튼이란 것을 정작 몰랐다.

'나는 항상 그 아이를 지켜보지. 그 아이는 나의 꿈이야. 내가 만들어놓은 아이라고. 그러니 절대로 날 실망시켜선 안 돼. 그 아이는 나의 모든 것이야.'

이제 고등학교를 졸업하면 김 여사가 세워놓은 체계로 튼튼은 지난 세월같이 따라줘야만 한다. 김 여사는 철저했다. 벌써부터 튼튼을 위한 모든 준비가 끝마쳐져 있었다.

"그런데 이모, 오빠는 어디 갔어요? 보이지 않네요?"

김 여사는 튼튼이 어디에 있는지, 무엇을 하고 있는지 알고 있었다. 아직도 오지 않는 튼튼이 괘씸할 뿐이었다.

"같이 가겠니?"

"어딜요?"

"아무래도 내가 직접 튼튼이를 데리고 와야겠구나."

왕엄마의 가게가 부쩍대고 있었다. 20명의 예약 손님과 밀려드는 손님들 덕분에 가게는 정신이 하나도 없었다. 마침 왕엄마를 보러 왔던 튼튼은 이참에 도와주겠다며 옷을 걷어붙이고 일손을

돕기 시작했다. 손님들을 상냥하게 모시는 튼튼을 보자 왕엄마는
흐뭇한 듯 미소를 지었다. 오늘따라 일하는 게 가볍기만 하다. 화
이와 튼튼이 있는 것만으로도 그녀는 이제 세상에 원하는 욕심이
더 이상 없었다.

"여기요!"

"예!"

"여기 물 좀 더 주세요."

"예, 잠시만요."

튼튼은 신이 났다. 이렇게 부쩍대는 사람들 속에 있다는 것이
즐거웠던 것이다. 언제나 이렇게 시끌시끌하게 살고 싶다. 사람
향기 나는 곳에서 특유의 즐거움을 맛보며. 풍요롭지 않아도 된
다. 단지 이런 소박함, 공기. 그것들이 좋을 뿐이다.

"너, 지금 여기서 뭐 하는 거니?"

음식을 나르고 있던 튼튼은 김 여사의 모습에 놀라고 말았다.
하마터면 들고 있던 음식을 모두 놓칠 뻔했다. 화이는 재빨리 튼
튼의 쟁반을 받아 들고 주방으로 뛰어갔다.

"어머니."

"어서 집에 가자꾸나."

"여기는 어떻게 알고 오……."

"집에 가자니까!"

"어머니, 가게가 많이 바빠요. 조금만 도와주고 가면 안 될까요?"

“오셨어요, 사모님.”

화이의 말에 주방에서 뛰어나온 왕엄마는 김 여사를 보자 허리까지 숙여 인사했다. 하지만 역시 김 여사는 본체만체하며 오로지 튼튼을 데려가기 위해 바빴다. 그런 김 여사의 모습에 화이는 화가 나서 왕엄마를 잡아끌며 들어가자고 했다.

“강화이, 너는 나를 보고도 인사조차 하지 않는구나? 어디서 배워먹은 버릇이니?”

“그럼 아줌마는 우리 엄마가 인사하는데 왜 본체만체하세요?”

“뭐? 아줌마? 아주 못 배운 티를 내는구나? 튼튼이 너, 어서 나와!”

김 여사는 화이의 말에 굉장한 불쾌감을 표하고는 먼저 식당에서 나갔다. 김 여사가 나가자 화이는 발을 동동거리며 가슴을 툭툭 쳤다.

“왕엄마, 정말 미안해. 괜히 나 때문에…… 왕엄마, 정말 미안해.”

“이 녀석아, 네가 뭐가 미안혀! 내가 그랬지, 아무 때나 사과하는 것 아니라고. 네가 잘못한 게 뭐가 있다고 그려.”

“그래도…….”

“어서 가봐, 여기 걱정은 말고. 화이가 있잖아.”

“그래, 오빠. 얼른 가봐! 저 고집불통 아줌마가 또 한소리 하겠다! 얼른 가봐!”

"미안해, 화이야. 오빠가 집에 가서 전화할게. 왕엄마 잘 도와
드려. 알았지? 나 갈게, 왕엄마…….."

"응."

"나…… 또 올게."

"당연하지, 그럼 또 안 올겨?"

"갈게."

왕엄마는 튼튼의 뒷모습을 바라봤다. 자신의 앞에서는 한 번도
보인 적 없는 튼튼의 모습, 긴장한 모습이었다. 평소의 김 여사 행
동들은 보지 않아도 눈에 선했다. 짐작은 하며 살았지만 막상 실
감하자 마음이 편치 못했다.

"조금만 내 새끼처럼 사랑해 주세요, 사모님. 조금만 더 정을
주시고 마음으로 튼튼이 녀석을 대해주세요. 저 아이가 원하는 건
당신처럼 돈도, 명예도 아니에요. 녀석이 원하는 건 관심과 애정
이라구요."

수십년 동안 변한 것이 없는 사람이었다. 자신이 이루고자 하는
것은 반드시 이뤄야 끝을 맺는 사람이었고, 때문에 모두가 두려워
하는 사람이기도 했다. 그것이 김자영이라는 여자였다. 자신의 불
행한 삶을 조금이라도 바꾸기 위해 선택한 것이 그의 아들 강튼튼
이었다. 그리고 그녀의 소원대로 불행했었던 삶은 튼튼으로 인해
조금씩 변화되어 가고 있었던 것이다.

#10

아침부터 3학년 3반 여학생들은 누군가를 기다리고 있느라 목이 빠질 상태였다. 지각하기 10분을 앞두고도 등교를 하지 않는 그녀들의 우상 강튼튼. 우현은 튼튼에게 전화를 해보았지만 전화 또한 받지 않고 있었다.

"이상하네."

우현의 말에 강산이 물었다.

"전화도 안 받아?"

"응."

"집으로 해볼까?"

"우리 튼튼이네 집 전화번호 모르잖아."

"참, 그랬지."

강산을 머리를 긁적이며 시계를 보았다. 저번에는 장미 때문에 그랬다고는 하지만 오늘은 교문 앞 또한 고요한 것만 여태껏 오지도 않고 있으니 걱정이 될 뿐이었다.

조례를 하러 들어온 윤 선생이 튼튼의 빈자리를 보고야 말았다.

"뭐야? 강튼튼 아직까지 학교 안 나왔어?"

윤 선생의 물음에 서로 갸우뚱거리기만 할 뿐 선뜻 대답하지 않았다.

"백강산! 지우현! 너희들 튼튼이랑 친하지? 어서 연락해 봐. 그리고 오면 바로 교무실로 오라고 해. 아주 혼쭐을 내던지 해야지 원!"

화가 난 윤 선생은 조례를 짧게 마치고 나갔다.

지아는 튼튼의 빈자리가 자꾸만 신경에 거슬렸다. 튼튼의 자리에서 시선을 떼지 못하다 강산과 눈이 마주치자 눈살을 찌푸렸다. 강산이 마음에 들지 않았던 것이다. 장난기도 아주 많아 보이는데다가 처음 본 자신에게 꼬맹이라고 불렀다. 그것도 가장 듣기 싫어하는 말인 꼬맹이를 말이다.

"지아야, 너 튼튼이 좋아?"

가운의 말에 지아는 고개를 도리도리 흔들며 아니라고 했다.

"그냥 궁금해서~ 가운이 너와 친해 보이고 해서 괜히 궁금해지잖아."

"그 애랑 내가 왜 친해?"

"에이, 뭘~ 저번에 같이 수업도 빠졌잖아."

"지아야, 그건…….”

"피이, 다 알아. 어떻게 아는 사이야? 응? 한샘이한테는 비밀로 할게 응? 너 자꾸 나 궁금하게 만들 거야?"

"아니야, 나 진짜 걔랑 아는 사이 절대 아니니까 궁금해하지도 말아! 나 오늘 만사가 귀찮다. 선생님이 찾으면 아파서 양호실에 갔다고 해줘."

교실에서 나온 가운은 옥상으로 올라갔다. 옥상은 역시 조용하다. 혼자 있는 것을 무척이나 좋아하는 가운에게는 안성맞춤이었다. 미소 짓고 있던 가운은 하마터면 소리를 지를 뻔했다. 아무도 없을 줄 알았던 옥상에 자신 외에 다른 한 사람이 먼저 와 있었던 것이다. 천천히 다가선 가운은 그 사람이 튼튼임을 알고는 더욱 놀랄 수밖에 없었다. 학교에 왔으면서도 교실로 오지 않은 튼튼이 어이없을 뿐이었다. 말이라도 붙이려는 가운은 뜻밖에 흘러나오는 노랫소리에 그 자리에 서 있을 수밖에 없었다.

"엄마가 다니던 시장 골목을 하루에도 몇 번씩 오갔네. 모두가 떠나 버린 놀이터에서 엄마 생각 하면서 앉아 있었네. 하늘에 별 님이 되었나, 우리 엄마는~ 반짝이는 저 별이 엄마~ 엄마 같아라. 아~ 아~ 우리 엄마. 우리 엄마가 따스한 목소리로 나를 부르네~"

가운은 튼튼의 노래를 몰래 감상하는 꼴이 되어버렸다. 어쩐지 튼튼과는 어울리지 않는 노래다. 통 이해가 되지 않는 가운이었지만, 그가 부르는 노래는 무척이나 구슬프게 가운의 귓전에 맴돌았다.

"야, 사내새끼가 청승맞게 혼자 앉아서 엄마를 찾고 있나?"
"아."
"뭘 그렇게 놀라냐?"
"언제부터 거기 있었어?"
"너 노래 부를 때부터."
"이런, 인기척이라도 하고 오지."

“너 담임이 학교 오면 교무실로 오라던데? 전학 온 지 얼마 안
됐으면서 자꾸 이러면 인상이 별로 안 좋잖아. 학교 좀 제대로 다
니지 그러냐?”

“관심도 가져 주고 고맙네?”

“무슨 관심? 충고일 뿐이야.”

“여하튼 고마워.”

가운은 안다, 튼튼이 울고 있었다는 것을. 그의 빨갛게 부운 눈
을 눈물 이외에는 달리 설명할 것이 없었다. 무슨 사연이 있길래
남자가 눈이 퉁퉁 붓도록 울고 있었을까? 한샘과는 너무도 다른
대조적인 모습이었다. 냉정하고, 매사에 철저한 한샘과는 달리 철
없어 보이고 어떨 때 보면 바보 같은 튼튼.

“그런데 네가 부른 그 노래 말이야, 제목이 뭐야?”

“우리 엄마.”

“제목이 우리 엄마야? 아니, 나도 어렸을 때 들어본 것 같아서
물어본 거야.”

“우리 엄마는 나 7살 때까지도 업고 재워줬다? 그때는 그것이
당연한 것인 줄 알았거든? 그런데 이제 와서 보니까 내가 너무 철
이 없었던 것 같아. 엄마는 자장가를 항상 불러주셨거든. 그 자장
가가 이 노래였어.”

“너 마마보이지?”

“마마보이?”

“사내자식이 7살 때까지 엄마 등에 업혀서 잠이나 자고. 너 아직도 엄마 젖 만지지? 그치? 어휴~ 정말 마마보이.”

튼튼은 인상을 찌푸리는 가운을 보자 절로 웃음이 나왔다. 오늘은 가운이 자신 앞에서 말을 많이 하고 있다. 그 모습에 튼튼은 웃음이 나왔던 것이다. 자신이라고 하면 혀를 찰 만큼 싫어하는 줄 알았는데 말이다. 튼튼은 자리에서 일어섰다. 기지개를 쭉 켜며 하늘을 바라본다. 아주 긴 시간 동안 그의 행동은 멈추지 않았다. 가운은 그런 튼튼을 감상했다. 그러다 튼튼은 옥상 난간 앞에 있는 벽돌 위로 올라섰고, 그 다음 다시 또 위로 올라가 난간 위로 올라섰다.

“야!! 야, 강튼튼!! 너 미쳤어? 얼른 안 내려와? 응?!”

놀란 가운은 혹시라도 튼튼이 아래로 떨어질까 걱정되어 어쩔 줄을 몰라 했다.

“장가운, 너는 나 싫지?”

“뭐?”

“그땐 정말 미안해. 내가 이렇게 사과할게. 정말 미안해. 나 그때는 정말 잠시 미쳐서 그랬어. 나 원래는 그런 놈 아니야, 진짜!”

“그래, 알았어. 알았다고! 믿는다! 아멘! 됐지? 그러니까 내려와!!”

“하하하.”

그때 가운은 보았다. 파란 하늘같이 웃음 짓는 사람을 말이다.

난간 위로 올라선 그의 모습은 하늘과 겹쳐 보여 가운의 가슴을 설레게 만들었다.

'그래, 인정한다. 너 웃는 모습은 정말 환상적이다. 나와는 다른 너. 내가 가지지 못한 웃음을 가진 네가 나는 참 부럽다, 강튼튼.'

"와~ 나는 자유인이다! 강튼튼은 자유인이다!"

신나게 떠들고 있는 튼튼을 보자 가운은 자신도 모르게 웃음이 나왔다. 처음으로 누군가를 따라 신나게 웃고 싶어졌다. 2년 만에 갖는 생소한 느낌이었다. 웃고 싶었다. 맑게 개인 하늘만큼 밝고 깨끗하게 웃어보고 싶었다. 너무 늦지만 않았다면 말이다. 튼튼은 다시 난간에서 내려왔고, 가운에게 오른손을 내밀었다.

"잘 부탁해. 나는 강튼튼이야."

가운도 튼튼의 오른손을 잡았다.

"나도 잘 부탁할게. 나는 장가운이야."

이로써 튼튼과 가운의 악몽 같았던 첫 번째 만남과 어색했던 두 번째 만남은 모두 끝이 났다.

제2화
다가오지 마

#11

　화이는 아침 일찍부터 현상해 온 사진을 보며 활짝 웃고 있었다. 아무리 봐도 사진은 무척이나 잘 나왔다. 이것을 팔 생각을 하니 벌써부터 즐거웠던 것이다. 자신의 반으로 가기 전에 3학년 3반의 교실에 먼저 들러 강산과 우현을 찾았다. 아침부터 자고 있는 튼튼을 보니 어제 또 밤새도록 시달린 것이 분명했다.

　"화이야! 저 자식 어제 또 밤새도록 화상 채팅 했나 봐."

　화이는 강산에 말에 웃었다.

　"그래, 그랬을 거야."

　"하기야 요즘 튼튼이 자식이 조용하긴 조용했지. 그때 만난 젠틀소녀랑은 어떻게 됐나 몰라? 저 인간 또 말도 않고 사귀고 있는 것 아니야?”

“나도 사귀었으면 참 좋겠어.”

세 사람 모두 처음 보는 인물이었다. 명찰은 화이보다는 한 학년 위인 2학년 명찰이었다. 이름은 강효원. 효원을 알아본 것은 강산이었다. 수첩에 적어놓은 이름이 기억났던 것이다.

“엇! 혹시 네가 젠틀소녀?”

“풋! 내가 왜 젠틀소녀야? 내가 그렇게 신사적이었단 말이야? 이런, 고마운걸?”

“이야~ 너 이 학교로 전학 온 거야?”

“응, 오늘부터 이 학교에 다니기로 했어.”

세 사람 모두 효원의 제의에 학교 식당으로 달려왔고, 효원은 서둘러 쫄면을 비롯한 여러 분식들을 시켰다. 호탕한 성격에 외모까지 받쳐 주니 강산에게는 더 더욱 반가울 수밖에 없었다.

“강효원, 넌 걱정 마. 나! 백강산이 너와 강튼튼을 틀림없이 연결해 주고 만다.”

“호호, 그래? 정말이지? 그럼 나는 강산 오빠만 믿으면 되는구나?”

“나도 믿어, 나도!”

화이가 손을 번쩍 들며 자신도 믿어달라는 시늉을 했다. 효원은 터져 나오는 웃음을 참느라 안간힘을 썼다. 그러다 안 되겠다는 듯 웃음을 터뜨리며 입을 열었다.

"나 사실은 튼튼 오빠랑 사촌지간이야."

효원의 말에 세 명 모두 놀라고 말았다. 사촌지간이라니, 강산
과 우현은 그렇다 쳐도 화이조차도 전혀 모르는 눈치였다.

잠시 후 식당에서 나온 강산과 우현은 먼저 교실로 올라갔고,
화이와 효원은 운동장 벤치에 앉아 얘기를 나누었다.

"아, 그럼 그 아줌마 동생의 딸이라고?"

"아줌마?"

"난 그 사람 싫어해."

"…그래, 그럴 수도 있겠구나."

"언니도 그 아줌마 편이라면 나에겐 적이 되는 거야."

"걱정 마, 나는 화이 네가 아주 좋으니까."

"나중에 내가 돈 많이 벌고 꼭 성공해서, 그래서 우리 튼튼이
오빠 그 집구석에서 당당하게 데리고 나올 거야. 지금은 내게 아
직 그럴 자격이 없어서 오빠를 그곳에 두고 있지만 언젠가는 꼭
내가 오빠를 자유롭게 만들어줄 거야."

"어, 그래, 안녕. 잘 지냈니? 그래. 그럼 보고 싶지. 나도. 그래,
걱정하지 말고 공부 열심히 하고 있어. 오빠는 자기 일에 열심인
사람이 좋더라. 그래. 놀러와."

쉬는 시간 내내 튼튼의 휴대폰은 조용하지 못했다. 계속 울려대

는 전화를 받느라 튼튼도 곤욕이었지만 그에 못지 않게 지켜보는 이들도 곤욕스러웠다. 그때 3반의 뒷문이 열렸고 여학생들이 우르르 몰려왔다.

"꺄악~ 오빠! 튼튼 오빠!"

"세상에 웬일이야."

지아는 튼튼에게 열광적으로 달려드는 여학생들을 보며 경악을 금치 못했다. 전학 온 지 얼마 되지도 않았는데 벌써부터 학교에 따라다니는 아이들이 있다니 믿을 수가 없었던 것이다.

"쿡쿡. 멋진데?"

"가운아, 튼튼이 인기가 대단한가 봐! 그치? 여자애들 좀 봐. 반은 미친 것 같이 보여. 그치? 정말 무섭다."

"지아 너도 저러고 싶지? 너 튼튼이 좋아하잖아."

"뭐? 내가 왜 강튼튼을 좋아해?! 가운이 너 자꾸 이상한 말만 할 거야?"

"하하하."

수많은 여학생들 사이에 둘러싸여 활짝 웃고 있는 미소천사 강튼튼. 그런 튼튼을 보는 것이 가운은 재미가 있었다. 어쩜 저렇게도 접대용인지 진심인지 분간이 안 갈 정도로 웃고 있는 것일까? 가운은 시간 가는 줄도 모르고 튼튼을 보며 웃고 있었다.

그때 강산은 슬쩍 일어나 수많은 무리 중 세 명을 데리고 밖으로 나갔다. 본격적으로 미래고에서의 구질스 활동이 시작되는 순

간이었다. 강산은 세 명의 여학생들에게 사진 몇 장을 보여주었
다. 순간 여학생들은 환호성을 지르며 좋아서 어쩔 줄 몰라 했다.

“선배님, 이 사진 어디서 구하셨어요?”

“튼튼이의 사진은 오로지 우리 구질스에서만 구입할 수 있지.”

“구질스요?”

“앞으로 사진이 필요하면 3학년 3반 지우현, 백강산, 1학년 7반
강화이를 찾도록 해. 사진은 한 장당 오천 원이야.”

“허억. 너무 비싸다. 선배님, 조금만 깎아주세요.”

“비싸? 이런, 만 원짜리를 오천 원으로 불렀는데 비싸다니. 그
럼 하는 수 없지. 다른 애들한테 넘기는…….”

“아니요! 살게요! 여기요, 여기 5천원. 됐죠? 우와~ 진짜 잘 나
왔다! 짱이야.”

세 명의 여학생들은 한 명씩 5천원을 주고 강산에게서 사진을
구입했다. 스타트부터 무척이나 만족스러웠다. 구질스의 스타트
는 어쩐지 반응이 좋을 것만 같다.

그런 강산의 모습을 지켜보고 있던 지아, 미지, 가운 세 사람은
믿을 수 없다는 듯 너무나도 놀라워했고, 지아는 거의 광분을 하
기 시작했다.

“쟤, 쟤 미친 것 아니야? 어떻게 친구의 사진을 팔 수가 있는 거
야? 엉? 도대체 제정신이야? 엉?!”

흥분해서 날뛰는 지아를 미지는 온 힘을 다해 말렸고, 가운은

폭소를 터뜨리기 시작했다.

"하하, 쟤네들 진짜 캡이다! 정말 캡이라고! 너무 웃긴다! 하하! 내가 살다 살다 이렇게 황당하고, 웃긴 애들은 쟤네 세 명이 처음이야! 하하하."

가운은 주체를 못할 정도로 웃었다. 그런 가운의 모습에 흥분했던 지아도, 그런 지아를 말리던 미지도 모두 당황해 멈추고 가운을 보았다. 처음이었다. 그녀가 이렇게도 폭소를 터뜨리며 웃는 일은 말이다. 한샘 앞에서는 단 한 번도 보이지 않았던 그 환한 웃음. 요즘 들어 더 그러했던 그녀가 너무 웃어 배가 아파 죽겠다는 듯 자신의 배를 꼭 잡은 채 웃고 있었다. 지아와 미지에게는 가운의 웃음이 너무나 특별한 일일 수밖에 없었다. 다시 활기를 되찾는 것일까? 가운에게도 다시 봄이 오는 것일까? 비로소 웃음을 되찾는 것일까? 아무렴 좋았다. 무슨 이유이든 가운이 활기를 되찾을 수 있다면 지아는 만족했다. 이제 지아도 그런 가운을 보며 웃었다.

'가운아… 가운아, 우리 이제 웃을 수 있는 걸까? 우리 이제 그만 슬퍼해도 되는 걸까? 가운아, 우리 웃자. 우리 웃어버리자. 그리고 모두 잊자. 우리 이제는 새롭게 시작하자.'

#12

시끌시끌한 운동장. 역시 점심 시간이었다. 가운을 비롯한 두

사람은 운동장 구석진 곳에 있는 벤치에 앉아 역시 마찬가지로 구
석진 곳에서 놀고 있는 세 사람을 지켜보고 있었다.

"야, 이런 개미소! 너 정말 이러기야?"

"야, 금강산! 그럼 네가 날 이기면 될 것 아니야! 자~ 시작이야!
나 이제는 엉덩이 뼈로 찍기 할 거야."

"치, 치사한 놈. 너 지금 나한테 말랐다고 시위하는 거지? 그
치?"

"됐어! 얼른 엎드리기나 하시지?"

"저런 망할 개미소."

"다 비켜!!"

힘차게 뛰어 강산의 허리 위로 올라간 튼튼. 역시나 엉덩이 뼈
로 찍기 작전은 그대로 먹혔고, 강산은 꽤 아픈 듯 소리를 질렀다.
강산의 비명 소리에 튼튼은 좋아죽겠는지 두 손을 번쩍번쩍 들고
있었다.

"저기 가운아, 쟤네 지금 뭐 하는 거야?"

지아가 어이없다는 표정을 지으며 가운에게 물었다.

"뭐 하긴, 말뚝박기 하는 거지."

"지금 쟤네 개미소, 금강산 이런 것들 말이야. 서로 놀리는 거
지?"

"응, 그런가 봐."

"이야, 정말 누가 저 인간들을 보고 19살이라고 하겠어? 진짜

짱 유치하다. 엄청 유치해. 그치?”

미지는 지아의 말에 웃기만 할 뿐이었다. 하지만 가운은 신기한 듯 튼튼이네를 보고 있었다. 아무리 생각해 보아도 웃기고 참으로 이상한 아이들이었다. 저들은 초등학생들이 주로 하는 말뚝박기를 하며, 그것도 달랑 세 명이 하면서도 매우 즐거워하고 있었다.

“김미지, 넌 요새 통 조용해? 이상하잖아. 요즘은 남자 친구 안 사겨?”

“응? 그냥 사는 게 재미없네. 하하.”

“뭐? 사는 게 재미없다고? 말도 안 돼! 천하의 날아날아 김미지가 사는 게 재미없다니, 웃겨!”

“그래, 맞아. 천하의 날아날아인 내가 이렇게 축 처진 채 살 순 없어! 나 오늘부터 다시 미팅 시작할 거야!”

미지는 자리에서 벌떡 일어나 만세 포즈를 취했다. 한곳에만 있지 않는다고 하여 항상 날아다녀라는 뜻에서 붙여진 미지의 애칭이었다. 일명 ‘날아날아’. 미지는 다시 원상 복귀할 참이었다. 요 며칠 사이 얌전히 있었더니 몸이 간질해서 죽겠는 모양이었다.

5교시 공포의 수학 시간이 시작되었다. 3반 아이들은 모두 경직되어 칠판에서 한시도 눈을 떼지 못했다. 심지어 가운까지도 말이다. 독종으로 불리우는 수학 선생은 매 시간 수업이 끝나기 20분 전 그날 배운 내용을 토대로 아무 번호나 찍어 문제를 풀게 했다. 만약 그 문제를 풀지 못할 시에는 깜지 열장과 재시험, 회초리 열대는 기본이었다. 깜지 같은 경우는 아주 빽빽하게 해서 열 장이었다. 모두가 경직되어 있는 이 시점에 튼튼은 나른한 몸을 가누지를 못하고 책상에 엎드려 곤히 잠에 빠졌다.

"허억!!"

가운은 시선을 돌리다 자고 있는 튼튼을 발견하곤 경악을 금치 못했다. 이 공포의 수학 시간에 자고 있다니 하긴 전학 온 그가 독종선생에 대해서 아는 것이 무엇이겠는가. 그런 생각이 들자 가운은 미친 듯이 종이를 찢어서 돌돌 만 다음 튼튼에게로 던지기 시작했다.

'너 깜지 열 장 쓰기 싫으면 얼른 일어나. 독종한테 걸리면 살아남지 못한단 말이야. 아까도 잤으면서 무슨 잠이 저렇게도 많아? 진짜 이상한 애야. 도대체 밤마다 뭘 하길래?

튼튼은 의문투성인 아이였다. 혹시 밤에 일이라도 하는 것인가? 아침마다 볼 때면 피곤한 듯 눈밑이 까만 그였다. 조례가 끝나기 무섭게 자기 시작해서 가끔씩 일어나 뻐근한 몸을 한 번씩 풀어주곤 다시 자버리기 일쑤였다. 그가 정신을 차리고 있을 때는 오로지 쉬는 시간과 점심 시간뿐이었다. 가운의 열심히 튼튼이 깨우기 작전이 실패하는 순간이었다.

"거기 4분단 맨 뒤! 자는 새끼 일어서!"

아뿔사! 가운은 몹시 안타까운 듯 눈살을 찌푸렸다. 강산이 흔들어 깨우자 튼튼은 졸린 눈으로 일어섰다. 독종선생은 그런 튼튼의 모습에 기가 차는 듯 교탁 위에 놓인 막대기를 잡았다 내렸다 만 반복했다.

"너 번호 뭐야?"

"47번이요."

"47번… 강튼튼?"

"네."

"앞으로 나와."

튼튼이 앞으로 나가자 3반 여학생들의 표정은 초상이라도 난 듯했다. 독종 시간에 잤으니 단순하게 끝낼 문제는 아닐 것이리라. 모두들의 짐작 속에서 튼튼과 강산, 우현은 아무것도 모른 채어서 이 지루한 수학 시간이 끝나기만을 바라고 있었다.

"너, 내가 칠판에 써주는 문제 풀어봐. 오늘은 수업이고 뭐고 여기까지야. 그러니까 너는 수업이 끝날 때까지 이 문제를 풀어야 돼. 무조건 풀어! 만약 풀지 못할 시에는 이 막대기로 20대다. 20분 동안 풀지 못한다면 20대! 알겠냐?"

여기저기서 탄식이 터져 나왔다. 어떤 여학생은 차마 못 보겠다는 듯 두 손으로 눈을 가리기도 했다. 지아와 미지도 예외는 아니었다. 모두의 탄식과 함께 튼튼은 분필을 집어 들었고, 독종선생이 적어놓은 문제를 훑어보기 시작했다. 훑어본 지 1분도 채 안되어 튼튼은 독종선생을 보았다. 필시 풀지 못하겠다고, 전혀 모르겠다고 하는 것은 아닐까? 독종선생은 피식 웃으며 튼튼을 비

웃었다.

"선생님, 제가 이 문제 풀면 뭐 해주실 거예요?"

"뭐?"

"제가 이 문제를 20분이 아니라 5분 안에 풀면 어쩌실 거냐고
요?"

"뭐? 네가 이 문제를? 허, 너 이 문제 대학교 수준이야! 대학교
수준! 이런 문제를 네가 5분 안에 풀겠다고?"

"그러니까 묻는 거잖아요. 어쩌실 거예요?"

"하~ 그래, 좋다! 네가 만약 이 문제를 맞힌다면 다음 시간부
턴 네가 자든 말든 관여하지 않겠다!"

"그 말 진심이죠? 애들아, 너희가 증인이야!"

"잔소리 말고 어서 문제나 풀어! 틀리기만 해봐! 넌 바로 20대
야, 20대!"

"네, 알겠습니다!!"

튼튼의 우렁찬 대답에 의아해하는 3반 아이들, 즐거워하는 강
산과 우현, 둘은 후에 일이 어떻게 될지 뻔하다는 표정을 짓고 있
었다. 가운에게는 도통 알 수 없는 일이었다. 알지도 못하고 너무
도 낯선 어려운 수학 문제를 앞에 두고도 당당하게 웃고 있는 튼
튼과 20대를 맞아야 할 튼튼을 걱정도 되지 않는다는 듯 웃고 있
는 그의 친구들은 확실히 문제가 있었다. 튼튼은 문제를 풀어 나
가기 시작했고, 풀면 풀수록 눈이 휘둥그레지는 독종선생과 반 아

이들이었다. 결국 튼튼의 말대로 5분도 안 되어 튼튼은 분필을 내려놓았다.

"믿을 수 없어."

독종선생은 튼튼이 풀어놓은 문제와 해답지에 있는 해답을 보며 하나씩 훑어보았다. 이럴 수가! 해답지에 있는 과정과 답이 튼튼이 해놓은 과정과 답에 마치 복사라도 한 것마냥 일치했다.

"선생님, 이제부터 전 수학 시간에 노터치예요! 꺄악~ 신난다!"

"너, 너 대체……."

말끝을 흐리며 당황함을 감추지 못하고 있는 독종선생을 보며 튼튼은 한마디 더 했다.

"앞으론 수학신동 강튼튼이라 불러주세요."

튼튼은 독종선생은 향해 승리의 브이 표시를 날렸고, 튼튼의 브이 표시에 이번에는 여학생들뿐만이 아니라 남학생들까지도 박수를 치며 튼튼에게 환호성을 하기 시작했다.

#13

공포의 독종! 독종선생이 낸 문제를 튼튼이가 맞혔다는 일이 대대적으로 학교 전체에 퍼졌다. 독종을 이겼다는 것에 모두들 두 눈이 휘둥그레져서 믿을 수 없어 독종선생에게 사실이냐고 묻는 아이들조차 있었다. 독종선생의 그렇다는 대답에 아이들은 또다

시 흥분하기 시작했고, 그 이후 튼튼이는 미래고의 반짝이는 스타
가 되어버렸다. 쉬는 시간이면 마다하지 않고 3반으로 달려와 튼
튼이를 한 번 더 보기 위한 전쟁이 시작되었다. 끝난 줄 알았던 효
성고에서의 인기몰이가 미래고에서 다시 시작된 셈이었다.

"하여튼 여자 아이들이란… 도대체 저게 뭐 하는 짓이람? 어휴,
못 말려."

지아는 팔짱을 낀 채 튼튼 옆에 다닥다닥 붙어 있는 여자 아이
들을 보며 한숨을 짓는다. 가운은 신경을 쓰지 않은 채 멍한 눈으
로 창밖을 바라보고 있었다.

"가운아, 뭔 일 있어? 응? 기분이 안 좋아 보여."

지아의 말에 가운은 고개를 좌우로 살짝 흔들었다. 지아는 가운
의 품속으로 파고들어 얼굴을 묻는다. 그런 지아의 머리를 살짝
쓰다듬는 가운이다.

"지아야."

"응?"

"요즘 들어 내가 잘하고 있는 건가 하는 생각이 들어……."

"무슨 소리야?"

"한샘이…… 내 옆에 두고 있는 게 잘하는 것인지 모르겠어. 이
게 아닌데… 아닌 것만 같은데 내 옆에 있는 한샘이…… 잘하고
있나 하는 생각이 들어."

"갑자기 왜 그래? 하루 이틀 사귄 것도 아닌데. 그리고 한샘이

가 널 얼마나 좋아해? 한샘이는 너 아니면 안 될걸?"

"휴······."

가운은 짧게 한숨을 내쉬었다. 사귀자는 말을 들었던 것은 아니다. 2년 전부터 가운이 곁에는 한샘이가 있었고, 이제는 그것이 익숙해져 버린 것이다. 시간 속에서 연인 사이가 된 것뿐이다. 문제는 한샘이었다. 시간이 지나면 지날수록 자신에게 집착하는 것이 점점 두려웠다.

'만약에 내가 한샘이 손놓아 버리면 어떻게 될까? 지금 이렇게 잡고 있는 한샘의 손을 놓아 버리면 한샘이, 그 애는 어떻게 되는 걸까? 나 그게 너무 두려워. 지아야, 나 정말 두려워.'

수업을 마치고 가운은 힘없이 교문을 빠져나왔다. 오늘 하루는 이상하게도 하는 것 없이 피곤하고 지치기 일쑤였다.

"가운아."

한샘이었다. 가운을 보자 환하게 웃는 그녀의 남자 친구 이한샘.

한샘은 지아와 미지를 보며 인사를 했다. 그를 아는 사람이라면 지금 이 모습에 무척 놀랄 것이다. 한샘은 냉정하고, 차가운 사람이었다. 말도 필요 이상으로는 하지 않는 조용한 사람이다. 그런 그가 여학생들에게 인사를 한다는 것은 꽤 신비스러운 일이 아닐 수 없다. 모든 이유는 장가운인 것이다. 가운 때문이다.

"지아랑 미지, 오랜만이네?"

"응, 오랜만이야."

"한샘이 너는 오랜만에 보니까 더 멋있어졌다?"

모두들 반가워하는데 가운이 한 사람만 침묵하는 상태였다. 지아는 한샘에게 눈치를 주며 얼른 가라는 손짓을 했다.

한샘은 가운의 손을 꼭 잡은 채 공원을 걸었다. 한참 동안 둘은 아무 말이 없었다. 가운이 오늘따라 상당히 기운이 없어 보였기 때문에 한샘 또한 무얼 말을 해야 할지 막막했다. 너무나도 어두운 가운을 볼 때면 한샘도 기운이 없어지곤 한다.

"하하하, 강화이 바보! 오빠도 못 잡냐?"

"우씨! 오빠 거기 못 서!!"

"에이, 강화이 바보!"

가운의 시야에 들어온 사람은 다름 아닌 튼튼이었다. 어떤 여학생이 앞서 뛰는 튼튼을 잡기 위해 헐레벌떡 뛰어가고 있었다.

"왜? 아는 사람이야?"

"응? 아니. 오늘 날씨 좋다."

"응, 날씨 좋지? 우리 이번 주말에 놀러나 갈까?"

"응, 그래."

튼튼을 잡고 있는 여학생에게 문득 관심이 가는 것은 왜일까? 튼튼의 새로운 여자 친구일까? 바람둥이인 것은 알고 있었지만 며칠 안 가서 여자 친구가 바뀌는 튼튼을 보니 한숨이 절로 나온다.

머리가 비상한 덕에 여자를 꼬시는 비법도 고단수이겠지만 튼튼
의 경우는 심해 보였던 것이다. 끝내 튼튼은 뛰는 것을 멈추고 여
학생에게로 다가와 품에 꼭 안은 채 그녀의 머리를 두 손으로 감
쌌다. 그리고 환하게 웃어버린다.

"하하하. 강화이, 이러면서 네가 오빠를 잡는다고?"

"우씨, 오빠~"

눈을 뗄 수가 없었다. 스치듯 지나가는 자리였음에도 불구하고
가운은 눈을 뗄 수가 없었다. 그녀는 모른다. 왜 그렇게 바보같이
서서 하염없이 바라보고 있었는지, 걸음을 멈춘 채 자신의 오래된
남자 친구가 바라보고 있음에도 불구하고 그렇게 뚫어질 듯 왜 바
라보고 있었던 것인지.

"오빠! 오빠, 진짜 우리 반에서 인기 짱이다? 하여튼 그놈의 인
기가 어딜 가겠어? 이제 효성고는 저리 가라라니까!"

"화이 너는 오빠가 인기 많은 게 좋아?"

"응, 좋아!"

"뭐가 좋아?"

"애들이 오빠 보면서 좋아하면 나도 덩달아 기분이 좋아져. 뿌
듯하기도 하고~"

"그래? 그럼 나도 좋아."

"피이~ 하여튼 오빠는 멍청이."

"그래, 오빠는 화이밖에 모르는 멍청이 할래."

화이는 튼튼이 품속에 안겨 시간이 멈추기만을 바랐다. 튼튼과 함께 있을 땐 언제나 시간 지나가는 줄도 모른다. 오늘도 역시 시계 따위는 쳐다보지도 않는다.

"왕엄마 보러 가자."

"응!"

한샘과 가운은 먹자골목으로 들어왔다. 시끌벅적한 이곳에 오니 제법 사람 냄새가 난다. 가운은 이제야 조금 편안해진다. 한샘과 여기저기를 돌아다니며 사람 구경을 했다.

"어때? 여기 괜찮지?"

"응, 좋네. 재미있어."

"앞으로 우리 자주 오자. 와서 맛있는 것도 사 먹고, 구경도 하고 가자."

"응."

가운과 같은 교복을 입은 여학생들이 지나갔고, 저마다 무엇을 보고 가는지 소중한 듯 두 손에 무언가를 지곤 눈물을 글썽이고 있었다. 무엇일까?

"어떡하면 좋아! 너무 잘생긴 것 같아! 진짜 보면 볼수록 빠진다니까."

"그러게 말이야. 이 사진 봐봐! 비싼 돈 주고 샀어도 정말 안 아깝지 않냐?"

"당연하지! 3반 언니들은 무지 좋겠다. 그치? 매일 볼 수 있고!"

"그러게 말이야. 아~ 나의 사랑 튼튼 오빠!"

가운은 여학생들의 모습에 피식하고 웃음이 나왔다. 자신이 알고 있는 사람. 그 사람을 너무 좋아하는 아이들의 그런 모습을 보고 있으니 신기하기도 하고, 재미있기도 했다.

"우리 여기 가서 밥 먹을까?"

"그래, 삼겹살 맛있겠다."

한샘과 함께 가게 안으로 들어섰다. 하지만 가운은 가게 안으로 들어서다 말고 무언가에 홀린 사람마냥 서 있었다. 그리고 가게 안에서 한 아주머니의 어깨를 주무르며 이야기꽃을 피우고 있는 남학생과 눈이 마주쳐 버렸다. 순간 숨이 막혀왔다.

"가운아, 뭐 해?"

'이상해. 바보같이 왜 움직이질 않지? 참 이상해. 나 정말 이상해.'

가운은 그대로 뒤돌아서 가게 밖으로 나갔다. 한샘도 가운을 뒤따라 나가보지만 가운은 이미 사라지고 없었다. 이렇게나 빨리 사라질 일은 없는데 가운은 보이지 않았다.

"가운아! 장가운! 장가운!!"

자신을 애타게 부르고 있는 한샘에게 가운은 대답을 하지 않았다. 가운은 왕엄마네 바로 옆 비좁은 골목에 주저앉았다. 바보같이 왜 뛰쳐나오고 말았던 건지 이해가 되지 않았다. 하지만 이미

물은 엎어져 주어담을 수도 없는 노릇이었다.

"너, 거기서 뭐 해?"

맙소사! 가운의 심장 박동은 도둑질한 사람마냥 미친 듯이 쿵쾅거리고 있었다.

#14

"너, 거기서 뭐 해?"

튼튼이었다. 가운은 튼튼의 등장에 많이 놀란 듯 두 눈만 깜빡거렸고, 그 모습이 퍽이나 우스웠는지 튼튼은 실소를 터뜨렸다.

"가운아! 장가운."

아직도 한샘이는 가운을 부르고 있었다. 가운을 부르는 소리가 나는 쪽으로 튼튼을 시선을 돌렸고 가운은 어쩌지도 못한 채 머뭇거렸다.

"남자 친구야?"

"응?"

"남자 친구냐고."

가운은 아주 짧은 몇 초 동안 대답을 하지 못했다.

"남자 친구 아니야?"

"아, 남자 친구야."

"아하~ 남자 친구가 부르는데 안 나갈 거야?"

"……."

“너······.”

자신의 엉뚱한 행동이 우스워지는 찰나였다. 가운의 얼굴이 금세 홍당무가 되어버렸고 숨이 탁탁 막혀왔다.

“너, 싸웠지?”

다행히도 싸웠냐고 묻는다. 가운은 얼렁뚱땅 고개를 끄덕였다. 그제야 환하게 웃으며 튼튼이 가까이 다가왔다.

“그것도 몰라? 부부 싸움은 칼로 물 베기야.”

“부부 아니야.”

“하여튼! 히히. 오늘은 애인이랑 싸웠으니까 딴 남자랑 바람 한 번 피워볼래?”

“뭐?”

가운이 대답하기도 전에 튼튼은 가운의 팔을 붙잡고 뛰었다. 가운은 영문도 모른 채 튼튼과 함께 뛰었다. 도대체 무슨 생각을 하고 있는지 보면 볼수록 몰라지는 사람이었다. 한참 동안을 뛴 것 같았다. 숨이 차고, 발목도 아팠다. 도대체 언제까지 뛰어야 하는 건지 뛰고 있는 자신이 참 많이 한심스러웠다.

“야, 야! 강튼튼!”

“다 왔어!!”

가운은 눈앞에 펼쳐진 광경을 보며 입을 다물지 못했다. 도대체 이곳을 왜 온 것일까 하는 생각이 들었다. 고아원이었다. 튼튼이 고아원 안으로 들어서자 아이들이 기다렸다는 듯이 우르르 나오

고 있었고 튼튼은 두 팔을 벌리며 그 아이들을 안을 준비를 하고
있었다.

"와~ 오빠다!"

"형아~"

"자, 이리 와봐!!"

벌써 한 시간째 아이들과 뛰어노는 튼튼이었다. 가운은 벤치에
앉아서 튼튼의 모습을 하나도 빠짐없이 전부 지켜보았다. 처음 보
았던 그때와는 다른 모습이었다. 술에 취해 자신의 남방 단추를
하나씩 풀던 그 모습은 어디로 간 것일까? 자신의 눈앞에 보이는
건 그때의 미친 사람이 아닌 아이와 같은 순진함으로 가득해 보이
는 사람이었다.

"심심하지?"

"아니."

"형석아, 거기로 가면 안 되지! 하하하. 거봐, 형이 뭐랬어! 하
하하."

공 차는 아이를 보며 웃고 있는 튼튼. 가운의 궁금증은 터져 버
리고야 만다.

"강튼튼, 어디서부터가 네 본모습이냐?"

"응?"

"도대체 뭐가 네 모습이야? 술만 처먹으면 미친놈같이 여자 옷
단추 푸는 것이 너야, 아니면 옥상에 앉아 혼자 슬픈 노래 부르면

서 우는 놈이 너야, 그것도 아니면 이렇게 순수하게 고아원 찾아오는 것이 너야? 어? 뭐가 너야!"

가운은 떨고 있었다. 튼튼에게 고함치듯 물었으면서도 바르르 떨고 있었다. 자신도 알 수 없는 이끌림 때문이었을까? 참을 수 없는 떨림이었다. 따지고 보면 화낼 일도, 다그칠 일도 아니었다. 정말 아무것도 아니었다.

"우리 그만 가자."

또다, 언제나 웃는 것. 가운은 조금씩 알 것 같다. 이 사람의 웃음은 결코 다른 이들과 같은 웃음이 아니라는 걸 말이다. 웃음으로 모든 걸 차단하고 있다는 것을 느낄 수 있었다.

가운의 손을 잡고 튼튼은 앞서서 걷고 있었다. 가운도 아무런 말없이 그런 그를 따랐다.

"나, 남자 친구 있다."

"어, 알아. 아까 있다고 했잖아."

"되게 오래됐다. 한 2년 사귀었나?"

"되게 오래됐네."

"응, 오래됐어. 되게 잘생겼다. 싸움도 무지 잘한다. 아마 너처럼 비실대는 애가 맞기라도 하면 뼈도 추스르지 못할걸?"

"응~"

"내 말이 거짓말 같아?"

"아니, 왜?"

"그런데 왜 웃어?"

"웃는 것도 죄야?"

"강튼튼, 너 항상 여자들한테 이런 식이지?"

"뭐가?"

"늘 이렇게 잘 챙겨주고, 잘 웃어주고, 스킨십도 잘하고 네 멋대로 그러지? 그치?"

"그래서 너도 내가 좋아?"

"뭐!!"

"쿡, 너 집이 어디야? 오늘 바람피우기로 했으니까 끝까지 마무리 짓자. 바래다줄게."

"여기가 우리 집이야. 고맙다, 바래다줘서."

"이야 ,집 좋네? 언제 한번 초대해 주라?"

"고려해 볼게."

가운이 대문을 열 찰나였다. 대문이 열리며 그 대문 사이로 한샘이 나타났다. 가운은 경직되고야 말았다.

퍽!

순식간이었다.

"꺄악!"

가운은 순식간에 벌어진 일에 놀라 입을 다물지 못했다. 한샘이 내려친 주먹에 튼튼이 그대로 나가떨어졌던 것이다.

"이, 이한샘! 뭐 하는 짓이야? 뭐 하는 짓이냐고!"

튼튼은 자리에서 일어나 살짝 찢어진 입술을 닦으며 한샘을 보았다. 그리곤 웃었다.

"이런~ 역시 바람피우면 안 된다니까? 딱 걸렸네."

여유롭게 웃고 있는 튼튼을 향해 다시 한 번 달려들려는 한샘을 가운이 있는 힘을 다해 붙잡았다.

"개새끼! 죽여 버린다!"

"이야~ 무서운걸? 나는 싸움을 아주 못하거든. 그러니까 이제 그만 때려. 너무 아프잖아? 네 좋은 근육이랑 비실거리는 내 몸이랑 어디 비교가 되냐? 조금만 참아. 그런데 너 진짜 주먹 세다! 진짜 죽이는걸?"

"내 성격은 아주 개 같아. 다시 한 번만 가운이 앞에 알짱거려 봐. 그땐 뒈지는 줄 알아."

"하하하."

튼튼은 웃고 있었다. 그럴수록 더욱 화가 나는 쪽은 한샘이었다. 하지만 아는지 모르는지 튼튼은 계속 웃고만 있었다.

"내 성격은 발랄이야. 너무 발랄하지. 하하, 그럼 이쯤에서 방해자는 사라져 줄게."

5분간의 공포는 그렇게 끝이 났다. 그러나 앞서 걷고 있던 튼튼이 비아냥거리며 한샘에게 말했다. 그것이 앞으로 시작될 튼튼과 한샘의 기막힌 숙명을 예고하는 전주곡이었다.

"참, 장가운 남자 친구! 한 가지 알려줄까? 조금씩 벌어지는 틈
은 말이야, 아무리 오랜 시간에 걸쳐 시공했어도 결국에는 어떻게
되는지 알아? 후~ 무너져, 무너지게 되어 있어. 조심해. 네 여자
친구 장가운, 내가 사랑하기 전에."

#15

가운은 머리가 멍했다. 방금 전 튼튼이 한샘에게 한 말을 되새
기고 있는 중이었다. 아무것도 손에 잡히지 않는다. 옆에 있는 한
샘조차 잊을 만큼 머리 속이 그 말로 인해 어지러웠다.

"장가운…… 장가운!!"

한샘이 소리를 지르고 나서야 정신을 차린 가운이었다.

"그 새끼랑 너랑 진짜 바람이라도 난 거야? 그런 거냐구!!"

"아니."

"아니면? 너 그 새끼랑 왜 있는 거야? 아까 어디 갔었어? 그 새
끼 만나러 나한테서 도망이라고 간 거 아니야? 어?"

"그런 것 아니니까 소란 피우지 마."

"가운아, 너 지금 내 심정이 어떤 줄 알아?"

"아무것도 아니야. 아까 그 애 같은 반 친구야. 길 가다가 만나
서 바래다준 것뿐이야. 그렇게 이상한 말 한 건 장난치는 것을 좋
아해. 이제 됐지? 오해 다 풀렸지?"

"너 지금 그걸 말이라고 하는 거야?"

"한샘아, 나 혼자 있고 싶어. 제발."

텅 빈 집 안에 우두커니 생각에 잠겼다. 하지만 믿을 수 없는 사실은 그 생각이 한 남자에 대한 생각이라는 것이다. 계속해서 떠오르는 그 사람의 얼굴, 달갑지만은 않은 미소. 그저 모두에게 하는 가벼운 친절함일 뿐이라고 스스로에게 주문이라도 걸듯 중얼거렸지만 머리 속에 스며드는 그의 대한 생각은 어쩐지 떨쳐 낼 수가 없었다.

"조금씩 벌어지는 틈은 말이야, 아무리 오랜 시간에 걸쳐 시공했어도 결국에는 어떻게 되는지 알아? 후~ 무너져, 무너지게 되어 있어. 조심해. 네 여자 친구 장가운, 내가 사랑하기 전에."
"네 여자 친구 장가운, 내가 사랑하기 전에."
"내가 사랑하기 전에."

가운은 고개를 숙였다. 이런 생각 하고 있는 것조차 한샘에게 미안할 뿐이었다. 알 수 없는 이 이끌림은 도대체 무엇이란 말인가. 스스로 부정하고 있어도 소용없었다. 가운은 자리에서 일어나 안방 문을 조심스럽게 열었다. 환하게 웃고 있는 부모님의 사진 앞으로 가운은 주저앉았다.
"이러면 안 되는 거잖아요. 나 이러면 안 되는 거잖아요. 특히 한샘이한테 이러면 정말 못된 거잖아요. 아니라고 해주세요. 내 마음 이건 한낱 흔들리는 나뭇가지라고 해주세요. 이러다 멈추는 거라고 해주세요.”

테이블에 빈 병만 해도 벌써 세 병이었다. 오늘 자신의 주량을 넘어버린 미지다. 비틀거리며 자리에서 일어서자 그녀의 새로운 남자 친구인 민석이 붙잡았다.
“오늘 왜 그래? 무슨 일 있어?”
“아니, 무슨 일 있기는.”
“집에 갈래? 바래다줄까?”
“나, 술 취하지 않았어. 걱정하지 마.”
미지는 술집에서 나갔고, 그런 미지를 따라 민석도 나왔다. 오늘따라 유난히 불안해 보이는 미지였다. 민석은 앞서 걷는 미지를 붙잡았고 어느 한산한 곳으로 빠져나왔다. 미지는 민석 옆에 기대 앉았다. 민석은 미지의 어깨에 살짝 손을 올렸고 살며시 다가왔다. 부드럽게 미지의 입술에 자신의 입술을 포갠다. 한참 후 민석의 얼굴에 무언가가 묻었다. 그것은 눈물이었다.
“김미지, 왜 울어?”
“민석아, 미안. 나 먼저 갈게. 미안해.”
미지의 눈에선 주체할 수 없을 만큼의 눈물이 흘러내렸다. 잊었다고 생각한 것들이 불현듯 기억나면 사람들은 누구든 미칠 것 같은 심정을 맛본다. 지금의 미지가 그랬다.

“김미지!”

울고 있는 미지를 누군가 잡았다. 민석인 줄 알았던 미지는 그만 그 자리에서 굳어버리고야 말았다.

“무슨 일이야? 왜 울어?”

이제 더 이상 참는 것에도 한계가 있었다. 이제 더 이상 아무 일도 없었던 것처럼 행동할 수가 없다. 이제는 참을 자신이 없었다.

“너 뭐야! 왜 하필 우리 학교로 전학 온 거야. 뭐 때문에! 왜 다시 내 눈앞에 보이는 거냐구! 3년 전에 그렇게 힘들게 했으면 됐잖아. 뭐가 또 부족하니? 응? 말해 봐! 대답해 봐, 지우현!!”

“미지야, 술 많이 취한 것 같다. 택시 잡아줄게.”

“피하니? 너 또 그때처럼 피해 버리니? 나도 여전하지만 너도 여전하네? 궁지에 몰리면 도망가는 것 말이야! 이것 놔, 혼자 갈 수 있어.”

미지는 우현을 지나쳐 걸었다. 빠른 걸음으로 걸어가고 있었지만 그녀의 마음속에서는 끝없이 그가 다시 한 번 붙잡아 주길 원하고 있었다. 하지만 그는 오지 않는다. 끝내 미지는 뒤돌아 선다. 하지만 우현은 어디에도 보이지 않았다. 비틀거리는 미지는 그만 바닥에 주저앉았다.

“거봐, 변한 게 없잖아. 단 한 번도 붙잡지 않는 지우현. 끝없이 기다리는 김미지. 16살 때나 19살이나 변한 게 아무것도 없잖아. 지우현, 너 참 잔인하다. 너무 잔인해.”

잠이 오지 않았다. 머리 속에 상념이 많아서일까? 가운은 도통 잠을 이룰 수가 없었다. 침대에서 이리저리 뒤척거리다 끝내는 미련을 버리고 일어나 거실로 나가 TV를 켰다. 쉴 새 없이 조잘거리는 연예인들. 하지만 정작 가운의 눈과 귀에는 아무것도 보이지 않고, 들리지도 않는다. 그때 초인종이 울렸다. 가운은 한샘일 거란 생각에 확인도 하지 않은 채 문을 열었다.

"이렇게 함부로 문 열어주면 안 되는 거 몰라?"

한샘의 목소리가 아니었다. 놀란 가운은 밖으로 뛰쳐나갔고 재빨리 확인을 했다. 초인종을 누른 사람은 한샘이 아닌 튼튼, 바로 그였다.

"무, 무슨 일이야?"

"그냥 생각나서 왔어. 집에 아무도 안 계시나 봐. 오는 내내 얼마나 걱정했는지. 다행이다, 네가 나와서. 연락처도 모르니 전화를 할 수가 있어야지. 이 참에 네 전화번호나 알려줘라."

튼튼은 휴대폰을 꺼내서는 가운에게로 내밀었다. 가운은 금방이라도 심장이 터질 것 같았다. 이때만큼 자신의 심장이 야속한 적은 없었다.

"가르쳐 주지 않을 거야. 그리고 우리 집에 찾아오지 마. 학교에서도 아는 척 하지 마. 너, 이제 내 앞으로 100미터 이내 접근하지 마. 절대로 다가오지 마. 오지 마."

"왜? 남자 친구랑 많이 싸우기라도 했어? 옹졸하게 그런 장난을 믿든?"

장난이라는 튼튼의 말에 가운은 눈물이 핑 돌았다. 정말 자신이 미치기라도 한 것일까? 대체 무엇을 기대했다는 말인가. 어떡해서든 떨어지려는 눈물을 감추고 싶었다. 하지만 그때였다. 갑자기 튼튼이 가운을 안았다. 예상치 못한 행동이었다.

"미안해, 장난이라고 해서……."

가운은 두 눈을 질끈 감았다.

'제발 도와주세요. 내가 이한샘을 버리는 나쁜 짓 하게 않게 제발 도와주세요. 누구든 내 얘기 듣고 있으면 제발 도와주세요.'

끝없이 기도하고 있는 가운에게 튼튼은 또다시 흔들리게 하는 말을 내뱉고야 만다.

"장가운, 내가 널 사랑하게 되면 나쁜 짓 하는 거냐?"

#16

한참 동안 튼튼을 바라보다 시선을 돌려 버리는 가운. 그러다 다시 튼튼을 보며 비웃듯 웃는다.

"너, 지금 무슨 소리 하냐? 내가 네가 데리고 노는 여자들과 같아 보이냐? 우습다? 나는 장가운이야. 달라! 알았어? 못 들은 걸로 할 테니까 오늘은 이만 가."

튼튼은 힘없이 웃었다.

"그래, 내일 보자."

튼튼이 돌아섰다. 가운은 대문을 힘없이 닫고 안으로 들어왔다. 긴장했던 몸이 풀어지자 가운은 주저앉아 버렸다.

"내 경고 무시하지 마. 오지 마. 내 앞으로 이제 더 이상 다가오지 마. 아니…… 오지 말아줘. 제발, 부탁할게……."

벽에 기댄 가운은 여러 가지 생각들로 머리가 복잡해졌다. 그러다 짜증내며 보내 버린 한샘이 생각나 수화기를 들었다. 끝까지 한샘에게는 모질게 할 수가 없었다. 그마저 보낼 수 없었다. 그렇다고 가운이 그를 사랑하는 것은 아니다. 가운은 한샘을 사랑하지 않는다. 2년 전 한샘이 가운에게 손을 내밀었을 때에도, 그리고 2년이 지난 지금도 처음처럼 그를 사랑하지 않는다.

컴퓨터 오락 게임을 하던 우현은 문득 떠오른 미지의 모습에 생각에 잠긴다. 전학 왔던 첫날 우현 또한 미지의 모습에 많이 놀랐던 것은 사실이다. 미지가 미래고를 다닐 줄은 꿈에도 몰랐다. 거기에 같은 반이라니……. 섣불리 아는 척하지 못했다. 편하게 인사 나눌 사이는 될 거라 생각했는데 그건 우현 혼자만의 생각이었다.

우현은 서랍을 열었다. 서랍 속 구석에는 빛 바랜 시간 속에 묻힌 작은 상자가 있었다. 우현은 그 상자를 천천히 열어본다. 그곳에는 활짝 웃고 있는 미지의 사진 몇 장이 들어 있었다. 그리고 검은색 깨알 같은 글씨로 종이 한 장에 가득 적혀 있는 말 '사랑해'. 낡은 기억의 상자를 보다 옛 기억이 떠오르자 우현은 생각하기 싫은 듯 다시 상자를 닫았고, 답답한 마음에 창문을 열었다. 그런데 뜻밖의 인물이 집 앞에 서 있었다.

"튼튼아?"

"여어~ 지우현~"

"잠깐만 기다려."

우현은 급하게 집 앞으로 내려갔다. 이 밤중에 튼튼이 무슨 일로 찾아온 것일까? 혹시 오늘도 슬픈 생각에 젖어 지친 것은 아닐까 하여 우현은 조마조마했다.

"튼튼아, 무슨 일 있었어?"

"아니, 아무것도."

"정말이야?"

"자식, 두 눈 동그랗게 뜨기는. 아무 일도 없어, 인마. 그냥 지나가는 길에 생각나서 온 거야. 우리 좀 걸을까?"

우현과 튼튼은 산책로를 걸었다. 아무 말도 없는 튼튼이 이내 안쓰럽기만 했다. 그런 튼튼이 걱정되어 우현은 그의 어깨를 살짝 두드려 주었다.

"우현아, 한 사람의 기억 속에서 지워지는 일은 참 쉬운 것 같아. 뒤돌아 서면 잊고, 또 뒤돌아 서면 완전 잊어버리고… 그래서 전혀 기억하지 못하고. 집에서 정신없이 나와 무작정 뛰었는데 도착해 보니 그 애 집 앞이었다."

"그 애라니?"

"젠장, 강튼튼이 웬 말이냐? 하하. 내일은 여자애들이나 만나야겠다."

우현은 튼튼의 웃음 속에 허탈함이 묻어 있다는 것쯤은 느낄 수 있었다.

튼튼과 우현이 공원 진입로로 빠지고 있을 때였다. 그들의 눈앞에 보인 건 열댓 명으로 보이는 사람들의 싸우는 광경이었다. 더욱이 놀라운 사실은 그들이 교복 치마를 입은 여학생들이라는 점이다.

"쟤들 좀 위험하게 싸운다?"

"그러게, 신고해 버릴까?"

"우현아, 잠깐만. 나 슈퍼 좀 갔다 올게."

"슈퍼는 왜? 담배 떨어졌어?"

"아니, 기다려. 내가 금방 저 싸움 말린다."

튼튼은 공원 앞에 있는 슈퍼로 뛰어들어 갔고, 잠시 후 우현이 있는 쪽으로 달려왔다. 경찰마냥 호루라기를 목에 걸고선 씩씩하게 불면서 말이다. 그제야 우현은 튼튼이 슈퍼로 달려간 이유를 알곤 그의 행동에 웃음이 나왔다. 튼튼의 호루라기 소리는 제법 큰 역할을 했다. 싸우고 있던 여학생 몇 명이 소리를 듣고 황급히 공원 밖으로 달아나기 시작했다.

“뭐, 뭐야? 경찰이 왜 떠!!”

아직도 공원 안에 가지 않은 채 버티고 있는 여학생 세 명. 그중 두 명은 너무도 많이 맞아 지친 듯 벤치에 앉았고, 나머지 한 명은 화가 나서 미치겠다는 듯 나무를 발로 텅텅 차며 분풀이를 했다. 그녀는 짧은 스포츠 머리에 대경여상 교복을 입고 있었다.

“너희들 괜찮아?”

“에잇, 씨발! 고딩들 싸움에 경찰이 왜…… 어라? 뭐야?”

나무를 발로 차고 있던 여학생은 경찰인 줄 알고 있다가 막상 경찰이 아닌 자신과 같은 또래이자 기가 차다는 듯 짧은 앞머리를 입으로 훅훅 불어댔다.

“여학생들이 싸우면 쓰나? 위험하게.”

바로 그때 퍽 소리와 함께 튼튼의 배로 작지만 날카로운 주먹이 날아왔다. 워낙 순식간인지라 피하지도 못하고 맞아버렸다.

“네가 뭔데 우리들 싸움에 끼어들고 지랄이야, 재수없게.”

“좋은 주먹이네? 꽤 아픈데? 열심히 도와줬더니 고맙다는 말 아주 멋지게 하네. 쿡.”

튼튼을 친 여학생은 뒤로 주춤하였다. 어두워서 잘 보이지 않았던 튼튼의 실체를 이제야 봐버린 것이다. 그것도 엄청 가까이에서 말이다.

“너, 너, 너 뭐야?”

“뭐긴 뭐야, 사람이지. 아까 도망간 애들 딱 보기에도 너희 세 명보다 두 배의 인원이던데 너, 너무 자존심 센 거 아니야? 니 친구들 좀 봐, 벌써 저렇게 지쳤는데? 나 아니었으면 어쩌려고 했냐? 너도 많이 다쳤다. 이마에서 피난다."

튼튼은 여학생 이마에서 나는 피를 보며 손으로 닦아주기 시작했다.

"예쁜 얼굴에 상처가 나면 안 되지. 많이 아파겠다. 대경상고면 우리 학교 근처네?"

"너, 너 어디 학교인데?"

"나 미래고등학교."

"알았어. 애들아, 가자!!"

여학생은 자신의 친구들과 함께 공원 밖으로 뛰어갔다. 100미터쯤 가다가 무슨 생각이 난 건지 다시 뒤돌아 튼튼에게로 왔다.

"왜?"

"나, 나 대경상고 짱 임푸름이다, 임푸름. 간다!"

여학생은 자신의 이름을 튼튼에게 가르쳐 주고는 공원 밖으로 사라졌다.

#17

우현과 헤어지고 집으로 돌아온 튼튼은 거실에 앉아 TV 뉴스를 보고 있는 자신의 아버지를 본다. 무관심한 사람. 남의 가슴에 상처를 주고도 그것이 상처인지도 모르는 냉정한 사람. 그리고 쉽게 버리는 사람. 그것의 튼튼의 아버지다.

"튼튼이 왔니? 여기 앉아보거라."

강 회장은 튼튼이 앉자 TV를 껐다. 강 회장은 매우 철저한 사람이다. 자신에게 절대로 손해되는 행동은 하지 않는다. 손해다라고 생각할 때는 그전에 미리 버릴 뿐.

"요새 공부는 잘되어가고 있는 게냐?"

"네, 걱정 마세요. 매일같이 밤새도록 과외받고 있어요."

"여보, 걱정하지 마세요. 벌써 수학 같은 경우는 수학을 전공한 대학생들 수준이라니까요. 박 교수가 얼마나 칭찬을 하는지. 우리 튼튼이가 당신을 닮아서 너무 똑똑하대요."

"그래? 하기야 우리 튼튼이 잘 만들어놓기야 났지. 어디를 가도 이렇게 완벽한 아이는 없어. 안 그래?"

"그럼요. 튼튼이는 우리 집안의 자랑이에요~ 호호호."

듣고 싶지도 않은 자신들을 위한 자랑들이었다. 여기까지 오기 위해 얼마나 많은 이들이 상처 속에서 발버둥 쳐야 했는지를 잊어버린 사람들이다. 정말로 까마득히 잊어버린 사람들.

"아버지."

"오냐, 튼튼아."

"아버지, 오늘이 무슨 날인 줄 아세요?"

"오늘? 글쎄……."

강 회장은 김 여사와 눈짓을 하며 오늘이 무슨 날인지를 알아보려 하지만 알 턱이 없었다. 이미 그의 기억 속에서 지워지고 없어져 버렸을 테니까.

"튼튼아, 오늘이 무슨 날이지? 아버지가 일이 바쁘다 보니 잊어버렸나 보구나. 말해 보렴."

튼튼은 못내 씁쓸한 듯 웃었다.

"무슨 날이긴요, 아무 날도 아니에요. 참, 아버지 저 수학 시간에 선생님이 낸 고난도 문제를 풀어서 칭찬받았어요. 잘했죠?"

"그래, 잘했다."

"아버지, 저 먼저 올라가 볼게요, 해야 할 일이 있어서요."

"그래, 올라가 보거라."

이층 자신의 방으로 돌아온 튼튼은 자신의 방문을 잠갔다.

"강튼튼, 아버지한테 칭찬받았다. 강튼튼은 아버지한테 칭찬받았다. 그런데… 그런데 하나도 기쁘지 않다. 전혀 기쁘지 않다. 오늘을 잊어버린 아버지. 하지만 나를 칭찬하는 아버지. 그래도 나는 기쁘지 않다."

튼튼은 자신의 침대 매트리스 밑에 깔려 있는 사진을 다시 꺼냈다. 사진을 보자 그의 눈에선 하염없이 눈물이 떨어지기 시작했다.

"미안해. 정말 미안해. 아무도 몰라줘서 미안해. 나 혼자만 알고 있어서 미안해. 많이 슬프지? 나도 이렇게 슬픈데 나보다 더 슬프지? 내가 이렇게 마음이 아파 죽겠는데 지켜보는 사람은 더 괴로울 거야. 그치? 그치, 엄마? 미안하다. 아무도 엄마 죽은 날을 기억하지 못해서 진짜 미안하다.”

튼튼의 소리없는 아픔만이 바랜 자신의 엄마 사진 앞에서 무너지고 있었다.

12년 전 그때를 기억한다. 튼튼이 7살이었던 그해. 절대로 잊을 수 없었던 그날. 세상 밖은 평화롭고 맑기 그지없었지만 7살 튼튼에게는 마치 지옥과도 같은 날이었다. 죽어가는 엄마를 붙잡고 제발 살아달라고, 자신만 두고 가지 말아달라고 빌고, 또 빌었다.

“엄마! 엄마, 나 튼튼이야. 엄마가 세상에서 제일 사랑하는 아들 튼튼이. 엄마, 튼튼이 보이지? 그치?”

“그럼… 우리 아들… 엄마 눈에… 너무 예쁘게 잘 보인다.”

“응, 엄마. 엄마, 내가 이제는 엄마 업고 다닐께. 엄마가 매일 불러주는 자장가 내가 부를게. 나 그거 다 외웠어. 그러니까 엄마, 얼른 일어나! 응?”

“튼튼아… 우리 아가… 어쩌지? 우리 아가… 눈에 밟혀서 어떻게 가나… 우리 아가 두고… 어떻게 가나…….”

서러움에 복받쳐 울었다. 가엾게 세상을 등진 자신의 어미의 마지막 그 모습에 가슴이 아파 울었다.

“엄마… 소원이 하나 있어. 꼭 들어줘, 튼튼아. 뭐든지… 들어준다고 약속해. 그럼 엄마가 하늘에 가서… 행복하게 살 수 있거든……. 그러니까 우리 튼튼이가… 꼭 지켜준다고 해야 돼.”

“엄마…… 엄마.”

“들어줄 수 있지?”

“응, 꼭 지킬게.”

“아빠한테 버림받으면 안 돼. 너마저… 버림받으면 안 돼. 최고가 돼야 돼. 뭐든지 최고가 돼… 열심히 노력해야 돼. 그래야 우리 튼튼이… 보장받으면서 살 수 있어. 그러기 위해선… 사모님이 시키는 일 무조건 해야 돼. 싫어도 해야 돼… 억지로라도 해야 돼… 그리고 이건 우리 아가한테 너무 미안한 일인데… 너무 미안하고 죄스러운 일인데… 미안하지만 아가, 해야 돼. 사모님한테 꼭 어머니라고 불러… 이제는 사모님이 튼튼이 엄마야.”

“싫어, 싫어! 나한테는 엄마는 하나밖에 없어!! 엉엉!!”

“튼튼아, 미안해… 엄마랑 약속해 줘. 제발…….”

조금씩 빨라지는 엄마의 호흡 소리에 튼튼은 소리 내어 울어야 했다. 잡으려고 했지만 이미 그들에게 시간은 헤어지라고 재촉하고 있었다. 튼튼은 죽어가는 자신의 어미 앞에서 약속했다. 아니, 천명했다.

“엄마, 약속할게. 최고가 될게. 사모님이 시키는 대로 다 할게. 어머니라고 부를게. 시키는 일 모두 다 해서 튼튼이 절대로 버림받지 않을게, 엄마.”

“그래, 그래… 우리 튼튼이 참 착하다. 엄마가 지켜볼게… 그리고 아들아…… 모든 것이 네 뜻대로 되는 날에는… 엄마같이 새가 되렴. 엄마가 자유로운 곳에서… 날갯짓하며 살고 있을게. 우리 아가도 자유롭게 날갯짓하며… 엄마에게 오렴. 그때는… 하늘도 허락할 거야.”

7살 어린 튼튼은 혼자서 쓸쓸히 자신의 엄마를 보내야만 했다. 아무도 없는 빈소 앞에서 이웃에 사는 할아버지의 도움으로 간신히 장례를 치르고 멀리멀리 자유를 향해 보냈다. 그 후로 12년이 흘렀다. 튼튼은 자신의 엄마와 약속했던 모든 것을 지키고 있었다. 가엾은 그녀의 부탁대로 최고가 되어가고 있었다. 완벽하리만치 계산된 인간같이 되어가고 있었다. 김 여사와 강 회장에게 없어선 안 될 사람으로 성장한 것이다.

“이렇게 살다가 한순간에 사라지면 당신들도 고통스럽겠지? 한순간에 자신들의 꿈이 사라지면 그동안 해왔던 일들이 물거품이 되니 슬프겠지. 그래, 슬플 거야. 내 어린 시절도 그랬으니까……. 내가 왜 이를 악물고 여기까지 왔는데? 후, 기다려. 당신들이 원하는 만큼, 아니, 그 두 배로 되어보일 테니까. 최고가 되어줄 테니까. 그리고 빵! 하고 사라져 버려줄 테니까. 영원히.”

두 남녀의 욕심과 쾌락으로 인해 버려진 젊은 여자. 가엾은 그 여자의 더욱 가엾은 어린 아들. 그 작고 여린 아들은 두 남녀의 이기심으로 인해 차가운 심장을 안고 다시금 창조된다. 하지만 언젠가는 떠나 버릴 아이였다. 그 아이의 심장을 뚫고 서서히 다가오고 있는 다른 한 아이. 그들은 같은 아픔에 머물고 있었다. 그래서 더욱이 가엾은 사랑이었다.

튼튼은 엄마의 사진을 다시 침대 밑으로 넣었다. 눈물을 그쳤다.

"엄마, 알아? 엄마가 죽은 날도 오늘같이 화창한 날이었어. 미칠 것 같은 날, 그날이 이렇게도 좋은 날인 엄마 보내는 날이었어."

제3화
네 슬픔 내가 사면 안 될까

네 슬픔 내가 사면 안 될까

#1응

"아악! 그 미소 그 얼굴! 너희들 봤어? 응? 기억나?"

"으응, 푸름아, 진정해, 제발."

"내가 지금 진정하게 생겼어? 가만있자, 미래고등학교라고 했지?"

"푸름아!! 어디 가!! 오늘 대왕고 애들이랑 만나기로 했잖아!"

"그 딴 것들 필요없어! 나는 이미 찜받았다!"

대경여상에는 이름만 들어도 움찔거릴 만큼 매우 폭력성이 짙은 여학생이 하나 있었다. 대경여상의 여짱이기도 한 임푸름 바로 그녀였다. 큰 키에 짧은 스포츠 머리. 예쁘장한 얼굴이었지만 짧은 스포츠 머리이기 때문에 종종 남자로 오인을 받기도 했다. 그녀가 이렇게도 신이 난 이유는 어제 공원에서 자신을 말려준 한 남학생 때문이다. 현재 그녀는 그 남학생에게 첫눈에 반해 버렸고, 이미 감정을 추스를 수 없는 상태였다.

푸름은 무작정 미래고등학교로 찾아갔다.

"으흐흐, 내 이마를 닦아주었어. 그것도 그냥 맨손으로 말이지. 너무 멋진 것 같아. 다른 조무래기들과는 비교할 수 없을 만큼 멋있어!"

미래고 교문 앞에 도착한 푸름은 어제 만난 남학생이 나오기만을 기다리고 있었다.

"뭘 꼴아봐. 뒈질래? 엉?"

푸름은 자신을 힐끔 보고 가는 남학생을 보며 순간 참지 못하고 불 같은 성질이 나오고야 만다. 그러다 이내 어제 그 남학생이 나올지도 모른다는 생각에 다시금 얌전해졌다.

"아씨, 튼튼 오빠는 왜 이렇게 안 나오는 거야? 아잉."

푸름의 옆에 서 있던 여학생이 그리 말했다. 그녀 역시 누군가를 기다리고 있는지 다급한 눈빛으로 교문을 뚫어져라 보고 있었다. 생긴 걸로 보아서 고집이 있어 보였다.

"아~ 튼튼 오빠 보고 싶어 죽겠는데!!"

시끄럽게 쫑알거리는 소리가 자꾸만 신경에 거슬리는 푸름이었다. 속으로 참자, 참자를 외치고는 있었지만 그것이 얼마나 갈지는 미지수였다.

"아앙~ 튼튼 오빠! 튼튼 오빠!"

"야아!!"

드디어 참고 있던 푸름이 폭발했고 그에 깜짝 놀란 백장미. 이로써 못 말리는 고집불통 백장미와 터프소녀 임푸름이 첫 대면하는 순간이었다.

"왜 소리 질러? 엉?"

"이 교문 앞이 니 거야? 왜 이렇게 떠들어? 엉? 튼튼이고 나발이고 조용히 기다리면 되는 거지, 왜 그렇게 재잘거리냐고!!"

"내가 떠들든 말든 무슨 상관이야? 그러는 그쪽이 이 학교 전세 냈어? 엉?"

"아쭈, 이 가시나 좀 봐라? 너 죽고 잡냐?"

"아니, 난 죽고 싶지 않아! 튼튼 오빠와 결혼해서 죽을 때도 같이 죽을 거거든~"

"너 자꾸 나불거릴래?"

"뭐? 나불? 말하는 것 좀 봐. 진짜 천박해서 못 봐주겠네."

"뭐? 천박? 너 지금 천박이라고 했냐?"

푸름은 더 이상 참을 수가 없었다. 자신의 하는 말에 이렇게도 꼬박꼬박 말대답하는 사람은 여지껏 지금 앞에서 눈을 부릅뜨고 한시도 지지 않는 이 아이밖에는 없었다. 거기에 자신보고 천박하다는 말까지 했다. 푸름의 불 같은 성질이 나오려는 찰나였다.

"까악!! 튼튼 오빠!"

하며 달려가는 아이.

"뭐야? 야, 너 죽을래? 당장 못 와!"

푸름은 고집불통을 잡으려고 뒤따라 뛰려 했지만 끝내 따라붙지 못하고 멀뚱히 서 있을 수밖에 없었다.

"그, 그 아이다."

드디어 푸름의 시선에 어제 그 멋진 남학생이 포착했다. 그 순간 아무것도 눈에 보이지 않았다. 오로지 그 남학생뿐이었다. 푸름은 뭔가에 홀린 듯 남학생 앞으로 다가섰고, 그 남학생을 만나자 거의 광분을 하기 시작했다.

"나 알지? 너, 나 알지? 나 임푸름이다! 기억하지? 그치? 어서 대답해 봐! 나 알지?"

적잖게 놀란 튼튼이었다. 기억은 하고 있었다. 얼떨결에 고개를 끄덕였고, 그 모습에 푸름은 거의 실신 직전으로 소리를 질러댔다. 지나가는 모든 학생들은 일제히 그녀를 바라보았고 장미 또한 튼튼과 푸름이 아는 사이이자 이해할 수 없다는 표정을 지으며 못마땅해했다.

"오빠, 얘 알아? 이렇게 막돼먹은 애 정말 아는 거야? 응?"

"뭐 막돼먹은 애? 너 죽을래?"

"오빠, 이것 봐! 얘 지금 나 때리려 하고 있어!"

"야, 너 몇 살이야? 엉?"

“나? 18살이다. 어쩔래?”

“뭐? 18살? 너 지금 내 앞에서 18살이라고 했냐? 아, 나 진짜 오늘 필받네! 나 19살이거든? 니가 오늘 정녕 죽으려는 게로구나?”

“참나, 웃겨 죽겠군. 나이도 한 살이나 많은 사람이 너무 천박한 것 아니야?”

경악을 금치 못하는 튼튼이었다. 오랜만에 본 장미, 그리고 어제 처음 본 푸름이라는 아이. 어떤 인연이길래 둘이 알게 된 것인지 튼튼은 머리가 다 아파왔다. 자신의 옆에서 수첩에 연신 그들의 모습을 보며 뭔가를 써 내려가고 있는 강산도 보인다. 어디를 보나 머리 아프긴 마찬가지였다. 그러던 중 먼발치서 자신을 보고 있는 가운이 보이자 튼튼은 장미와 푸름의 눈치를 살피며 조금씩 뒤로 물러섰다. 튼튼은 지아와 미지 사이에 있는 가운을 불렀다.

“장가운, 나 도망갈 건데 같이 가자.”

튼튼은 가운의 팔을 잡고 학교 앞을 빠져나갔다. 뒤늦게 튼튼이 사라진 것을 눈치 챈 장미와 푸름. 튼튼을 따라 뛰어가는 가운을 보며 얼빠진 지아와 미지. 그들은 서로 튼튼과 가운을 불러보지만 이미 그들은 사라지고 난 후였다.

“야! 이게 모두 너 때문이잖아! 니가 까부는 바람에 나의 왕자님을 놓치고 말았잖아!”

“뭐? 왕자님? 웃기지 마시지! 내 남편 될 사람이야!”

"뭐? 남편? 하~ 조그만 게 매우 같잖군!!"

또다시 시작되는 푸름이와 장미의 말싸움이었다. 무언가를 다 써 내려간 강산은 수첩을 교복 안 주머니에 넣은 다음 장미와 푸름의 어깨를 동시에 잡았다.

"넌 뭐야?"

푸름은 인상은 인상을 썼고, 강산은 웃고 있었다.

"백장미, 오랜만이야? 요즘은 팬클럽 활동 열심히 하고 있어?"

"당연한 거 아니야? 구질스와 우리 튼생튼사는 비교할 수 없지! 구질스 활동은 열심히 되어가고 있기는 한 거야? 그러다 망하지는 않으려나 모르겠네?"

"우리 구질스는 나날이 커가고 있지. 움하하. 참, 자네는 이름이 뭔가?"

강산은 씩씩거리는 푸름을 보며 이름을 물었다.

"네가 알아서 뭐 하게?"

"너의 모습으로 보아 이미 강튼튼에게 빠진 것 같은데?"

"누가 강튼튼이지?"

"누구긴 지금 네 눈앞에서 휑하니 사라진 꽃미남, 꽃미소를 말하고 있는 거지."

"오호라~ 나의 왕자님 이름이 강튼튼이었어?"

"옛썰~ 나로 말할 것 같으면 너의 멋진 왕자님의 3년지기 베스트 프랜드 백강산이라고 하지. 하물며 구질스라고 튼튼을 보호하고 있는 이 시대 최고의 그룹이지! 나한테 잘 보여야 강튼튼을 만날 수 있어. 튼튼이는 내가 만나라고 하는 여자만 만나거든~"

"이런~ 네 이름이 뭐야? 나 임푸름이 기억하겠다!"

"가르쳐 줬잖아, 백강산이라고."

"뭐? 이름이 백강산이야? 하하하."

푸름은 강산의 이름이 우스웠는지 호탕하게 웃기 시작했다. 이에 민망해진 강산은 얼굴이 빨갛게 달아올랐고, 덩달아 장미도 웃기 시작했다. 민망해하는 강산을 우현이 조용히 달랜다.

"강산아, 참는 자에게 복이 온다는 옛말도 있어. 참아."

강산은 못마땅한 표정을 지었지만 이내 꾹 참았다. 강산의 참는 모습에 우현이 잘했다며 등을 토닥거려 주었다.

"임푸름, 너는 내가 접수했다. 앞으로 이 연락처로 연락해야 튼튼이를 만날 수 있어. 강튼튼은 정말 비싼 애거든? 알겠지? 그럼 이만 우리 구질스는 바쁜 활동으로 인해 먼저 갈게. 안녕."

"그래, 백강산! 연락만 하면 내 왕자님 볼 수 있는 거지? 안녕이다!"

"내 남편 될 사람이라니까!"

"닥쳐!"

앞으로면 닥치게 될 커다란 서바이벌 게임! 강튼튼을 차지하기 위한 엄청난 소녀들의 게임 예고를 보여주고 있는 장미와 푸름이었다.

#19

튼튼과 가운은 시끄러운 아이들을 피해 한적한 곳으로 도망쳐 왔다. 둘은 헐떡이는 숨을 고르게 내쉬며 서로의 모습에 한참을 웃었다.

"아까 그 아이들은 누구야?"

"한 명은 친한 동생이고, 또 한 명은 두 번째로 본 앤데, 잘 모르는 애야."

"정말? 강튼튼 너, 정말 인기 많구나?"

"인기는 무슨~ 우와! 여기 조용하고 좋다! 끄아악!"

튼튼과 가운이 간 곳은 인적이 거의 드문 곳이었다. 고요한 곳에 있으니 기분마저 상쾌했다. 조잘거리는 것이면 한시도 빠지지 않는 장미를 피해 달아난 것이 기쁠 따름이었다. 가운은 좋아라하며 뛰어다니는 튼튼을 물끄러미 본다. 그를 보고 있으면 언제나 웃음이 먼저 나온다. 강튼튼은 장가운을 웃게 만드는 특이한 사람이다.

"금방이라도 비가 올 것 같다? 그치?"

"응. 날씨가 흐리다."

"장가운, 너는 햇빛 쨍쨍한 날 싫어한다고 했지?"

"응, 싫어해."

"왜 싫어하냐고 물어봐도 될까?"

궁금했다. 자신처럼 햇빛이 쨍쨍한 날을 싫어하는 가운이 말이다. 그런 날을 미워하고 증오하는 자신과 같이 어쩌면 그녀에게도 말할 수 없는 사연이 있는 것은 아닌가 하는 생각이 들었다.

튼튼의 물음에 가운은 씁쓸한 웃음으로 대신했다. 말을 할 수가 없었다. 적어도 그 앞에서만은 눈물을 보이고 싶지는 않았기 때문이다. 자신의 서러운 눈물. 모든 것을 보여줄 수는 없었다. 말로 전하기만 해도 너무나 죄스러워 눈물이 나는 일을 조금이라도 꺼내기라도 하는 날이면 너무나도 서러워 봇물 터질 듯 눈물이 나는 일을 어떻게 그에게 말해 줄 수가 있겠는가.

"그래, 말 못할 사정도 있겠지. 괜찮아. 말하지 않아도 된다."

튼튼은 말 못할 가운의 사정이 궁금하기도 했지만 더 이상 물어보지 않기로 했다. 가운은 튼튼이 고마웠다. 궁금하겠지만 더 이상 물어보지 않는 것이 너무나도 고마웠다.

"강튼튼, 너는 좋아하는 사람 있어?"

튼튼을 보면 항상 궁금했던 것이다. 늘 수많은 여자들 사이에 둘러싸여 있는 튼튼은 과연 좋아하는 사람이 있을까 궁금하기도 했다.

"나?"

"응."

"좋아하는 것 만들고 싶지 않아."

"응? 만들고 싶지 않다니?"

"좋아하는 것을 만들면 잃어버릴 때 마음이 아프니까……. 그래서 만들고 싶지 않다. 잃어버린 건 한 번이면 족해.”

“강튼튼…….”

지아와 미지는 튼튼과 사라진 가운을 보니 의외라고 생각했다. 뿌리칠 줄 알았던 가운은 의외로 가버리고 말았다.

“지아야, 가운이가 튼튼이를 좋아하는 건 아닐까?”

“설마…….”

“튼튼이를 보면 잘 웃잖아.”

“그건 그렇지만…….”

“한샘이랑 있을 때 가운이가 잘 웃는 것 봤어? 나는 한샘이 불편하더라. 그리고 가운이도 한샘이 별로 좋아하지 않잖아.”

“김미지, 그런 말 함부로 하는 것 아니야. 남들이 들으면 어쩌려고 그래? 그러다 한샘이 귀에라도 들어가 봐. 난리나.”

“알았어.”

지아는 걱정이 되었다. 미지의 말처럼 가운이가 흔들리고 있는 것은 사실이었다. 흔들림이라 해서 좋아하는 사람이 있는 사이에 다른 이가 마음에 들어오는 그런 흔들림과는 차원이 달랐다. 지아도 알고 있었다, 가운이 한샘을 사랑하지 않는다는 것쯤은.

“지아야, 미지야.”

한샘이었다. 한샘의 등장에 지아와 미지는 긴장이 되었다. 가운은 이미 사라지고 없는데 뭐라 말하면 좋을 것인가.

“어, 어, 한샘아.”

“가운이는?”

“가, 가운이, 가운이…….”

지아가 말을 못하고 얼버무리자 미지가 얼른 수습에 나섰다.

“가운이 오늘 볼일이 있다고 해서 먼저 갔어.”

“볼일?”

“응.”

“무슨 볼일인데?”

“글쎄, 잘 모르겠네. 급한 일인 것 같던데……. 원이 소식을 들었나?”

원이의 소식을 들었다니? 한샘은 가운에게 전화를 걸었다. 하지만 신호음만 길게 갈 뿐 가운은 전화를 받지 않았다. 한샘은 가운이 걱정되기 시작했다.

“야! 꼬맹이! 튼튼이랑 가운이 어디 갔는지 모르냐?”

그때였다. 푸름이에게 잡혀서 가지도 못하고 얘기만 듣고 있던 강산이 지아에게 물었다. 강산의 말에 한샘은 얼굴이 굳어졌고 미지와 지아는 이 상황에서 어쩔 줄 몰라 하고 있었다.

“도대체 어디를 간 거지? 그러다 둘이 눈 맞는 거 아니야?”

“백강산!!”

미지는 강산에게 악을 써버렸다. 이제 더 이상 수습할 길이 없었다. 주먹을 꽉 쥔 한샘은 굳어진 두 눈으로 강산을 보았다. 튼튼이가 누군지 가르쳐 주지 않아도 알 것만 같았다. 며칠 전 가운의 집 앞에서 본 남자, 그 남자가 분명 튼튼이가 맞을 것이리. 한샘은 그가 마지막으로 던진 말이 불현듯 되살아나고 있었다.

"그 새끼 이름이 튼튼이냐?"

한샘은 강산에게 물었다. 언제나 장난기 많은 강산의 얼굴이 한샘의 물음에 굳어지고야 말았다. 새끼란 말이 거슬렸던 것이다.

"난 대한공고 이한샘이다. 장가운 남자 친구야."

"그래? 궁금해하지도 않았는데 잘도 말하네? 앞으로 네 이름을 말하고 싶을 땐 먼저 예의란 것 좀 배워와야겠어. 인사성은 좋은데 너무 예의가 없네."

"뭐?"

심각해지는 강산과 한샘의 모습에 그 자리에 있었던 미지와 지아는 서둘러 한샘을 잡았고, 우현은 강산을 끌고 자리에서 벗어났다. 강산의 화가 난 모습을 처음 본 지아는 놀랄 수밖에 없었다. 언제나 천방지축인 그가 화를 내고 있다니 믿을 수 없을 만큼 놀라웠다. 대부분 이한샘 앞에서는 기가 죽기 마련인데 지아는 새로운 강산의 모습에 문득 호기심이 가기 시작했다.

"너희들이 말해 봐. 가운이 흔들리고 있는 거야?"

"한샘아, 그런 말이 어디 있어."

"솔직히 말해, 반지아! 너는 누구보다 잘 알 것 아니야."

"그런 것 아니야. 강튼튼이랑은 그냥 같은 반 친구일 뿐이야."

"후, 친구? 같은 반 친구라……. 너도 가운이와 같은 말을 하는구나. 나 먼저 가볼게."

화가 잔뜩 난 한샘은 서둘러 가버렸다. 한샘은 피가 거꾸로 쏠리는 듯했다. 눈앞에 닥치는 대로 깨부시고 싶은 심정이었다. 가운이 흔들리고 있었다. 2년 만에 처음으로 다른 이한테 흔들리고 있었다. 돌부처 같은 여자였다. 어떠한 유혹에도 흔들리지 않았던 강인한 여자였다. 그런 가운이 튼튼이란 사람에 의해 이상할 정도로 흔들리고 있었다.

쾅!

"이제부터가 시작이야. 강튼튼? 후~ 남의 것에 욕심을 부리면 어떻게 되는지 보여주겠어. 장가운을 사랑해 버리기 전이라고? 틈이 생겨 무너지게 되면 언제든 다시 쌓으면 되지. 반드시 후회하게 될 거다, 강튼튼."

한샘은 휴대폰에 저장 번호 2번을 눌렀다. 휴대폰에서 흘러나오는 목소리, 그의 친구 박재성이었다.

"재성아, 나 한샘이다. 앞으로 괴롭혀 줘야 할 인물이 하나 생겼다. 철저하게 괴롭혀 줘. 완벽하게 무너지게 해줘. 남의 것에 눈독을 드리면 어떻게 되는지 철저하게 보여줘. 그래, 미래고등학교 3학년 강튼튼이야."

한샘은 잔인한 웃음을 흘리고는 휴대폰을 다시 넣었다.

"나 이한샘은 잔인한 새끼야. 형의 여자를 사랑한 만큼 잔인한 새끼지. 형이 죽었을 때 한편으로는 다행이란 생각까지 했었던 인간이니까."

#20

흐렸던 날씨는 예상대로 한줄기의 빗발과 함께 소나기가 내리기 시작했다. 튼튼은 비를 피하기 위해 잎이 무성하게 뻗어 있는 나무숲으로 달려가기 시작했다. 가만히 서서 하늘을 바라보고 있는 가운을 향해 소리치기 시작했다.

"장가운, 뭐 해! 얼른 이쪽으로 와."

하지만 가운은 움직이지 않았다. 튼튼은 양손으로 머리를 감싼 채 가운을 보았다. 이상했다. 가운은 하늘을 보며 눈을 감고 있었다. 그녀는 비를 맞고 있었다, 두 눈은 감은 채 하늘을 바라보며.

"장가운……."

"나는 비가 좋아. 이렇게 흐린 날이 너무 좋아. 이렇게 흐린 날은 기분이 다 좋아져."

가운은 이제 눈을 뜨고 하늘을 향해 두 손을 어깨 넓이보다 더 크게 벌렸다. 그리고 빙그르르 돌았다. 튼튼은 그런 가운에게 다시 말했다.

"널 닮아서 좋아하니?"

빙그르르 돌다 말고 가운은 튼튼을 본다. 튼튼의 말에 가운이 멈칫하고 만 것이다. 순간적이었지만 그의 말에 울컥했다. 튼튼이

가운에게로 가까이 다가왔다.

"나 지금 너한테 100미터보다 더 가까이 왔어."

"……."

"장가운, 네 슬픔 내가 사면 안 될까?"

튼튼의 손이 가운의 얼굴에 닿았다. 가운의 눈에서 흐르는 눈물을 튼튼은 조심스럽게 닦아주었다. 가운은 그만 참지를 못하고 처음으로 그 앞에서 서러움에 찬 눈물을 보였다. 그리고 그의 대한 자신의 흔들림을 보이고 만다.

"안 되는데…… 내게 다가오지 않았으면 좋겠는데…… 그건 강튼튼 네가 싫어서야 아니야. 그런 게 아니라 내가 너무 흔들리고 있어서 무서워서 그랬어. 그게 너무 두려워서 차라리 네가 다가오지 않았으면 좋겠다고 생각했어. 나는…… 나는 너무 흔들리고 있으니까."

"한샘이라는 아이 때문이지? 오래 사귄 남자 친구 때문이지?"

"너무 큰 죄를 졌기 때문에 다시 또 다른 상처를 주면 그땐 그아이 무너질지도 몰라. 그어진 상처 위로 다시 한 번 발길질을 하는 것 같아서 너무 무서워."

튼튼의 두 팔이 가운을 감쌌다. 같은 줄로만 알았던 마음이 이제 튼튼은 확실히 알 것만 같았다. 그렇다. 이건 다른 이들과 같은 호기심이 아니다. 이제껏 장난으로 만나오던 여자들과는 다른 느낌이다. 더욱 자세히 말하자면 초등학교 때 짝사랑했던 그 아이보다 더 깊은 느낌이었다. 감히 사랑이라 말하고 싶어졌다. 이렇게 지켜보는 것만으로도 애가 타는 것을 그는 사랑이라 말하고 싶어 졌다.

"그럼 이렇게 하자. 내가 널 좋아하는 거야. 너는 나 좋아하지 마. 내가 너 좋아할게. 그럼 내가 잘못하는 거잖아."

가운은 튼튼의 말에 더욱 마음이 아팠다.

"강튼튼, 그렇게 슬프게 말하지 마."

"어렵게 찾아온 거야. 너란 사람 나한테는 어렵게 찾아온 사랑이란 말이야. 그래서 너를 곁에 두고 싶어."

가운이 튼튼에게 어렵게 찾아온 사랑인만큼 튼튼 역시 가운에게 어렵게 찾아든 사랑이었다. 얼음같이 차가운 가슴으로 힘겹게 찾아든 사랑이었다.

"가운아, 왜 안 된다고 생각할 때 마음이 아픈지 알아?"

"아니."

"그건 이미 시작이 되었기 때문이야. 그래서 마음이 아픈 거야."

튼튼은 모를 것이다, 가운이 지금 이 순간 2년 전을 얼마나 저주하고 있는지를 말이다. 평생을 원망하며 살 것이라 다짐했던 자신이지만 이 순간은 그 2년 전을 저주하고 싶다. 그 일만 없었더라면 그렇게 되지만 않았더라면 눈앞에 있는 이 사람을 받아들이고 말았을 텐데…… 이렇게 가까이 있는 사람을 갖지 못하는 이

현실과 과거를 저주해 본다. 그의 말대로다. 지금 와서 안 된다고, 안 된다고 스스로를 탓해보지만 마음은 아프다. 그의 말대로 이미 시작되었기 때문이다. 시작된 것을 멈추려고 하자 마음이 아프게 되는 것이다.

가운의 집 앞이었다. 가운은 습관적으로 주위를 살폈다. 한샘을 찾는 것이었다. 두려웠다. 오늘도 함께 있는 튼튼을 한샘이 보게 될까 봐서.

"어서 들어가."

튼튼의 미소를 보니 두려웠던 마음이 잠시 사그라지는 듯했다. 도대체 언제부터 이 미소를 마음에 두고 사랑하게 된 것인지 모르겠다.

"딴 여자들하고도 많이 만나."

가운은 튼튼의 얼굴을 마주하지 않고 시선을 땅으로 떨궜다.

"나만 좋아하지 말고 딴 사람들도 많이 만나. 내가 해줄 수 있는 게 이것밖에 없어."

"바보 같은 소리 하지 마."

"아니야, 그래야 돼. 나, 나 못 갈지도 몰라. 너한테 상처만 주고 못 갈지도 몰라."

"어쩔 수 없으니까 내가 참을게. 그냥 참으면 돼. 그러니까 바보 같은 소리 그만 해."

집으로 들어온 가운은 힘없이 바닥에 주저앉았다. 오늘이야말로 한샘에게 큰 죄를 짓고야 만다. 이제 더 이상 걷잡을 수 없을 만큼 한샘에게 큰 죄를 짓고야 말았다. 이보다 더 큰 죄를 지게 될지도 모른다. 가운은 2년 전 자신의 눈앞에서 죽어간 한규를 떠올렸다. 아직도 그를 생각하면 한순간 미칠 만큼 아픔이 깊어진다.

"한규야, 아무리 마음을 주려 해도, 아무리 사랑을 하려 해도 사랑을 못했는데… 할 수가 없었는데 나 이제 다른 사람한테 흔들리고 있다. 이한샘 버린다고 하면 한샘이 내 앞에서 어떤 표정을 지을까? 너 죽던 날 내 손을 잡았던 아이인데 이제 내가 손 놓겠다고 하면 한샘이 뭐라고 말할까? 내 잘못이야. 그때 그 손 뿌리쳤어야 했어. 그 손잡지 말았어야 했어. 너 죽은 날 이한샘도 버렸어야 했는데 나 그만 한샘이 말에…… 그 말에…… 놓지 못하고 잡아버렸다."

#21

왕엄마는 일요일 아침부터 분주하게 뛰어다녔다. 오랜만에 튼튼이가 오기로 한 날이었다. 요즘 들어 통 오지 않았던 튼튼이가 아침부터 온다니 왕엄마는 실실 웃음이 난다. 자고 있는 화이를 들들 볶아서 일찍부터 깨워놓고 주방에서 콩나물을 다듬으라며 부추겼다. 잠이 덜 깬 화이는 오만상을 찌푸리며 콩나물을 다듬지만 그래도 왕엄마의 들뜬 모습을 보니 은근히 기분이 좋았다.

"갈비찜 하는 거야?"

"그래~ 튼튼이가 갈비찜 하면 좋아라하잖아."

"쳇, 하나밖에 없는 딸이 갈비찜 좀 해달라고 해도 해주지도 않으면서!"

"지지배가 뭔 말이 많아! 넌 엄마가 매일 맛있는 거 해주잖아! 그리고 넌 지지배가 살이 많아서 어디 갔다 쓰려고 그래? 살이나 빼. 튼튼이 오빠는 삐쩍 말라서 갈비찜을 백 번 해줘도 시원찮아."

"내가 뭐가 살이 많아! 엄마보다는 덜해."

"얼씨구~ 나는 다 늙어가는 처지지만 넌 뭐냐? 파릇파릇하게 젊은 여자애가 뚱뚱해서는 내가 남자라면 거저준다고 해도 싫다고 도망가겠다!"

어느새 집 안으로 들어온 튼튼은 투덜거리고 있는 화이와 왕엄마의 모습에 웃음이 나온다. 화이와 왕엄마는 서로 못 잡아먹어 안달이었지만 튼튼이 보기에는 너무나도 좋은 모습이었고, 부러운 모습이었다.

"나는 화이같이 통통한 여자가 좋던데~"

"엄마야!!"

갑작스러운 튼튼의 등장에 콩나물을 다듬고 있던 화이가 소리를 질렀다. 튼튼은 화이 옆 자리에 앉아 남은 콩나물을 손으로 만지작거렸다.

"나쁜 놈 들어오면 어쩌려고 문도 잠그지 않고 있는 거야?"

"아이고, 저 화이 지지배 슈퍼 갔다 오면서 그냥 들어왔구만!"

"헤헤~ 실수!"

왕엄마가 정성드려 차린 음식들은 4인용 식탁이 모자랄 정도였다. 튼튼의 눈이 동그래짐과 동시에 입을 다물지를 못했고 화이가 뿌듯한 듯 박수를 쳤다. 튼튼은 왕엄마에게로 조르르 달려가 애교를 부려본다.

"역시 왕엄마밖에 없다니까~ 왕엄마네 오면 나 금방 살찔 것 같다."

"매일 와도 돼. 튼튼이 네놈은 살 좀 쪄야 돼. 사내 놈이 팔뚝이 이렇게 가늘어서 어디다가 써먹겠냐? 화이 봐라, 화이 팔뚝은 소 한 마리 잡고도 돼지 하나는 더 잡을 거다."

"하하하."

"엄마!!"

일요일 아침부터 왕엄마네 집은 웃음 가득이었다. 화이의 얼굴은 새빨갛게 달아올라 입은 툴툴거리기에 바빴다. 왕엄마는 튼튼의 밥그릇에 갈비를 얹어주느라 바빴고, 화이는 갈비를 먹느라 바빴다.

식사를 마치고 화이는 설거지를 해야만 했다. 튼튼이가 한다는 말에 왕엄마는 기겁을 하며 화이는 살을 빼야 한다며 운동 겸 설거지를 시킨 것이다. 튼튼은 거실에 앉아 왕엄마의 어깨를 주물렀다.

"튼튼아, 살이 더 빠진 것 같아."

"살이 빠지긴, 옷을 얇게 입어서 그렇게 보이는 거야."

"무슨 고민이라도 있는 거냐?"

"고민은 무슨 고민. 고민있으면 왕엄마한테 바로 말하지, 내가
언제 말 안 하는 것 봤어? 걱정 마, 왕엄마."

말은 그렇게 하는 튼튼이었지만 그래도 왕엄마의 눈에는 보인
다. 튼튼의 미소 사이로 그늘이 있다는 것을 말이다. 무엇이 문제
인 걸까? 또 사모님이 튼튼을 힘들게 만드는 것일까? 왕엄마는 이
럴 때만큼은 속이 상하다. 자신은 뭐라 할 수 있는 입장이 못 되어
더욱 속이 상할 수밖에 없었다.

"왕엄마, 또 올게! 화이야, 학교에서 봐!"

해가 떨어지고 나서야 튼튼은 왕엄마네 아파트에서 나왔다. 8시
가 넘어서인지 거리는 한적했다. 튼튼은 집으로 가기 위해서 공원
하나를 넘어야 했다. 공원에는 거리보다 비교적 사람들이 많이 눈
에 띄었다. 가족 단위로 나와 풀밭에 앉아 시원한 밤 공기를 마시
며 시간을 보내고 있었다.

튼튼은 가운이 생각났다. 가운에게 전화하고픈 심정으로 번호
를 눌러보지만 이내 다시 멈춰 버렸다. 아무래도 한샘과 함께 있
을 것 같았기 때문이다. 자신 때문에 난처하게 될 가운이 걱정되
어 하지 않았다. 그래, 내일이면 다시 볼 수 있을 테니까.

공원을 막 지날 때였다.

"여어~ 미래고등학교 킹카 강튼튼 아니야?"

순식간에 일이었다. 네 명이나 되는 사람들이 튼튼을 둘러쌌다. 그 순간 튼튼은 자신이 불리한 상황에 놓여 있다는 것을 직감했다. 그때 짧은 커트 머리의 남자가 튼튼의 앞으로 다가섰다. 그것도 튼튼의 코앞으로 바로.

"네가 강튼튼이냐?"

"그래, 내가 강튼튼이다."

"역시 소문대로 얼굴이 죽이네? 몇 명이나 꼬셨어, 이 면상으로?"

"적지는 않지. 왜, 니 여자 친구도 나한테 넘어왔든? 누구야? 너무 많아서 이름을 말해도 누군지 모르니까 언제 만났는지 하고 인상착의를 말해 봐."

튼튼은 커트 머리 남자를 향해 비웃음조로 웃었다. 튼튼의 기세에 커트 머리의 남자는 잠시 멈칫한다. 하지만 그것도 잠시 커트 머리의 남자는 자신의 뒤편에 있는 나머지 사람들에게 눈짓을 했고 그 눈짓을 시작으로 하여 격렬한 몸싸움이 시작되었다.

바닥에 쓰러져 일어서지 못하는 튼튼을 커트 머리의 남자는 다시 한 번 발로 밟았다. 튼튼은 고함 지를 겨를도 없이 혼미한 정신으로 그들을 보았다.

"약골인데? 역시 얼굴 반반한 것들은 이렇게 싱겁다니까. 재성아, 안 그래?"

한 남자가 커트 머리의 남자를 재성이라 불렀다. 그러자 재성은 쓴웃음을 지으며 튼튼에게 한마디 더 쏘아붙였다.

"이봐, 강튼튼. 이제부터가 시작이야. 넌 이제 죽었어."

그들은 어두운 공원 안으로 사라졌다.

튼튼은 일어서지 못한 채 밤하늘을 바라본다. 오늘따라 유난히 하늘이 까맣다. 튼튼은 그런 하늘을 보며 가운을 떠올렸다.

"가운아, 네 남자 친구가 오늘 내게 선전 포고를 했다."

튼튼은 알고 있었다. 오늘 자신을 치고 간 남자들이 누가 보내서 온 것인지를 정확히 알고 있었다. 그밖에 없을 것이다.

"이한샘이라고? 후~·네 녀석의 선전 포고 받아들이마."

#22

튼튼은 밤하늘을 바라본다. 군데군데 별빛이 보인다. 튼튼은 찢어진 입술에서 나는 피를 살며시 닦아내었다. 어처구니없는 일이었다. 오늘 같은 일이 나중에 또 생기지 않으리란 법은 없었다.

"헉! 너 강튼튼이지? 강튼튼 맞지?"

누워 있는 튼튼을 내려다보며 놀라는 사람. 얼마 전 교문 앞으로 찾아왔던 푸름이란 아이였다. 푸름은 어쩐지 공원을 좋아하는 것 같다. 처음 만남도 공원이었는데 오늘도 어김없이 공원에서 푸름을 만났다.

"너 싸운 거야? 누구야? 응? 이런, 얼마나 때렸으면 입술이 다

찢어져? 피나잖아!!"

푸름은 튼튼의 피를 닦아줄 휴지도, 손수건도 마땅히 없자 자신의 옷으로 닦기 시작했다. 튼튼은 깜짝 놀라 푸름의 팔을 잡았다.

"너 옷 더러워져. 괜찮아. 난 집에 가면 돼."

"됐어, 인마!"

푸름은 튼튼의 얼굴을 살며시 본다. 그 앞에서는 티 내지 않고 있었지만 사실은 무척이나 긴장됐고, 두근거렸다. 아무리 봐도 너무 근사한 사람이었다. 이렇게 근사한 사람의 얼굴에 상처를 줬다니 누군지 아는 날에는 처형감이라고 혼자 씩씩대고 있었다.

"강튼튼, 너 내 이름 잊어버렸지?"

"응?"

"하긴 너같이 인기 많은 놈이 내 이름을 외울 수 있겠냐? 하하, 나 임푸름이다, 임푸름. 다음에 잊어버리면 안 되는 것 알지?"

"그래, 미안해."

"잘 끝났다."

재성은 한샘의 얼굴을 살피기에 바빴다. 온통 그늘진 그의 얼굴은 2년 전의 모습과 흡사했다. 한샘이 달라지기 시작한 것은 2년 전부터였다. 삭막하고 어두웠던 그가 2년 전 그때부터 부드러워지기 시작했고 조금씩 웃기도 했다. 그 2년 전 그때가 장가운이 이한샘의 손을 잡은 그날이었다.

"싸움도 못하더라. 맞기만 하던데? 얼마나 우습던지. 하여튼 얼굴 반반한 것들은 죄다 그렇다니까."

"죽여 버릴 거다."

"이한샘, 무모한 짓은 하지 말자."

"이건 경고에 불과해. 앞으로 가운이한테 조금이라도 접근하는 것 알게 되면 그때는 숨통을 끊어놓을 거다."

한샘의 말에 재성은 불현듯 불안해진다. 가운의 대한 한샘의 사랑은 이제 거의 집착 수준이었다. 그녀가 되면 되는 것이었고, 그녀가 안 되면 안 되는 것이었다. 옆에서 지켜보는 재성이 불안해할 만큼 한샘은 가운에게 집착을 하고 있었다. 아니, 어쩌면 가운에게 미쳐 가고 있는지도 모른다.

"어디 가?"

"가운이한테."

"그래, 가서 안부 좀 전해주고."

"내일 보자."

한샘은 재성이 걱정하고 있는 마음을 충분히 안다. 알고 있지만, 그 마음을 충분히 이해하고 알고는 있지만 한샘 자신 또한 가운의 대한 마음을 억제하지는 못했다. 가운이 다른 사람과 함께 있다는 생각만으로도 한샘이 미치기에는 충분한 일이었다.

어릴 때부터 함께했었다. 쌍둥이 형 한규, 가운, 그리고 한샘. 그들은 언제나 함께했다. 그렇게 그들이 시간이 지남에 따라 한규

와 한샘 마음속에는 가운이 친구 외에 다른 감정으로 변하기 시작했고, 조용하던 한샘과는 다르게 명랑하고 씩씩했던 한규는 가운에게 고백을 하고 만 것이다. 단지 한규가 조금 빨랐을 뿐이다. 한샘은 한규에게 가운을 빼앗기고 난 후에야 자신이 얼마나 못났는지를 깨달았다. 하지만 그때 이미 가운은 한규의 마음을 받아들인 후였다. 한규는 자신의 쌍둥이 형이지만 그래도 가운과 함께 있는 모습을 볼 때면 화가 나던 한샘이었다. 언제나 가질 수 없을 거라 생각만 하던 사람이었는데 단 한 번도 옆에 둘 수는 없는 사람이라 여기고 있었는데 그런 사람이 지금은 자신의 옆에 있다. 다시는 죽어도 놓치고 싶지 않은 사람이다.

"나 왔어."

"응, 왔어? 밥은 먹었어?"

"아니."

"그래? 이렇게 늦었는데 밥도 안 먹고 뭐 했어? 기다려, 차려줄게."

"됐어."

한샘은 부엌으로 가려는 가운을 잡았다.

"무슨 일 있었어?"

한샘의 표정을 살폈다. 분명 무슨 일이 있는 듯 보였다. 하지만 한샘은 고개를 저을 뿐이었다. 한샘이 가운을 안았다.

"아무 데도 가지 마."

“갑자기 왜 그래? 정말 무슨 일 있었지? 그치? 왜, 무슨 일인데?”

“한규 형 가버린 것같이 너도 나 두고 가지 않을 거지?”

“한샘아……”

“너마저 없으면 나 죽는 것 알지? 응? 가운아, 알지?”

그런 일은 없어야 했다. 한샘마저 한규같이 만들 수는 없는 일이었다. 그들의 부모들에게 얼마나 더 깊은 상처를 안겨줘야 하는 건지… 다시는 그런 일을 반복하고 싶지 않았다. 그러기 위해선 자신은 무슨 일이 있어도 한샘 곁에 있어야 했다. 그것이 한샘을 살릴 수 있는 최선의 길이었다.

“아무 데도 안 가. 걱정 마. 내가 널 두고 어디를 가……”

“사랑해. 가운아, 사랑해.”

“응…… 나도……”

가운은 한샘이 돌아간 자리를 물끄러미 바라보았다. 독 같았다. 절대로 헤어 나오지 못하고 퍼져 버리는 독. 한샘은 그런 사람 같았다. 가운은 축 처진 어깨를 하고선 자신의 방으로 들어갔다. 하루 종일 생각났던 사람은 한샘이 아니었다. 혼자 있는 시간에 누군가가 그리운 깊은 밤에 생각나는 사람은 한샘이 아니었다. 한샘이 아니라는 사실에 가운은 절망하고 말았지만 가운은 한없이 그 마음을 죽여야 한다고 생각했다. 그런데 흔들리고 있는 것을 어떻게 안 것인지 오늘은 한샘이 그녀의 자리를 정확하게 다시 가르쳐 주었다.

"그럼 이렇게 하자. 내가 널 좋아하는 거야. 너는 나 좋아하지
마. 내가 너 좋아할게. 그럼 내가 잘못하는 거잖아."
"어렵게 찾아온 거야. 너란 사람 나한테는 어렵게 찾아온 사랑
이란 말이야. 그래서 너를 곁에 두고 싶어."

튼튼의 말이 오늘 하루 종일 가운을 괴롭혔다. 오늘도 몇 번씩
이나 수화기를 들었다 내려 놓았다 했는지 모른다. 짧은 시간이라
도 목소리가 듣고 싶어 얼마나 간절해졌는지, 그리고 지금 이 순
간 자신을 저주하도록 원망하고 있는지 아무도 모를 것이다.
가운은 수화기를 들었다. 지아가 받았다.
[아직도 안 자고 뭐 했어?]
"그냥…… 잠이 안 와서……."
[가운아, 목소리가 왜 그래? 너 울어? 응?]
"지아야, 지아야…… 흑."
[왜 그래? 정말 왜 그래? 응? 한샘이하고 무슨 일 있었어?]

"가운아, 왜 안 된다고 생각할 때 마음이 아픈지 알아?"
"아니."
"그건 이미 시작이 되었기 때문이야. 그래서 마음이 아픈 거야."

　그의 말대로다. 이미 시작이 되었기 때문에 마음이 아프다. 돌아서야 하는데 돌아설 수 없어서 아픈 것이다. 포기해야 하는데 포기를 못해서 그래서 아픈 것이다. 이놈의 몹쓸 사랑에 자꾸만 보고 싶고 그리워서 아픈 것이다.

　[가운아, 나 아니길 바라는데…… 정말 아니길 바라는데…… 너 튼튼이 좋아하니?]

제4화
냉정해지기, 그리고 돌아서기

냉정해지기, 그리고 돌아서기

#23

지아는 집에서 뛰쳐나왔다. 반대 편에서 오는 빈 택시를 잡고는 가운의 집으로 향했다. 아무래도 같이 있어줘야 할 것만 같았다. 가운은 몹시도 흔들리고 있었다. 흔들리는 가운의 모습에 지아도 마음이 아팠다. 2년 동안 보아온 한샘을 떠올리면 가운은 흔들리면 안 되는 것이었다.

"가운아! 가운아, 나 지아야. 문 열어."

집 안으로 들어가니 역시 짐작대로 어둡고 캄캄했다. 지아는 거실의 형광등 스위치를 눌렀다. 집 안이 금세 환해졌다.

"얼마나 환해! 이렇게 환한 집을 매일 귀신 나올 것같이 만드는 이유가 뭔지 모르겠네."

가운이 왜 어두운 곳을 좋아하는지 안다. 가운이 왜 햇빛 쨍쨍한 날을 싫어하는지도 안다. 가운이 증오할 만도 한 날이기 때문에 지아는 이해한다. 하지만 단 한 번이라도 빠져나오게 해주고 싶었다.

"나 자다가 왔어! 너 때문에 잠 깼다니까. 우리 얼른 자자."

지아가 일부러 큰 소리로 떠들고 있음을 가운은 안다. 자신의 울었던 목소리에 지아가 그것을 감추려 얼마나 애쓰고 있는지 알고 있다. 하지만 가운은 그만 주저앉아 버렸다. 참고 있던 눈물이 왈칵 쏟아져 버렸다.

"이제는 중단할 수 없을 만큼인 거야? 그래서 자꾸만 이렇게 우는 거야?"

"오늘 한샘이가 그랬어, 아무 데도 가지 말래. 나보고 아무 데도 가지 말래……. 한샘인 내가 흔들리는 것 모두 알고 있어? 알고 있으면서도 나보고 가지 말래. 그럼 나 가면 안 되는 건데…… 그래야 맞는 건데, 나 자꾸만 그 애가 생각나……. 내 머리가 어떻게 되어버렸나 봐. 그 애뿐이 생각이 나지 않아."

"가운아……."

"지아야, 나도 안 된다는 것 알아. 알고 있어. 가지 않을 거야. 죽어도 튼튼이한테 가지 않아. 그런데 이렇게 버리고 가기에는 마음이 너무 아파."

“한샘이와 튼튼이 중 누굴 버릴 수 있어? 한샘이야, 아니면 튼튼이야?”

“한샘이는 못 버려.”

“그럼 튼튼이를 버려. 한샘이를 못 버릴 거면 강튼튼을 버리란 말이야!”

바보 같은 가운의 모습에 지아는 소리를 지르고야 말았다. 지금 이 순간만큼 튼튼이 미웠던 적이 없었다. 하지만 지금은 미웠다. 가운이 아파하는 모습에 이제는 튼튼이 밉기만 했다.

“모질게 굴어. 모질게 버려. 못하겠어도 해. 죽을 것 같아도 하란 말이야. 모질게, 모질게 버리란 말이야!!”

밤새 한숨도 못 잔 가운과 지아였다. 둘 다 피곤한 기색이 역력했다. 잠이 부족한 서로의 모습에 웃고 말았다. 토스트 한 조각에 우유 한 컵을 마시고 집에서 나왔다.

“지아야.”

“응.”

“네 말대로 모질게 굴 거야. 그러면 나한테 질리겠지. 내가 버리지 못할 바엔 그 애가 날 먼저 버려주면 되는 거야.”

지아는 알고 있다. 가운이 먼저 버릴 수 없다는 것을 말이다. 가운의 가슴에 처음으로 사랑이라는 불씨를 심어준 사람은 튼튼이라는 것을 너무나도 잘 알고 있었다. 처음 심어준 그 사랑에 감정이란 걸 몰랐던 가운에게 보고 싶은 그리운 감정 따위를 만들어준 것이 튼튼이었다. 첫사랑이었다. 한샘이 모르는 첫사랑이었다. 한 샘은 가운의 첫사랑이 다른 이인 줄로만 알고 있으니까.

"가운아, 지아야!!"

멀리서 미지가 뛰어오고 있었다. 지아는 미지를 보자 손을 흔들었다.

"니들 뭐야? 왜 같이 와?"

"나 어제 잠이 안 와서 가운이네서 잤어."

"아, 그래? 피이, 나는 부르지도 않고."

"나 밤 11시에 나갔어! 하하."

"어머, 정말?"

"응."

"그나저나 나 어제 소개팅했는데 진짜 킹카 잡았다? 그 애가 어제 집까지 바래다주고 오늘 아침에 모닝콜도 해주는 것 있지!!"

아침부터 미지의 소개팅 얘기에 시간 가는 줄 모르고 가운과 지아는 이야기꽃을 피웠다. 일주일 전에 사귀었던 애와는 언제 끝났는지도 모르게 벌써 끝이 나 있었고, 오늘은 새로운 만남에 미지는 들떠 있었다.

"튼튼이 왔다! 얘들아, 튼튼이가 오고 있어!!"

튼튼이라는 말에 가운이 움찔했다. 지아는 가운이 움찔하는 것을 보았지만 이내 모르는 척했다.

“튼튼아, 안녕.”

“응, 안녕.”

“어머! 튼튼아, 얼굴이 왜 그래? 상처났네? 무슨 일 있었어?? 응?”

아침부터 호들갑을 떠는 여자 아이들이었다.

가운은 미지의 말이 귀에 전혀 들어오지 못했다. 오로지 자신의 오른편에 있는 여자 아이의 목소리만이 들려오고 있을 뿐이었다. 상처라니…… 걱정이 되기 시작했다.

“장가운, 안녕!”

알고 있다, 자신에게 인사한 사람. 자신에게 아무렇지도 않게 인사를 건넨 사람은 튼튼이라는 것을 말이다. 지아는 가운을 보았다. 제발 가운이 오늘 아침에도 말했듯 모질게 굴었으면 좋겠다는 생각을 했다.

“가운아.”

인사에도 불구하고 아무런 말이 없는 가운이 이상했다. 튼튼이 다시 불렀지만 가운은 어떠한 대꾸도 없었다.

“이야~ 장가운, 이제 아는 척도 안 하는 거야?”

가운이 자리에서 일어섰다. 그리고 튼튼을 본다.

“아침부터 성가시게 하는데 뭐 있네.”

뜻밖이었다. 며칠 전까지만 해도 이렇게 차갑게 굴지 않았던 가운이었는데… 튼튼은 그녀의 행동이 왜 변했는지 이유를 몰라 어리둥절해했다.

가운이 교실에서 나가자 튼튼도 따라 나갔다. 가운이 학교 건물에서 나갔고, 튼튼도 가운을 따라 학교 건물에서 나갔다.

"뭐야? 이제는 애들 앞에서 친한 척하지 않기로 한 거야? 그래, 좋아! 알았어, 알았다구. 뭐, 네 좋을 대로 해. 나는 괜찮으니까. 장가운, 밥은 먹었어? 어제 저녁은 먹은 거야? 왜 이렇게 핼쑥해 보이냐? 너 굶고 살아? 아, 혹시 다이어트라도 하는 거야? 하여튼 여자들은 못 말려. 뺄 데가 어디 있다고 다이어트를 하냐?"

쉴 새 없이 튼튼은 가운에게 말을 걸었다. 한마디 대꾸도 없는 가운에게 일부러 대꾸할 시간도 없이 이 말 저 말을 다 하고 있었다.

"너 엄청 빼빼 말랐어. 그러니까 살 빼지 않아도 돼. 나는……."

"꺼져."

튼튼의 말을 매몰차게 막아서는 가운의 한마디였다.

#24

가운은 튼튼을 지나쳐 건물 안으로 들어갔다. 튼튼은 가운의 한마디에 그저 멍하게 자리를 지키고 서 있을 수밖에는 없었다. 충격이었다.

튼튼은 다시 학교 건물 안으로 들어갔다. 여학생들이 튼튼을 보자 소리를 질러댔고, 튼튼은 그런 여학생들은 보면 미소를 잊지 않았다. 하지만 순간뿐 튼튼은 역시 가운이 신경 쓰였다.

"튼튼아, 장가운 너한테 왜 그래?"

복도에서 튼튼을 기다리고 있던 강산이 물었다. 하지만 강산에게 튼튼도 이렇다 할 답변을 해줄 수 없었다. 그저 아무것도 모른다고 할 수밖에는 별 도리가 없었다.

강산과 튼튼은 교실을 들어갔다. 역시 튼튼의 시선에는 창가 분단에 앉아 있는 가운만이 들어왔다. 평소와 똑같이 지아와 미지의 수다를 받아주며 웃고 있는 가운이었다. 달라진 것은 없건만 튼튼에게만은 확실히 변한 모습이었다.

조례를 하기 위해 선생님이 들어오셨다. 선생님을 따라 조신히 들어오는 또 다른 여학생. 전학생인가 보다. 전학생의 모습에 환호성을 지르는 남학생들이 있는가 하면, 야유를 보내며 남학생들을 흘겨보는 여학생들이 있었다. 얼마 전 튼튼, 강산, 우현이 전학 오던 때와는 정반대인 모습이었다.

"이 녀석들아, 그렇게 좋냐? 하여튼~ 자, 우리 반에 새로운 친구를 소개하겠다. 서울에서 전학 왔고 이름은 윤새하다."

담임의 소개에 남학생들은 거의 흥분의 도가니였다. 전학생 윤새하의 외모는 출중했다. 완벽할 정도로 말이다. 긴 생머리에 가냘픈 몸, 새하얀 피부! 그렇다 대한민국 통틀어 좋아하는 여성상 1위에 꼽히는 청순한 여자. 윤새하는 청순한 여자였던 것이다.

"반가워요. 윤새하라고 해요. 앞으로 잘 부탁해요."

“새하가 어디 앉지? 우선은 4분단 끝 빈자리에 앉거라.”

담임은 튼튼의 옆 자리를 가리켰다. 담임이 가리킨 자리에 이번엔 남녀노소 가릴 것 없이 반 전체가 야유를 퍼붓기 시작했다. 여자 쪽은 강튼튼, 남자 쪽은 윤새하 때문에 말이다. 언뜻 보아도 잘 어울릴 만한 그들이 짝이라니 아이들은 답답하기만 했다.

새하는 조심스럽게 천천히 걸었다. 걷는 폼은 격식있는 집안에서 자란 것같이 우아했다. 이내 튼튼의 옆 자리에 도착한 새하는 튼튼을 힐끔힐끔 보았지만 튼튼은 전학 온 청순한 새하한테 관심을 갖기는커녕 온통 가운만 보느라 자신의 옆에 누가 앉았는지도 모른 채 정신이 반쯤 나가 있었다.

“가운아, 튼튼이가 자꾸 너만 봐.”

미지가 가운에게 속삭였다. 가운도 알고 있었다. 교실로 들어온 순간부터 자신만을 보고 있는 튼튼을 이미 알고 있었다. 지아는 가운의 손을 꼭 잡았다. 힘들겠지만 참아보자는 의미였다. 가운은 힘겹게 미소를 지을 뿐이었다.

“강산 선배님, 이 사진은 얼마예요?”

“단돈 5천원!”

“어머 요즘에 가격 많이 내리시네요? 항상 만 원이었잖아요.”

“우리 구질스가 간만에 이벤트를 벌이고 있지.”

“우와! 살래요. 주세요.”

"고마워, 달링~ 잘 가."

"내가 왜 선배 달링이에요! 전 튼튼 선배 달링 할 거라구요!"

"어련하시겠어. 어서 가렴."

강산은 여학생이 가자 한숨을 푹푹 내쉬었다. 요즘 들어 사진 파는 일에도 흥미를 잃어버린 것이 문제였다. 한숨을 쉬는 강산을 화이가 위로했고, 우현은 며칠 전부턴 독서에 빠져 정신없이 책을 읽고 있었다.

"야, 지우현, 언제까지 책만 읽고 있을 거야! 우리 이제 딴 일 할까?"

"벌써 지쳤어? 얼마나 했다고?"

"재미가 없어. 악!! 뭐 특이한 일 없냐?"

"사람이 살면서 늘 재미있고 유쾌하지만은 않는 거야. 이런 날 이 있으면 저런 날도 있는 거라구."

"아, 예~ 어련하시겠어요? 쳇! 화이야, 우리 우현이 버릴까? 저 새끼 매일 진지해서 아주 미치겠다, 이 오빠가!"

"하하, 우현 오빠가 뭐 하루 이틀인가? 오늘 우리 엄마네 가서 삼겹살 어때?"

"오호~ 삼겹살? 죽이지! 좋지! 예예예~"

화이의 말에 강산의 얼굴이 보기 좋게 웃었다. 책에 빠져 있는 우현을 끌고는 교실로 들어왔다. 튼튼은 자고 있었고, 새하는 곧 은 자세를 유지하고 있었다. 쉽게 말하면 귀공녀 같았다. 천방지

축에다 푼수 같은 보통 아이들과는 다르게 영국의 귀족 같은 착각마저 일으키게 하는 새하. 새하는 자신의 옆에서 단 한 번도 말을 붙이지 않은 채 딴청을 피우는 짝을 힐끔 보았다. 딴청에 모자라 잠을 자고 있는 자신의 짝.

"튼튼아, 일어나. 수업 시작해."

우현이 깨우는 바람에 튼튼이 몸을 일으켰다. 그제야 새하는 자신의 짝인 튼튼의 얼굴을 자세히 볼 수 있었다. 튼튼은 옆 시선에 고개를 돌렸고 새하와 눈이 마주쳤다. 튼튼은 새하와 눈이 마주치자 미소를 지었고, 이내 다시 교탁 쪽을 보았다. 이유없는 튼튼의 미소에 새하는 얼굴이 그만 새빨개지고 말았다.

"어머, 가운아, 교문 앞에 한샘이 왔다. 너 데리러 왔나 봐! 되게 좋겠다."

수업이 끝나고 미지가 창가를 보던 중 한샘을 발견하고는 가운에게 소리쳤다. 그 말에 튼튼이 가운을 보았지만 가운은 여전히 단 한 번도 튼튼에게로 시선을 돌리지 않았다.

종례가 끝난 후 가운이 가방을 들고 교실에서 나가자 튼튼도 재빨리 가운을 따라나섰다. 튼튼은 가운이 건물에서 나가기 전에 붙잡았고 막무가내로 뒤뜰로 갔다.

"왜 이래? 팔 아파."

"너야말로 왜 그래? 너 지금 나 피하는 거야? 날 피하고 있는 거냐구!"

"피한 적 없어."

"하, 피한 적이 없다고? 너 아침부터 내내 날 없는 사람 취급하지 않았어? 도대체 갑자기 이러는 이유가 뭐야?"

"이유없어. 전학생이라 잠시 잘해줬던 것뿐이야."

"전학생이라 잠시 잘해줬다고?"

"그래, 이제 적응도 됐을 텐데. 나머진 네가 알아서 잘해봐. 난 성격이 그다지 좋은 편이 아니라 너 같은 애 신경 쓸 위인이 못 되거든."

"장가운!!"

튼튼은 소리를 질렀다. 기가 차고 어이가 없어 황당할 뿐이었다. 가운도 자신에게 마음이 있다는 것을 확신한 튼튼이었는데, 가운이 이제는 변해 있었다. 어디서부터 잘못된 건지. 튼튼은 달리 방법이 없자 답답하기만 했다.

"왜 이러는지 정말 모르겠지만 이러지 마. 내가 잘못한 게 있으면 고칠게. 내가 아무 애들한테나 웃는 게 싫으면 고칠게. 네 앞에서만 웃을게. 너만 볼게. 다시는 여자 애들 만나지도 않고 너만 볼게."

튼튼의 말에 가운이 비웃음을 머금고 웃었다.

"마음대로 생각해서 지껄이는 것도 여기까지야. 그만 해. 지금까지 네 말 충분히 어이없고 황당하니까 그만 해도 돼."

"가운아, 진심이야? 너 지금 진심으로 하는 소리야?"

"내가 지금 너랑 한가하게 장난하게 생겼어? 나 지금 남자 친구가 교문 앞에서 기다리고 있는 판국에 너랑 여기서 농담 따먹기 하겠어?"

가운의 모습에 튼튼이 힘없이 피식 웃었다. 그리고 다시 한 번 웃었고, 이내 박장대소를 터뜨리며 웃었다. 한참을 웃은 튼튼은 웃음을 멈추곤 가운을 의미를 잃어버린 듯한 눈동자로 바라보았다. 이제껏 생기없는 눈으로 가운을 본 적이 없었던 튼튼이 이제는 생기를 잃은 퀭한 눈으로 보고 있었다.

"가."

가운은 가라는 튼튼의 말에 뒤돌아 교문 쪽으로 걸음을 옮겼다. 한 걸음, 한 걸음 튼튼과 멀어지고 있는 것이 이제는 영영 돌아가지 못할 길을 가는 것 같아 죽을 맛이었다. 그렇게 애쓰고, 모질게 굴었음에도 불구하고 뒤돌아 서자마자 떨어지는 눈물을 막을 길이 없었다. 멀어지고 있다. 튼튼과 점점 멀어지고 있다. 뒤돌아 서서 지금까지 한 말은 모두 거짓이었다고 전하기만 하면 되는 것인데, 너무나도 간단하고 쉬운 일이건만 감히 가운은 할 수 없었다. 참고 버려야만 튼튼도, 자신도, 한샘도 모두 행복할 수 있다고 생각했다.

"미안해, 정말 미안해. 못난 짓 하고 마음만 아프게 하고 가서 정말 미안해."

25

교문 앞에는 지아와 이야기를 나누고 있는 한샘의 모습이 보였
다. 가운은 재빨리 눈물을 닦고 한샘이 있는 곳으로 뛰어갔다. 이
렇게 가면 되는 것이다. 아무리 뒤를 돌아보고 싶어도, 한 번만 뒤
돌아보고 싶어도 돌아보지 말고 앞만 보고 가면 되는 것이다. 그
러면 한샘만 볼 수 있다.

"엄마가 요즘은 너 왜 안 오냐고 물으시더라."

"가봐야 하는데…… 언제 갈까?"

"지금 갈까? 마침 아빠도 계시는데."

"그래? 그럼 지금 가자."

2년 전 가운의 집이 변한 것과 같이 한샘의 집도 마찬가지였다.
담담하게 살기 위해 애를 쓰고 있을 뿐이었다. 속은 다 타서 재만
수두룩했지만 애써 웃고 살 뿐이었다. 남은 아들 한샘을 위해서
말이다.

"가운이 왔구나? 어휴, 요즘에는 왜 이렇게 한 번도 안 와? 얼
마나 보고 싶었다고~ 여보, 가운이 왔어요."

똑같았다. 한규가 있을 때와 같이 늘 변함없이 잘해 주고 따뜻
한 한규의 부모님이었다. 그들을 볼 때면 가운은 죄책감에 시달려
야 했다. 벗어던지려 노력하면 할수록 그 기억들만 선명해져 도저
히 벗어버릴 수가 없었다.

맛깔나는 음식들이 한껏 차려져 있었다. 곳곳에 가운이 좋아하는 음식들이 눈에 띄었다. 한샘은 만족스러운 듯 가운을 보며 웃었다. 가운이 음식을 집기 전에 한샘은 미리 밥 위에 올려놓았고, 그런 한샘의 모습에 엄마는 벌써부터 챙긴다며 핀잔을 주기도 했다.

저녁 8시가 되어서야 한샘의 집에서 나왔다. 제법 선선한 바람이 불고 있었다.

"지아가 그러는데 미지 또 남자 친구 생겼다며?"

"응."

"미지는 오래 못 사귀나 봐, 매일 그렇게 바뀌는 걸 보면?"

"착한 애야. 다만 첫사랑 때문에 마음을 못 잡고 있는 것뿐."

"첫사랑?"

"응. 중학교 때 1년 넘게 사귄 남자 친구가 있었다는데 미지가 엄청 좋아했나 봐. 너무너무 좋아했는데 그 남자애는 아니었나 봐. 친구를 택했다나? 잘은 모르겠는데 그때 그 충격 이후로 마음을 못 잡는 것 같아."

"아, 그렇구나. 원래 많이 좋아하면 잊기도 힘든 법이니까. 미지도 힘들겠다."

"응. 이 남자, 저 남자 만나는 미지 보면 어떨 때는 안쓰러워."

"그 남자애는 누군데?"

"모르겠어. 미지가 그건 죽어도 말을 안 해주네."

언젠가 미지가 이야기를 털어놓은 적이 있었다. 그때는 늦가을이었다. 하루 종일 우울해 보이는 미지가 지아와 가운에게 얘기했었다. 오늘은 첫사랑 남자애의 생일이라며 생일 같은 것에 관심이 없는 아이인데, 미역국은 먹었는지 궁금하다고 했다. 1년을 짝사랑했던 아이고, 또 1년 반을 함께했던 아이였다고 했다. 너무 아끼고, 소중해서 없어질까 두려웠다고 고백했다. 하지만 결국에는 없어졌다고 했다. 그래서 가슴이 아프다며 울었다. 시간이 지날수록 더 아파진다고 했다. 그때가 10월 14일이었다.

누군가가 그랬다, 사람을 잊기 위해선 그 사람과 함께했던 시간 두 배가 지나야 잊을 수 있다고……. 사람이란 것이 미련한 바보라서 끝나 버려도 좋지 못한 기억보다는 좋았던 기억만을 가슴에 남겨둬 하나씩 꺼내본다. 그렇게 행복했던 시간을 잠시나마 공유해 본다. 결국 남는 것은 그리움뿐이건만, 사람들은 미련한 바보라서 그것마저도 유일한 기다림의 희망으로 남겨놓는다. 언젠가는 한 번쯤은 올 것이라 하면서 말이다.

"나도 그럴 거야."

한샘이 말했다.

"뭘?"

"너 가버리면 나도 마음잡지 못할 거야."

한샘이 쓸쓸한 듯 말했다.

"너 버릴 일 없어. 바보 같은 말 하지 마. 내가 사랑하는 건 이

한샘뿐인 것 알잖아."

가운은 이제야 결심한 것을 한샘 앞에 털어놓았다. 내가 사랑하는 건 이한샘뿐이라고 스스로에게 다짐하고 결심한 것을 말했다. 가운의 말에 한샘은 안심했다. 역시 자신의 생각대로 잠시 스쳐 가는 바람이었다. 금방 멈춰 버릴 가벼운 바람이었지 무섭고, 거센 회오리가 아니었다. 그것이 너무나도 다행이었다.

버스에서 내린 가운과 한샘은 가운의 집 골목으로 들어섰다. 이번엔 가운이 먼저 한샘의 손을 잡는다. 한샘은 얼마나 놀랐는지 모른다. 한 번도 이런 적이 없었던 가운인지라 한샘의 가슴이 덜컹 내려앉았다. 한샘은 더 더욱 가운의 손을 강하게 잡았다.

가운의 집 앞에 서 있는 오토바이 한 대가 눈에 보였다. 한 남자아이가 하얀 연기를 내뿜으며 집을 올려다보고 있었다. 순간 가운은 가슴이 철렁 내려앉았다. 튼튼인 줄 알았던 것이다. 이 시간에 집 앞을 찾아올 이는 튼튼밖에는 없었다. 한데 그 남자 아이가, 튼튼인 줄로만 알고 있던 그 남자 아이가 옆으로 시선을 돌리자 가운은 놀라 그 자리에 우뚝 설 수밖에 없었다. 너무나도 놀라서 입이 떨어지지 않았다. 가운이 놀란 것을 눈치 챈 한샘이 남자 아이가 서 있는 곳으로 뛰었다.

"장원!!"

원이었다.

집을 나갔던 원이었다. 한샘의 외침에 남자 아이가 누군지 확실해지자 가운은 그만 풀썩 주저앉고 말았다. 달려가고 싶은데 기운이 하나도 없었다. 그저 멀리서 원의 얼굴을 바라보고 있어야 할 뿐 용기가 없었다. 너무나 오랜만에 모습을 비친 자신의 동생 원이인데 미칠 듯 찾아다녔음에도 불구하고 정작 가운은 그를 볼 용기가 나지 않았던 것이다.

"아직도 장가운 옆에 있는 거야, 형은?"

"오랜만이다."

"그래, 오랜만이군. 다시는 오고 싶지 않은 역겨운 곳인데 며칠 있으면 한규 형 생일이라 이 동네가 생각나더군."

"니가 이러고 살면 떠난 한규 형이 좋아할 것 같냐?"

"물론 좋아하진 않겠지. 그래도 어쩔 수 없어. 난 장가운이라면 이제 아주 치를 떨 만큼 저주하고 증오하니까!"

"왜 가운이 탓을 해!! 원이 너, 자꾸 형편없이 굴래?"

"그럼 누구 탓을 하지? 장가운 아니면 누구 탓을 해야 하는 거지? 말해 봐! 누구 탓을 해야 하는 건데!!"

"그 누구의 탓도 아니야."

"웃기지 마. 누난 항상 자기 자신밖에 몰랐어. 자기 마음에 들지 않으면 집을 뛰쳐나갔지. 불량 서클을 만들어서 제멋대로 굴고 다녔잖아? 그때도 누나가 집에만 있었으면 그렇게 될 일 없었어! 형도 알잖아!! 누나가 강원도에 있다는 소리에 미친 듯이 달려갔던 부모님! 그리고 한규 형! 강원도만 가지 않았으면!! 그날 가지만 않았으면!!”

“그, 그만!! 그만, 그만 해!! 원아, 그만 해!!”

가운은 생생히 떠오르는 기억에 귀를 막았다. 너무나도 무섭고, 두려워서 미칠 것만 같았다. 가운의 작은 어깨가 사시나무 떨듯 흔들리고 있었다. 무서웠다. 끔찍했던 그날. 절대로 기억하고 싶지 않은 2년 전 여름. 그날은 너무나도 눈부시고, 햇살 좋은 날이었다.

#26

한 통의 전화를 받은 가운의 엄마는 미친 듯이 옷을 챙겨 입기 시작했다. 가운이 강원도에 있다고 했다. 오토바이 폭주족들과 친해져 사방팔방을 돌아다니고 있다는 소리였다. 자신의 하나밖에 없는 착한 딸이 모두가 손가락질하는 소위 막돼먹은 폭주족들 사이에 껴 있다니 믿을 수 없는 이야기였다.

사실 가운이 집을 나가기 시작한 건 중학교 2학년 때부터였다. 사춘기 때부터 가운은 삐뚤어지기 시작했다. 혜정이 공부, 공부만을 강요했던 것이 실수였다. 한창 놀기 좋아하는 어린 나이에 가운은 공부를 강요하는 혜정이 못마땅했던 것이다. 그때부터 잦은 트러블이 생겼고, 그때마다 가운은 집을 나갔다. 그런 가운이 무슨 생각을 하는지 알고 싶었던 혜정은 가운의 방에 들어가 일기장을 훔쳐보기 시작했고, 결국에는 가운이 일기장을 보는 혜정을 보고 만 것이었다. 그렇게 가운은 닥치는 대로 짐을 챙겨 나갔고 한 달이 지나도, 두 달이 지나도 가운은 집을 들어올 생각을 하지 않았다. 그런데 집을 나간 가운을 세 달 만에 강원도에서 보았다는 친구의 이야기였다. 생각할 겨를이 없었다. 설사 거짓이라 해도 찾아야 했다.

"저도 갈게요."

"괜찮아, 한규야. 아줌마랑 아저씨가 가서 데리고 올게."

"아니에요. 저도 갈래요. 가운이 제 말이라면 잘 들을지도 몰라요."

한규의 말이 맞았다. 한규의 설득이라면 가운이 들을지도 모른다.

"그래, 얼른 타거라."

혜정과 윤식, 그리고 한규는 강원도로 출발했다. 차 안에서 그들은 아무런 말도 하지 않았다. 차 밖의 세상은 그들의 마음과는 달리 너무나도 고왔다. 밝은 태양 아래 초록 나무들이 보기 좋았고, 넘실거리는 바다도 무척이나 보기 좋았다.

수소문 끝에 가운과 잘 몰려다닌다는 폭주족 한 명을 만나게 되었다. 그것이 강원도에 온 지 삼 일 만의 일이었다. 폭주족 일원 한 명과 함께 가운이 있다는 곳으로 갔다.

"가, 가운아!!"

가운은 혜정의 모습을 보자 도망치기 시작했다. 파트너의 오토바이 뒤에 탄 채 무서운 질주를 하기 시작했다. 윤식도 놓칠세라 전력 질주로 오토바이의 뒤에 따라붙었다. 뒤에서 보는 가운은 너무도 아슬아슬했다. 혜정은 쓰러질 듯 말 듯한 오토바이에 가운이 다칠까 조마조마하게 지켜보았다.

"가운아, 나 한규야! 나랑 얘기 좀 하자! 응? 장가운!!"

한규는 목이 터지게 가운에게 말해 봤지만 가운은 듣기는커녕 뒤도 돌아보지 않았다. 그때였다. 오토바이가 편도 2차선 도로에서 중앙선을 침범했고, 반대 편에서 오고 있던 대형 화물 트럭을 늦게 발견했던 것이다. 오토바이를 발견한 트럭이 피하려고 반대편으로 커브를 돌았고, 커브 길로 들어선 승용차를 늦게야 발견했던 것이다. 커브 길로 들어선 윤식의 차는 대형 트럭을 피하지 못하고 그만 정면충돌하고 말았다.

끼익!!

트럭과 충돌한 윤식의 차는 정지를 못하고 뒤집어진 채 도로 밑으로 떨어지고 말았다. 그리고 큰 폭음과 함께 차가 폭발했다.

가운은 큰 폭발음에 오토바이를 세웠고, 이상한 마음에 재빨리 뛰었다. 하지만 너무도 늦어버린 후였다. 너무도 늦어 되돌리기에는 어려웠다. 얼굴도 알아보지 못할 만큼 타버린 자신의 아빠와 엄마의 시체가 차 안에서 나왔다. 가운은 그제야 자신의 엄청난 실수를 깨닫고야 만다.

"말도 안 돼. 정말 말도 안 돼! 어, 엄마! 아빠! 잘못했어요. 잘못했어요. 네? 내가 잘못했다구요!!"

아무리 빌고, 또 빌어보지만 가운의 부모는 눈을 뜨지 않았다. 아무리 빌어보아도 이제 그들은 눈을 뜨지 못했다.

"아악!!"

다행히도 생명을 건진 한규는 응급실로 실려갔다. 제발 한규만이라도 살아주기를 빌었다. 처음으로 간절하게 하늘에 기도를 했다.

"한규야, 미안해. 잘못했어. 죽지 마. 응? 죽지 않을 거지? 그치?"

"가운아……."

"응. 한규야, 잘못했어. 정말 미안해."

"공부…… 열심히 해."

"응, 공부 열심히 할게!"

"말썽 그만 피워야지……. 오토바이 위험해. 그런 거… 타지 마."

"응, 알았어. 이제 너랑 같이 공부만 열심히 할게."

"그래…… 이제야 장가운 같네……."

"응, 응. 한규야, 지금 아줌마랑 아저씨랑 한샘이, 원이 오고 있어."

"너희…… 부모님은?"

"돌아가셨어……."

끝내 가운은 오열하고 말았다.

“어떡하지…… 엄마, 아빠…… 한샘이 녀석, 그리고 귀여운 원이 녀석…… 봐야 하는데…… 왜 이렇게 잠이 오니. 가운아…….”

“하, 한규야, 제발! 제발!”

“바보……. 장가운, 울지 마.”

“한규야…….”

“내가 너 정말 좋아하고, 사랑하는 거…… 알지? 나 커서…… 너랑 결혼하려고 했다.”

“한규야, 왜 그런 말을 해……. 왜 그래…….”

“내가 못하게 되면…… 한샘이 녀석이 하기로 했어. 아니, 할 거야…… 아마.”

“이한규!!”

“한샘이가 있어서…… 얼마나 다행인지 모르겠다. 어휴…… 하늘 좀 봐. 날씨 무척 좋다……. 이런 날은 가운이랑…… 놀이공원 놀러가야 제격인데…….”

“가자. 얼른 나아서 가자.”

“가운아…… 가운아…… 내 사랑 가운아…….”

가운은 한규의 손을 잡았다. 울고 있는 한규의 모습을 보며 가운도 미친 듯이 울었다.

“널 지킬 수 없게 되어…… 미안하다…….”

“한규야!”

“정말…… 미안해…….”

거칠었던 한규의 숨소리가 끊어지고야 말았다. 마지막 남은 한규마저도 세상과의 끈을 놓아버리고 말았다.

가운의 부모님과 한규의 장례식은 함께 치러졌다.

가운은 실성한 듯 먼발치에서 장례식을 지켜보아야 했다. 이제는 눈물도 나오지 않았다. 이제는 미쳐 버린 것 같아서 울 기력도 없었다. 다만 애처롭게 울부짖는 동생 원의 모습만 보이고 있을 뿐이었다.

"괜찮아?"

한샘이었다. 한샘은 가운의 옆에 섰다.

"사람들 말 귀에 담지 마."

알고 있다. 자신의 친척들이며, 한규의 친척들이 모두 가운 탓이라고 쑥덕대고 있었으니까. 달갑지 않은 시선들이었지만 가운은 그 어떤 모진 말도 감당할 자신이 있었다. 아니, 감당해야 한다고 생각했다. 한규가 죽는 순간 어떤 고통이든 감당하며 산다고 약속했다. 평생을 불행하게 살 것이라 자신에게 약속했다.

"내가 이젠 한규 형 대신 네 옆에 있을게. 지켜줄게."

"아니야. 그러지 마. 그러지 않아도 돼."

그때 당시 가운은 한샘에게 털끝만큼도 관심이 없었다. 그런 가운의 마음을 한샘도 눈치 채고 있을 터였다. 하지만 한샘은 어떡해서든 가운의 마음을 얻고 싶었다. 가운을 곁에 두고 싶었다. 그뿐이었다. 갖기 위해선 어떠한 거짓말도 괜찮았다.

"한규 형은 내 모든 것이었다. 나 지금 너마저 없으면 미칠 것 같아. 네가 곁에 있어주면 안 되겠어? 정말 괴로워."

한샘의 말에 가운은 그만 또다시 죄책감에 빠져들고 말았다. 그래서 가운은 한샘이 내밀었던 손을 잡았다. 다시는 뿌리치지 못할 그 손을 가운은 그때 잡아버린 것이다.

"하늘이 너무 파랗다."

한샘의 손을 잡은 가운은 하늘을 보며 말했다.

"그러게……."

"나 이제 이런 하늘 따위보고 싶지 않아. 나는 이렇게 슬픈데, 하늘은 웃고 있는 것 같아서 화가 나. 우리 부모님, 한규가 죽었는데, 하늘은 웃고 있어…… 젠장하게……."

장례식을 끝나고 원이와 함께 가운은 집으로 돌아왔다. 그런데 집으로 돌아온 원이가 이상했다. 자신의 방으로 처박혀 들어가선 단 한 발자국도 나오지 않았다.

그러기를 삼 일. 삼 일이 지나고 원은 큰 가방을 들고 자신의 방에서 나왔다.

"원아, 어디 가?"

"네가 살고 있는 더러운 이 집에서 나간다."

"워, 원아?"

"명심해. 네가 아빠, 엄마, 그리고 한규 형을 죽였다는 걸 말이야."

“원아, 가지 마.”

“더러운 입으로 내 이름 함부로 부르지 마! 오늘부로 나도 엄마, 아빠, 한규 형 속에 포함해 줘라. 나도 이제 죽었다. 장원 죽었다.”

원은 원망만을 남겨놓은 채 집을 나가 버리고 말았다. 혼자 남은 가운만이 벗어나지 못할 죄책감과 수많은 아픔들을 감당해야 했다. 그때부터 가운의 슬픈 기도는 시작되었던 것이다.

평생을 불행하게 살다 죽게 해달라는 가운의 기도.

#27

가운은 도망쳤다. 2년 만에 만난 원이 앞에서 도망쳐 버리고 말았다. 2년 전의 그 아픔이 다시금 생생하게 떠오르자 가운은 죄책감에 참을 수가 없었다. 미칠 것만 같았다. 뒤도 돌아보지 않고 뛰었다. 돌아보면 모두가 손가락질할 것만 같았다. 던져 버릴 수 없는 죄책감에 가운은 참을 수가 없었다.

“하아…….”

정신없이 뛰어서 도착한 곳은 지난번 튼튼과 함께 왔던 호숫가였다. 어두컴컴한 호숫가가 오늘따라 덧없이 두렵기만 했다.

“엄마, 아빠, 한규야…… 잘못했어. 내가 잘못했어. 응? 내가 잘못했어. 용서를 빌고 싶은데, 용서해 달라고 빌고 싶은데 그럴 용기가 없어서 지금까지 못하고 있어. 이제는 나를 놓아달라고도 해

보고 싶은데 그럴 용기가 없어서…… 정말 잘못했어.”

벌써 세 시간 전부터 아무 말 없이 술을 마시는 튼튼이 안쓰러
울 뿐이었다. 잠자코 마시고 있는 튼튼의 잔을 강산이 빼앗자 튼
튼은 괜찮다는 듯 살짝 입꼬리를 올렸다.
“괜찮아, 인마.”
“됐어. 너 엄청 마셨어. 그만 마셔. 집은 어떻게 들어가려고?”
튼튼이 왜 술을 자꾸만 마시려 하는지 강산과 우현은 안다. 그
들이 보기에도 행동이 너무 달라진 가운이건만, 그래서 너무도 이
상하건만 튼튼 본인은 얼마나 답답할까.
“그런데 튼튼아, 너 정말 가운이 좋아한 거야?”
우현이 물었다.
사실 가운의 대한 튼튼의 마음은 강산, 우현에게는 신기한 일이
아닐 수가 없었다. 이제껏 튼튼을 만나오면서 튼튼이 여자를 진심
으로 대하는 모습은 본 적이 없었기 때문이다. 가운의 대한 마음
도 가볍게 받아들인 그들이었다.
“그래. 너 여자 애들 귀찮아하잖아?”
이번에는 강산이 물었다.
언제나 여자를 귀찮아하던 튼튼이었다. 강산과 우현에게는 궁
금증이 이만저만이 아니었는데, 튼튼은 대답을 커녕 술만 비워내
고 있으니 답답하기는 마찬가지였다.

"내가 병신같이 뭐라고 했는지 알아?"

마침내 튼튼이 입을 열었다.

"병신같이 강튼튼이 뭐라고 했냐면 말이지, 여자 만나는 게 싫으면 만나지 않겠다고 했고, 남 앞에서 웃는 게 싫으면 그것도 하지 않겠다고 했다? 너만 보겠다고 했어. 천하의 여자를 물같이 보던 강튼튼 새끼가 장가운 앞에서 너만 보겠다고 했는데……."

놀라운 말이었다.

"그 말 하면서 나조차도 놀란 게 뭐냐면 말이지……."

튼튼은 쿡쿡 웃고 있었다. 그런데 웃고 있음에도 두 눈에서 뚝뚝 떨어지고 마는 그의 아픔.

"아…… 내가 장가운을 진짜 좋아하는구나. 아, 내가 장가운을 정말 사랑하고 있구나. 못난 모습 보이면서까지도, 추한 꼴 보이면서까지도 잡고 싶은 게 사랑이구나. 그런 거구나. 젠장!"

튼튼은 들고 있던 잔을 던져 버렸다. 차가운 가운의 표정과 말이 자꾸만 생생하게 떠올라서 참을 수가 없었던 것이다. 하지만 그보다 더 가슴이 아픈 것은 그녀의 마음은 그것이 아니라는 것이다.

"왜 그렇게 아파 보이냐. 그 계집애 왜 그렇게 아파 보이는 거야? 나도 아픈 새낀데…… 그 바보는 더 아파 보여서 견딜 수가 없다. 그 계집애가 나한테 숨기고 있다는 것 알아. 다 알아. 병신이 아닌 이상 안다구!!"

"무슨 말이야?"

"지우현, 너는 사랑하지 않는 사람과 사랑하는 사람 둘 중 누구 앞에서 더 웃을 수 있겠냐?"

튼튼이 우현에게 말했다.

"그 바보는 이한샘 앞에서 웃지 않는다는 것 알아! 봤으니까, 내가 봤으니까. 그런데 그 바보는 끝까지 아니래. 내가 아니라고 가랜다. 전학생이어서 잘해줬단다. 그 멍청한 계집애 울면서 가는 뒷모습에 내가 이렇게 마음이 아프다. 나한테 모질게 굴어놓고선 뒤돌아 서서 우는 주제에 내 앞에선 그렇게 강한 척을 하고 있잖아, 장가운이!!"

사실 알았다. 학교 뒤뜰에서 차갑게 말하고 가는 가운이 울고 있었다는 것을 튼튼을 알고야 말았다. 이상한 마음에 학교 건물로 들어가 가운이 지나가는 곳이 보이는 창문가에 섰다. 그의 예상대로 가운은 울고 있었다. 바보같이 울고 있었다.

"힘들겠지. 나보다 더 힘들겠지. 그 바보는 더 힘들 거야. 빌어먹을."

튼튼은 강산의 집에서 나왔다. 비틀거리는 걸음으로 세상을 보니 역시나 세상도 어지럽게만 보였다.

튼튼이 도착한 곳은 지난번 가운과 함께 왔던 호숫가였다. 튼튼은 호숫가에서도 가장 큰 나무 앞에 섰다. 둘레가 무척이나 넓은 나무였다. 튼튼은 나무에 기대었다. 술기운이 오르자 머리가 어지

럽기 시작했다. 아무도 없는 공원에서 듣지 못할 가운의 이름을
불러본다.

"가운아…… 장가운…… 장가운, 이 바보야."

듣지 못할 가운을 애가 타게 불러본다.

깜짝 놀란 가운이었다. 호수를 바라보고 있었던 가운이 지쳐 나
무에 기댄 채 앉아 있었다. 그런데 누군가가 자신의 반대 편에 앉
았다. 반대 편에 앉은 사람이 뜻밖에도 자신의 이름을 부르는 사
람이었다. 너무나도 아프게 부르는 사람이었다. 가운은 입을 손으
로 틀어막았다. 혹시라도 자신의 울음이 새어 나올까 봐. 그래서
그가 혹시라도 들을까 봐 나오지 못하도록, 그가 들을 수 없도록
단단하게 틀어막았다. 하지만 이를 악물고 참는 것보다도 더 고통
스러운 것은 그가 울고 있다는 것이었다. 그가 목이 매어 자신의
이름을 부르고 있다는 사실이었다. 그 부름에 단 한 번이라도 대
답할 수 있다면…… 그 부름에 단 한 번이라도 따뜻하게 대답할
수만 있다면 얼마나 좋을까.

가운과 튼튼은 나무를 사이에 두고 서로를 안지도 못한 채, 서
로를 부르지도 못한 채 타인으로 서럽게 울어야 했다.

"널 보면 날 보는 것 같아서 마음이 아팠어. 남들은 다 좋아하
는 날을 너는 싫어해서 혹시라도 너도 나처럼 그렇게 좋은 날 소
중한 것을 잃어버린 것은 아닌가 해서 마음이 아팠어. 그거 진짜
비참하거든……. 그거 정말 분통 터지는 거거든……."

'튼튼아, 울지 마. 제발 울지 마. 우는 건 나 한 사람으로도 충분하잖아. 왜 너까지 울어야 하는 거야. 왜 하필이면 나를 사랑하게 되어서 우니. 나같이 손가락질받는 사람 뭐가 좋다고 넌 우니. 울지 마, 튼튼아……. 너 울어도 내가 갈 수가 없잖아. 너 이렇게 아파하는데도 나는 너한테 갈 수가 없잖아.'

"가운아, 사랑해."

'사랑해, 튼튼아…….'

아무도 없는 호숫가의 외로움보다도 더 힘이 드는 것은 서로의 대한 그리움 때문이었다.

'이제야 하나님이 내 기도를 들어주셨다. 이제야 내 2년 동안의 기도를 하나님이 들어주셨나 보다. 내게 불행은 너였어. 강튼튼, 너였다. 곁에 두고도 가지 못하고 돌아서야 하는 네가 내게는 불행이 되어버렸구나. 사랑하는 너를 울게 놔두고 돌아서야 하는 내가 고통스럽다. 다른 사람한테 가야만 하는 이 현실이 내게는 가장 큰 불행이 되어버렸다.'

#26

전학 온 지도 벌써 2주가 흘렀다. 하지만 새하잖 자신의 짝인 튼튼과 한마디도 나눠보지 못했다. 첫날은 그렇다 치고 이상하게도 1주일 전부터는 교실에서 한마디로 하지 않는 것이 보통이었다. 잠자거나 친구들과 교실을 나가는 것이 그의 일상이었다. 말을 붙이려 해보아도 다가가기 힘든 것이 바로 새하의 짝 강튼튼이었다. 새하는 반에서 친해진 민정에게 튼튼의 대하여 물어보기로 했다. 솔직히 그에게 관심이 가는 것은 속일 수 없는 사실이었다.

"민정아, 저기 있잖아, 강튼튼 말이야……."

"튼튼이? 어머, 새하 너도 튼튼이 좋아해?"

"아니! 그런 게 아니고 걔 원래 조용하나 해서."

"이상하지?"

"응?"

"요즘 아무래도 이상하단 말이야. 너무 조용해졌어. 원래 저런 애 아니었거든? 무지 활발하고, 하는 짓도 얼마나 귀여운지 얼굴과 완벽한 조화를 이뤘지. 인기도 오죽 많아? 따라다니는 애들도 수십 명이야. 따른 학교에서는 팬클럽까지 있을 정도고!"

"정말? 팬클럽까지?"

"요즘에는 이 앞 상고 짱이 튼튼이 따라다닌다고 하던데? 그런데 이상한 건 튼튼이가 전과는 달리 애교 만점인 미소도 보여주지 않는다는 거지. 슬퍼."

민정에게 들은 튼튼이의 대한 정보는 새하에게 새로운 관심을 불러일으키는데 한몫했다. 새하는 튼튼이 없는 자리를 한번 훑어본다.

"애들 말로는 튼튼이가 진한 사랑에 빠져서 그럴지도 모른다던데."

“진한 사랑이라니?”

“좋아하는 사람이 있다나 봐. 아무튼 누군지는 모르겠지만 복에 터진 거지.”

민정의 큰 목소리는 그녀의 뒤에 앉은 가운에게 너무나도 자세히 들려오고야 말았다. 가운 그녀가 봐도 튼튼은 변해도 너무 변해 있었다. 요즘은 튼튼의 웃는 모습이나 여자 아이들과 이야기 나누는 모습을 볼 수 없었다. 튼튼이 얘기를 나누는 여자 아이들은 1학년 강화이와 2학년인 강효원이 전부였다.

“왜 이러는지 정말 모르겠지만 이러지 마. 내가 잘못한 게 있으면 고칠게. 내가 아무 애들한테나 웃는 게 싫으면 고칠게. 네 앞에서만 웃을게. 너만 볼게. 다시는 여자 애들 만나지도 않고 너만 볼게.”

떨칠 수 없는 튼튼의 말이었다. 사랑도 생명과 같았으면 좋겠다는 생각을 해본다. 살아 있을 때는 움직이고, 느낄 수 있을지언정 심장이 정지되는 동시에 끝이라는 것을 실감할 수 있게끔 사랑도 생명 같았으면 좋겠다. 그렇다면 이렇게 견딜 수 없을 만큼 힘들지는 않을 테니 말이다.

“요새 오빠 조용하다며?”

“뭐가?”

“우리 반 애들 아주 난리던걸? 오빠가 인사를 해도 웃지도 않고, 대꾸도 안 한다면서 속상해 죽으려고 하던걸?”

효원은 피식 웃는 튼튼을 물끄러미 본다. 효원도 마찬가지로 튼튼이 예전과 많이 달라졌다는 것을 느끼는 중이었다. 가장 크게 달라진 것은 웃음이 적어졌다는 것이다.

“진짜 사랑에라도 빠진 거야?”

“……”

“어머! 진짜인가 보네, 말이 없는 걸 보니??”

무언은 긍정이라고 했나? 튼튼이 대답이 없는 걸 보니 소문이 사실이었나 보다. 효원은 쓸쓸한 기분이 들었다.

“효원아, 사랑은 역시 주고받아야 제 맛인가 보다. 혼자 주고 또 주게 되면 결국 남는 건 상처뿐인가 봐.”

“오빠, 먼저 들어간다! 수업 열심히 해, 놀지 말고.”

효원은 튼튼의 앉아 있었던 벤치를 보았다. 요즘 들어 튼튼을 처음 만났을 때보다 그의 대한 아쉬움을 더욱 커져만 갔다. 오늘도 튼튼이 먼저 돌아가자 효원의 가슴속에는 아쉬움이 먼저 자리 잡고 있었다.

“오빠, 아무리 주고받아야 행복하다지만 가끔씩은 혼자만 주고 또 줘야 하는 경우도 생기게 되더라. 힘들어도 혼자만 알고 있어야 옳은 사랑도 있더라. 그건 어떻게 생각하니?”

3반은 체육 시간이었다. 체육 부장인 가운의 구호 아래 반 아이들은 운동장을 뛰기 시작했다. 튼튼과 강산, 우현은 가장 맨 뒤에서 뛰었다. 강산은 튼튼과 우현의 등을 툭툭 치는 장난을 치며 뛰었고, 강산의 모습에 지아는 입을 삐쭉 내밀었다. 지아에게는 강산은 여전히 유치한 아이로 낙인찍힌 채로 있었다.

어느새 튼튼의 옆에는 새하가 뛰고 있었다. 중간에서 뛰던 새하는 뜀뛰기가 벅찼는지 뒤로 밀리고 밀려서 튼튼의 옆 자리로 오게 된 것이다. 새하는 아슬아슬하게 뛰고 있었다. 튼튼은 그런 새하에게 한마디 했다.

"윤새하, 눈치껏 뛰어."

"강튼튼, 내 이름 알고 있었어?"

툭.

튼튼에게 힘겹게 물은 새하는 결국엔 기절하고야 말았다. 놀란 반 아이들은 뛰다 멈췄고, 새하가 쓰러진 곳으로 모여들었다. 가운이 뛰어왔다.

"선생님!!"

가운이 놀라 체육 선생님을 부를 때였다. 잠자코 있던 튼튼이 쓰러진 새하를 번쩍 안아 올려 양호실로 뛰어갔다.

튼튼은 양호실로 가 빈 침대에 새하를 눕혀놓았다. 새하의 얼굴은 창백하게 질려 있었다. 튼튼은 운동장으로 다시 나가기가 귀찮아졌다. 귀찮아진 튼튼은 새하의 반대 편 침대에 드러누웠다.

"윤새하."

가운이었다. 가운은 침대에 누워 있는 튼튼을 보자 멈칫하고 만다.

"운동장에 안 나가?"

튼튼은 아무런 대답도 하지 않았다.

"너 역시 아프기라도 한 거야?"

이번에도 대답이 없기는 마찬가지였다.

"선생님한테 말해 놓을게. 그럼 푹 쉬어."

가운이 커튼을 칠 때였다. 튼튼이 입을 열었다.

"그래, 아파. 너 때문에 아파서 죽겠어."

한동안 움직일 수 없었다. 가운의 가슴이 답답해진 것이다. 그의 한마디에 멍청하고, 바보 같게도 움직일 수가 없었다. 하지만 가운은 이를 악물고 양호실에서 나왔다. 양호실에서 나와 힘차게 뛰었다. 마치 튼튼에게 벗어나고 싶기라도 한 듯 운동장까지 뒤도 돌아보지 않고 뛰었다.

가운이 그냥 나가 버릴 것은 이미 예상한 튼튼이었다. 막상 가운이 예상대로 아무 말 없이 나가 버리자 씁쓸한 마음이 더욱 커지고야 말았다.

"사랑에 빠졌다더니 그게 우리 반 장가운이었어?"

기절해 정신을 잃은 줄로만 알았던 새하가 튼튼에게 묻고 있었다.

#29

　새하는 몸을 일으켜 튼튼을 보았다. 튼튼의 눈에는 당황함이 역력했다.

　"뭐야, 연극이라도 한 거야?"

　"아니, 조금 전에 정신을 차린 것뿐이야. 그러다 이야기를 들은 것뿐이고."

　"그래? 몸이 나아졌나 본데 운동장으로 나가든지."

　"넌? 여기 계속 있을 건가 봐?"

　"신경 꺼."

　차갑게 쏘아붙인 튼튼은 몸을 돌려 새하를 더 이상 보지 않았다. 튼튼은 머리 속이 복잡해서 죽을 것만 같았다. 눈만 감으면 떠오르는 가운의 얼굴 탓에 요즘은 정말 죽을 맛이었다. 시선을 조금만 돌려도 가운이 보이기 때문에 튼튼은 이제는 아예 학교를 오자마자 책상에 엎어지는 것이 일과가 되어버렸다.

　미지는 시끄럽게 통화 중이었다. 깔깔대며 통화를 하는 미지의 수다 소리가 우현의 귀에도 정확하게 들렸다. 미지는 벤치에 앉아서 누군지는 모르지만 입이 찢어질 대로 찢어져 웃고 있었다. 그 모습에 우현은 다행이라는 생각을 스치듯 해본다. 지난번 울고 있었던 모습이 아무래도 마음에 걸리는 것이었다. 우현은 미지가 앉은 벤치의 세 번을 건너뛴 벤치에 앉아 명상에 잠겼다.

"어, 지우현이다."

통화를 마친 미지가 지아가 가리키는 곳을 보았다. 그곳에는 우현이 앉아 있었다.

"그래도 강산이랑 튼튼이 중 그나마 정상인 게 지우현이란 말이야. 튼튼이는 엉뚱하다 쳐도 강산인 정말 사이코야. 그치?"

"몰라, 관심없어."

"어머, 김미지가 웬일이래~ 남자한테 관심이 없다니?"

"저런 스타일들에는 관심없어! 난 터프한 남자가 좋아. 여자를 단번에 확 이끌 줄 아는 남자~ 그래서 흔들리지 않을 수 있는 남자~"

"어휴~ 그러세요? 치, 치."

관심없다는 미지의 말에 지아가 입을 삐쭉 내밀며 먼저 교실로 갔다. 하여튼 미지는 세 사람을 무척이나 싫어하는 것 같았다. 남자면 사족을 못 쓰는 미지가 그들 셋을 싫어하니 이해가 가지 않는 것도 사실이고, 지아의 최대 의문점이기도 했다.

아침부터 보지도 않던 거울 앞에 서서는 짧은 스포츠 머리를 빗으로 연신 빗고 있는 푸름이 여자다움은 눈 씻고도 찾아볼 수 없건만 나름대로의 꽃단장을 하는 모습이 퍽이나 안쓰러워 보였다.

불과 한 달 전만 하여도 남자라면 눈에 불을 켜고 싫다고 했던 그녀가 이상하게 변해 있었다. 아이들을 보며 좋은 녀석 있으면 잘 해보라는 말도 할 줄 알고, 웬만한 남자들은 누구든지 무시를 했던 그녀가 가끔은 칭찬도 할 줄, 아니, 대경상고에서는 놀라운 일이 아닐 수 없었다.

"야, 나 예쁘냐?"

"뭐어?? 너 진짜 왜 그래? 너 정신이 나갔어? 엉? 정선이가 요즘 미친 듯이 활보를 해서 열받은 거지? 그치? 걱정 마! 내가 반 죽여놓고 올게! 정신 차려, 푸름아!"

"어휴 미친 것! 왜 자꾸 헛소리여? 내가 예쁘다고 하면 정신 나간 거냐?"

"그건 아니지만……."

"그런데 왜 자꾸 헛소리냐고?"

"그야, 넌 꾸미는 것에 워낙 흥미가 없어서."

"원래부터 없었냐? 있었는데 흥미를 만들 놈이 없었던 것뿐."

"어머, 어머 그럼 흥미를 만들어준 남자 친구라도 생겼다는 거야? 엉?"

"뭐, 그렇다 할 수 있지."

"악!! 웬일이야, 세상에!!"

"웬일이긴~ 집안 일이야."

놀라운 일이었다. 매일같이 남자들 저리 가라 할 만큼 주먹대장 임푸름이 여자다움을 선호하고 있으니 세상이 변하고도 남을 사건이었다. 아마 교무실에 가서 푸름이가 자기 예쁘냐고 물어봤어요! 이러면 선생님들은 누구 할 것 없이 교실로 찾아올 것이 분명하다. 그만큼 남자다움을 고집하며 학교 생활을 하던 사람이 푸름이었다. 이제 이쯤에서 궁금해지는 것은 당연히 푸름이의 상대자였다.

"짱! 짱의 마음을 빼앗은 남정네가 누구야?"

"으하하."

푸름은 미령의 물음에 벌써부터 즐거운 듯 웃고 만다. 미령은 더 더욱 궁금해지고 있었다. 이건 분명 빠져도 단단히 빠진 듯한 모습이다.

"미령아, 너 혹시 미래고등학교 3학년 강튼튼이라고 아냐?"

"뭐? 강튼튼??"

"그래, 강튼튼 그 아이올시다! 나의 귀여운 보이 프랜드지."

"하하하 아~ 배 아파! 하하하 임푸름, 너 진짜 골 때린다!"

푸름이의 웃음에 연이어지는 미령의 박장대소. 미령은 배를 움켜잡고 눈물까지 흘리는 시늉을 하며 웃고 있었다.

"그래, 너도 짱이 남자 친구 생기니까 기분이 좋지?"

"하하, 푸름아, 튼튼이가 네 남자 친구야?"

"당근이지."

"만인의 연인 강튼튼?? 아, 그래, 내 남자 친구도 튼튼인데 너 역시 튼튼이구나?"

"뭐? 만인의 연인??"

"효성고에서 미래고로 전학 간 강튼튼!! 튼튼이를 모르는 애들이 이 바닥에 도대체 누가 있겠니? 걔가 얼마나 알아주는 살인미소에, 끝내주게 생긴 얼굴 하며, 소문으로는 부잣집 외아들이라고 하더라. 사실인지 거짓말인지는 불가사의지만. 그런 강튼튼이 너의 남자 친구였다니. 난 또~"

미령은 별것 아니었다는 듯 코웃음을 치며 슬쩍 뒤로 물러섰다. 미령의 행동에 성격 급한 푸름은 노발대발하기 시작했다.

"야, 뭐야! 뭐냐고! 강튼튼 내 남자 친구라니까!! 아니지, 곧 내 남자 친구 될 놈이라니까!! 그리고 니가 왜 우리 튼튼이를 아는 거야? 엉?"

"이봐 임푸름 여사! 너만 몰랐어. 강튼튼!! 네가 워낙 남자 따위에 관심이나 가졌어? 너 혹시 두 달 전에 재인이가 러브장 만들었던 것 기억나?"

"아~ 그 일기장? 알지! 내가 그거 찢어버리려다가 재인이가 하도 울며불며 사정을 해서 그냥 뒀던 것 말하는 거지? 알지~ 알고 말고~"

"그래. 니가 남자한테 미쳤다고 이런 걸 쓰냐면서 무척이나 싫어했지. 그거 재인이가 짝사랑하던 남자애 주려고 만들었던 건데 재인이 짝사랑 상대가 누구인지 알아?"

“그걸 내가 어떻게 아냐?”

“강튼튼.”

“뭣이?!”

“하하하, 재인이 말고도 대경상고에 강튼튼 짝사랑하고 있는 애들은 널리고 널렸을 거다. 아니지, 우리 학교뿐만이 아니지. 암튼 임푸름 웃겨죽겠어.”

그렇다. 사실 대경상고에서 튼튼을 모르는 건 푸름밖에는 없었다. 그만큼 남자에 관심이 없었던 푸름이라는 것이었다. 푸름은 얼마 전 재인이가 눈물겹게 쓰던 일기장을 떠올렸다. 일기장에 온갖 정성을 치중하던 재인이었다. 그런데 그 일기장의 주인공이 튼튼이었다니 어처구니가 없었다.

“야, 미령아, 그래서 재인이는 어떻게 됐어?”

“뭘?”

“튼튼이한테 그 일기장 줬냔 말이야.”

“당연히 줬지.”

“헉! 그래서? 그래서??”

“뭐가 그래서야, 그게 끝이지.”

“뭐? 끝이라고? 더 이상 진전은 없었고?”

“응.”

“재인이는 뭐래? 엄청 좋아했잖아.”

“지금도 엄청 좋아해! 재인이 그건 완전히 맛이 가서 튼튼이가 고맙다고 웃어준 것만으로도 족하단다. 오죽하면 튼튼이 친구가 '미소즈' 라는 애칭까지 만들어놨겠어?"

"미소즈?"

"그래, 걸리면 죽는다! 킥킥, 미소에 사로잡히면 헤어 나오기가 쉽지 않는다는 말이야~ 그런데 그 말이 정말 맞는가 보네. 천하의 임푸름이 강튼튼을 좋아하다니. 푸하하, 신문에 나올 법한 이야기야."

학교에서 나온 푸름은 곧장 미래고로 향했다. 아무래도 미령의 말이 푸름의 신경을 자극한 것이다. 이렇게까지 인기가 많을 줄은 꿈에도 생각지 못했던 일인데. 푸름은 튼튼에게 결단을 받아야겠다는 생각이 들었다. 자신과 전혀 어울리지 않는 궁상떨기는 더 이상은 할 수가 없었다.

"오냐, 강튼튼!! 천하의 임푸름 남자 친구가 될 놈이 그 정도는 하고 있어야지! 푸하하, 기다려라. 나의 귀여운 보~이 프랜드!"

튼튼 내 거 만들기 프로젝트

제5화

튼튼 내 거 만들기 프로젝트

#30

미래고등학교로 헐레벌떡 뛰어온 푸름은 교문 앞에서 낯익은 얼굴과 마주쳤다. 바로 그녀의 최대강적 백장미였다. 푸름과 장미는 보자마자 으르렁대기 시작했다.

"야, 이 꼬맹아! 니가 여기까지 무슨 일이야!"

"뭐, 꼬맹이?! 나원참. 여전히 천박하시네??"

"뭐? 천박? 너 죽을래? 자꾸 천박 천박 할래?"

"천박하니까 천박하다고 하지!!"

"뭐? 이게?!"

푸름은 그만 욱하는 성질에 그대로 장미에게 달려들었다. 하지만 그 기세에 눌릴 장미가 아니었다. 장미 또한 들고 있던 가방을 내려놓고 푸름에게 대응하는 자세를 취했다. 둘만의 신경전은 하교하는 아이들에게 충분한 눈요기를 만들어주고 있었다. 큰 키에 스포츠 머리를 한 보이시한 여자와 작은 키에 긴 머리, 척 보기에도 귀여운 여자의 팽팽한 신경전은 볼 만했다.

역시 강산의 흥미는 그다지 오래가는 편이 못 됐다. 이번에도 역시 구질스의 '사진 팔기'에 흥미를 잃어버린 것이었다. 강산의 부탁으로 찍은 사진이기에 우현 역시 강산이 찍자는 말을 하지 않자 책 읽기에 여념이 없었다. 그저 화이만이 무슨 일을 만들어볼까 골똘히 고민 중이었다.

"강산 오빠! 우리 또 뭐 할 것 없을까?"

"그러게 말이다. 이젠 사진 팔기도 재미없다니까."

"아, 저기 튼튼 오빠 온다! 오빠!!"

수업이 끝나고 담임과 면담을 하기로 했던 튼튼이 면담이 끝났는지 본관에서 나오고 있었다. 튼튼은 기가 팍 죽어 있는 강산을 보자 그 모습에 폭소를 터뜨린다.

"야, 백강산, 얘기 들었다."

"무슨 얘기?"

"너, 내 사진 팔고 다녔다며?"

"하하, 들켰네."

"하여튼 너 진짜 하는 짓 엉뚱한 건 알아준다니까."

"그런데 어떻게 알았어?"

"효원이가 말해 주더라. 내 사진까지 보여주던데? 너 효원이한테도 팔았어?"

"사러 왔으니까 팔지!"

"그래, 그래."

"그런데 이젠 그것도 안 해."

"또 흥미를 잃으셨구만?"

"응. 튼튼아, 뭐 재미있고 신나는 일 없을까?"

"그런데 왜 하필 네 재미있고 신나는 일의 중점은 나에서 시작되는 거냐? 엉?"

"알면서~"

튼튼의 말에 강산은 조금 민망했나 보다. 얼굴이 살짝 빨갛게 달아올랐다. 그들은 교문 앞을 나오다 말고 아이들이 원을 그리고 있는 곳으로 갔다. 뭔가 흥미진진한 일이 일어나고 있는 것이 분명했다. 호기심 왕성한 강산이 그냥 지나칠 리가 없었다.

"올~ 튼튼아! 아무래도 이번 일의 원인은 너인 것 같은데?"

튼튼은 아이들이 서 있는 틈 사이로 고개를 내밀었다. 그 안에는 장미와 푸름이 서로 노려보며 으르렁대고 있었다. 장미의 긴 머리는 헝크러져 있었고, 코에는 코피까지 흐르고 있었다. 푸름 또한 예외는 아니었다. 양쪽 볼에 선명한 손톱 자국이 빨갛게 새겨져 있었다. 강산의 말대로 이번 소동의 원인이 자신이라면 말려야 할 사람은 자신뿐이라는 생각을 했다.

"너, 너 천박! 나 지금 코에서 피난다? 너 정말! 정말!!"

"야, 웃기지 마. 넌 천하의 대경상고 학년 전체 짱인 나 임푸름의 알아주는 면상에 손톱 자국을 새겨놓았어! 이만하면 넌 이미 사형감이야. 조선시대에는 왕의 용안에 조그만 상처 자국만 새겨놓아도 극형인데 넌 하나도 아닌 두 줄!!"

"뭐? 전체 짱? 야, 웃겨! 19살이나 처먹어 놓고선 겨우 한다는 게 짱이냐? 완전 생양아치구만? 너 같은 애한테는 튼튼이 오빠 양보할 생각 추호도 없어!!"

"뭐? 양아치? 야, 꼬맹아, 너 지금 더진 입이라고 마구 지껄였다 이거지? 양아치? 참나, 양아치라고?!"

"잠깐!!"

보다 못한 튼튼이 그녀들 앞으로 나왔다.

"뭐 하는 거야? 장미, 그리고 푸름이. 학교 앞에서 이게 뭐야?"

"어머, 튼튼아, 오랜만이구나. 나 푸름이야."

"그래, 오랜만이다. 백장미! 너 이리 와."

튼튼이 부르자 장미는 푸름이 때린 것을 일러받칠 심상으로 쪼르르 달려왔다. 튼튼을 보자 장미의 금세 글썽해진 눈물은 곧 폭포수처럼 흘러내렸다.

"오빠!!"

장미가 마구 울자 푸름은 황당함을 감추지 못하고 팔짝팔짝 뛰었다.

"저 가시네 진짜 여우네, 여우! 튼튼아, 제발 속지 마라. 여기 증인들도 엄청 많다."

"백장미, 아무리 한 살 차이라 해도 너한테 언니뻘이잖아. 뭐 하는 거야, 지금?"

"오빠……."

튼튼의 말에 푸름은 어깨가 으쓱해지고 있었다.

"흠, 거 봐라. 요 가시네야."

"푸름이 너도 잘한 게 없어."

"그래, 나도 잘한 것은 없지만 내가 여기까지 찾아온 이유는 다름 아닌 강튼튼 너한테 할 말이 있어서이다."

푸름은 고백을 할 참이었다. 만반의 준비를 해왔다. 당장이라도 마음의 준비를 마쳤으니 사귀자고 할 판국이었다. 푸름은 벼르고 벼렀던 말을 드디어 꺼냈다.

"강튼튼, 나와 사귀자!!"

당당히 외친 푸름의 말에 구경하던 아이들은 경직하고야 말았다. 그들이 경직했는데 그것을 들은 본인은 어떠할까. 튼튼은 너무 놀란 나머지 황당해 보이기 짝이 없었다.

"웃기지 마. 튼튼이 오빠는 나와 결혼할 거야. 우린 벌써 키……."

"장미야!!"

튼튼은 황급히 장미의 입을 막았다. 의미있는 입맞춤도 아니었다. 장미가 막무가내로 한 것이긴 해도 장미의 성격상 부풀려서 말할 것이 틀림없었다. 어떻게든 막아야 했다. 그것만이 튼튼이 살길이었다. 그때였다. 잠자코 지켜보던 강산에게 튼튼은 갑자기 이유 모를 섬뜩함을 느껴야 했다. 이상한 쪽으론 비상한 머리를 가진 강산이 입을 열었다.

"너희들 그러지 말고 나의 최강 프로젝트에 합류하는 게 어떻겠어?"

'최강 프로젝트' 라니…… 느닷없는 강산의 말에 우현, 화이는 어리둥절했다.

이번에는 또 어떤 일일까? 백강산이 제안하는 두 번째 프로젝트 그것은 과연 무엇이란 말인가.

#31

"최강 프로젝트라니?"

푸름이 물었다. 강산은 회심의 미소를 지으며 입을 열었다.

"일명하야 '튼튼 내 거 만들기' 라고 하지!"

"튼튼 내 거 만들기라고?"

"응! 서바이벌 형식이지. 총 다섯 게임에서 생존하는 한 명의 사람이 튼튼이의 여자 친구가 되는 셈이지! 아무도 막을 수 없는 우리가 인정하는 여자 친구! 어때? 죽이지?"

"야, 배, 백강산!!"

강산의 말에 튼튼은 흥분할 수밖에 없었다. 자신의 의지와는 상관없이 무조건 여자 친구가 된다니 기가 찰 노릇이었다. 튼튼은 우현에게 말려보라는 눈빛을 보냈지만 우현은 웃고만 있을 뿐 강산을 막지는 않았다. 이럴 수가. 믿는 도끼에 발등 찍힌다는 말이 눈앞에서 실현되고 있었다.

"튼튼 오빠가 동의해야 하는 거지! 그런 걸 막무가내로 하면 어떡해! 아무리 강산 오빠라지만 이건 너무 심한 것 아니야?"

강산의 일방적인 생각이 장미의 마음에 들 리가 없었다. 장미의 말에 튼튼은 벼랑 끝에서 잠시 몇 발자국 물러난 기분이었다. 하지만 그것도 잠시 강산은 비장의 카드를 꺼내고야 말았다.

"몇 달 전이었지, 아마? 강튼튼이 술에 취해 길을 가다……."

"야! 야, 백강산!!"

튼튼의 얼굴은 하얗게 질리고 말았다. 도무지 못 말리는 강산이었다. 이대로 휘말려야 하는가.

"선택은 자유롭게 해. 튼튼아, 난 너의 의사를 존중할 거야."

안 되겠다 싶었는지 튼튼은 강산의 옆으로 다가와 섰고, 조용조용한 목소리로 강산에게 말했다.

"강산아, 나 니 친구 튼튼이야. 보통 친구도 아닌 베스트라고. 그걸 잊었니, 강산아?"

"그 식당이 아마 삼겹살집이었지?"

"아니, 저기 강산아."

"그 여자애가 아마……."

"그래! 알았다, 알았어. 할게! 좋아! 한다고! 그 서바이벌인지 뭔지 거기서 생존하는 사람이 내 여자 친구다! 좋아!!"

튼튼이 승낙하자 모든 상황이 달라졌다. 처음엔 뾰로통했던 장미는 생각이 180도로 바뀌었고, 푸름 또한 눈에서 활활 불이 붙기 시작했다. 모두가 인정하는 여자 친구라니 사귀면서도 적이 생기지 않는 좋은 방법, 대단한 프로젝트였다.

"백장미, 참가할 거지?"

"당연하지! 든튼 오빠, 걱정 마! 내가 꼭 생존해서 오빠의 여자 친구가 될 테니까."

"우, 웃기지 마! 백강산, 나도 참가다!"

"오, 푸름? 좋아! 임푸름도 참가! 이로써 2명인가? 자, 화이야, 어서 명단 적어라."

"옛썰~"

강산의 흥미는 이미 수위를 훨씬 넘어 어마어마한 단계까지 치솟았다. 너무 좋아 미칠 지경이었다. 이제 더 이상 사진 팔기를 하지 않아도 충분히 즐거움을 느낄 일이 생겼다.

"잠깐! 나도 그 게임에 참가하겠어."

참가 신청을 한 세 번째 여인은 바로 튼튼의 사촌 강효원이었다. 일명 '젠틀소녀' 라고도 불리었던 효원의 등장에 화이는 놀랐다. 사촌지간에 연인 사이라니. 금기 아닌가? 하지만 화이는 생각의 결론을 내리기도 전에 명단에 효원의 이름을 쓰기에 바빴다.

또 다른 여인, 효원의 등장에 푸름과 장미는 적대심을 가져야 했다. 처음 보는 얼굴이었다. 장미는 자신보다 큰 키를 가진 효원이 못마땅했다. 푸름은 남자 같아서 아무런 걱정이 안 되지만 효원은 아니었다. 만만케 볼 상대가 아니었다.

"우와, 좋아! 이로써 3명! 좋아, 좋아!"

혼자 신난 강산은 어깨에 힘이 들어간 포즈로 열심히 구경하는 아이들을 보며 '너도 참가하는 게 어때?' 하며 흥미를 북돋아주고 있었다.

"넌 정체가 뭐냐?"

참다못한 푸름이 효원에게 물었다.

"나요?"

"그래, 네 정체!"

"나도 그쪽이랑 같아요. 튼튼 오빠를 좋아해요."

"뭣이?!"

"튼튼 오빠를 좋아한다구요. 그래서 참가하는 거예요."

"흥. 절대 아무한테도 못 줘."

"기세 한번 좋네요. 끝까지 생존하길 바라요."

확실히 장미와는 달랐다. 다짜고짜 달려드는 장미와는 달리 어쩐지 대화부터 밀리고 있다는 느낌을 주는 세 번째 참가자. 강.효.
원.

푸름은 천천히 효원을 구석구석 살펴보기 시작했다. 자신과 같
은 키에 주먹만한 얼굴의 꽃미녀였다. 보통 미녀도 아닌 앞에 꽃
이 붙은 꽃미녀. 푸름은 무슨 일이 있어도 서바이벌에서 생존하고
말겠다고 굳게 다짐한다.

"에이, 세 명밖에 없는 거야? 더 없어? 한 명만 더 있음 죽일 텐
데……. 아쉽네."

구경하던 이는 많았지만 섣불리 참가하겠다는 인물은 드물었
다. 사실 두려웠던 것이다. 3명의 참가자의 외모는 매우 수준급이
었다. 귀엽고 깜찍한 장미, 보이시하지만 매력있는 푸름, 너무 예
쁜 꽃미녀 효원. 이렇게 더없이 빛이 나는 상대들 사이로 낄 자신
이 없었던 것이다.

"휴~ 어쩔 수 없지. 그렇담 세 명이다, 세 명!"
강산이 세 명으로 낙찰을 끝낼 찰나였다.
"잠깐. 강튼튼 내 거 만들기에 내가 빠지면 안 되지."

날아갈 듯한 표정의 강산, 놀라서 두 눈이 커진 튼튼과 우현. 절
대로 그들이 예상치도 못한 인물임이 틀림없었다. 마지막 네 번째
참가자는 바로 같은 반인 윤새하였다.

"오호~ 너 우리 반 아니야?"
새하의 참가에 효원이 참가한다 할 때보다 더 놀라 넋이 빠진

장미와 푸름이었다. 완벽한 여자다움을 갖추고 있었다. 어쩜 저리도 고운 머릿결에 잘 빠진 몸매에, 큰 키 하며 어느 하나 부족한 것이 없었다. 그렇다면 남은 것은 운동 신경이었다. 어릴 적부터 뜀뛰기하며 쌈박질에는 무조건 자신있는 푸름이다. 서바이벌이라고 하였으니 당연히 그에 어울릴 만한 운동 경기가 들어갈 것이라고 생각했다. 푸름은 자신있었다.

"라이벌이 많아야 좋은 법이지! 움하하. 야, 백강산, 우리들의 경기종목은 뭐더냐?"

"기다려. 내가 열심히 생각 후 결정하여 이틀 뒤에 통보해 주겠다. 내일모레 금요일 먹자골목에 있는 왕엄마네에서 7시까지 집합하도록! 그때 말해 줄게. 시간을 정확히 지켜서 오지 않을 시에는 자격 박탈이야. 자격 박탈되는 사람은 튼튼이 앞에 얼씬도 못할 줄 알아. 그것도 아주 철저하게!!"

"어휴~ 백강산, 무서워서 살겠어? 걱정 마! 나 임푸름은 5시부터 와서 진을 치고 있을 테니까!! 푸하하."

이로써 강산의 두 번째 프로젝트 '튼튼 내 거 만들기' 서바이벌 게임이 서막을 알리고 있었다.

#32

가운은 학교를 마치고 지아와 함께 시내를 돌아다녔다. 지아가 이것저것을 보여주며 예쁘다고 생난리를 피웠지만 가운에게는 전혀 보이지도, 들리지도 않았다. 조금 전 교문 앞에서 있었던 일이 머리 속에서 지워지지 않았다. 생생했다. 튼튼, 그의 인기가 많은 것쯤은 알고 있었지만 그래도 답답한 것은 어쩔 수가 없었다. '튼튼 내 거 만들기'라는 강산의 프로젝트. 서바이벌 게임. 그리고 마지막 최후 승리자는 튼튼의 여자 친구가 되는 것. 그것에 튼튼도 승낙을 하고 말았다.

"여자 친구…… 여자 친구라…….."

생각하고 싶지 않았다. 우스웠다. 튼튼을 좋아하고 있다는 게 말이다. 그를 너무 좋아한 나머지 이토록이나 생각하고 있다는 것에 가운은 우울했다. 더욱 우스운 것은 그런 유치한 프로젝트조차 참여할 수 없는 처지였다. 자신이 이런 생각을 할 줄은 꿈에도 몰랐다.

"어머, 가운이 아니니?"

한샘의 어머니였다.

"아, 안녕하세요."

"집에 가는 길이니?"

"네."

"아줌마랑 좀 걸을까?"

한규가 살아 있을 때는 이렇게 불편하지 않았다. 가운의 성격상 다정함은 없었지만 그래도 지금같이 어떤 말을 꺼낼지 몰라 이 생

각, 저 생각 할 정도는 아니었는데 이제는 너무도 불편해서 한시
라도 빨리 헤어졌으면 좋겠다는 생각까지 하곤 했다.

"한샘이랑은 여전히 잘 지내고 있는 거지?"

"네?"

"아줌마가 괜한 것을 묻는 건 아닌지 모르겠구나."

"무슨 일 있어요?"

"한샘이가 아무런 말 안 했나 보구나. 역시 내 짐작이 맞았네."

"……."

"사실은 지금 너를 만나러 가는 길이었어."

"한샘이가 무슨 말을 했어요?"

한샘의 어머니는 조금 망설이다 입을 열었다.

"너랑 약혼을 하겠다는구나. 그것도 당장 이번 달 말에."

"네??"

놀라운 말이었다. 가운은 단 한 번도 생각해 보지 않았던 일이
다. 약혼이라니 도무지 믿어지지가 않았다.

"역시 한샘이 혼자만의 생각이구나. 그럴 줄 알았어. 뭐 때문인
지는 모르지만 한샘이가 혼자서 너무 다급해하고 있다는 생각이
들어. 너희는 아직 나이도 어린데…… 무슨 생각으로 약혼을 하겠
다는 건지 모르겠구나. 졸업하자마자 결혼을 하겠다는 둥, 그 아
이 고집이 오죽 세니? 아줌마랑 아저씨는 너희가 좋다면 상관없지
만 그래도 네 말을 들어보고 싶어서……."

미칠 노릇이었다.

가운은 무작정 뛰었다. 한샘을 만나야 했다. 그보다 더 중요한 일은 없었다. 그렇게도 중요한 일을 자신 혼자서 결정짓고 부모님께 통보까지 하다니 가운은 화도 나고, 당황도 했다. 아니다, 이건 분명 아니다. 한샘은 재성의 집 근처 창고에 재성이와 있었다.

"이한샘!"

한샘은 가운을 보자 자리에서 일어났다. 그녀가 자신을 만나러 이곳까지 오다니 한샘은 반가운 마음에 웃었다. 하지만 그 웃음이 가운에게 반가울 이가 없었다.

"너 잠깐 나랑 얘기 좀 해."

한샘은 가운을 따라 창고에서 나갔다.

"너, 미쳤어?"

창고에서 나오자마자 가운은 다짜고짜 물었다.

"뭐가?"

"지금 너희 어머니 만났어."

가운은 화가 나 있었다. 자신의 어머니를 만났다면 분명 자신이 어제 한 이야기를 들었을 것이다. 그녀의 화나 있는 모습에 한샘 역시 마음이 썩 좋지 못했다.

"약혼이라니? 결혼이라니!!"

"장가운."

"너 생각이 있는 애야? 정말 있는 거야? 무턱대고 네 마음대로 얘기하면 다 되는 거니? 그런 거냐구!"

"우리 약혼이 널 그렇게 화나게 만드는 일이야? 네가 이렇게 화가 나서 내게 따지러 올 만큼 우리 사이가 별것도 아니었냐? 조금은 기뻐할 줄 알았어. 조금이라도 좋아할 줄 알았다구!"

한샘 역시 화가 나는 것은 마찬가지였다. 가운이 이런 반응을 보일 줄은 예상조차 못한 일이다. 이렇게 화가 나서 달려올 줄은 꿈에도 몰랐다. 지금까지 해왔던 것처럼 묵묵히 받아줄 줄 알았던 것이다. 그런데 이번만큼은 달랐다. 화를 내고 있다. 한샘은 미칠 것 같은 질투심이 타오르기 시작했다. 한 가지 이유밖에 없다. 가운이 이렇게까지 약혼을 피하는 이유는 단 한 가지. 강튼튼.

"도대체 강튼튼 새끼가 너에게 뭐길래 이러는 거야!!"

가운은 할 말을 잃었다. 이곳까지 달려오면서 자신이 이렇게까지 화가 나는 이유와 절대 약혼은 못하겠다는 의지. 그것들에 대해서 생각을 못했다. 단지 서두르는 것에, 상의없이 얘기했다는 것에 화가 난다고 생각했을 뿐. 하지만 가운은 한샘의 말을 듣고 고개를 숙여 버렸다. 그리고 주저앉고 만다.

"가운아……."

한샘이 힘없이 불렀다. 하지만 가운은 목이 메어 대답할 수 없었다.

"단지 한 번뿐인 가벼운 마음 아니야? 그동안 나한테서 느껴보지 못했던 마음을 잠시 느낀 것 아니야? 나와 오랫동안 함께였으니까 다른 사람에게서 그런 마음 잠깐은 느낄 수 있다고 생각해.
그래, 충분히 그럴 수 있어. 그런데 너 왜 이래. 왜 이렇게 흔들려.
그 자식이 뭐라고 이렇게 무너지려고 해? 왜!"

한참 후에야 한샘이 가운을 일으켜 세웠다. 가운은 뒤돌아 섰
다.

"미안해, 화내서……. 그냥 네가 나랑 상의없이 부모님께 말해
서 불쾌했던 것뿐이야. 더 이상 아무 이유도 아니니까 그 일은 당
분간 보류하자. 나 갈게."

가운은 막막했다. 가슴속이 뒤집혀진 것만 같다. 한샘의 말처럼
한샘에게서 느끼지 못했던 것을 튼튼에게 느낀 것뿐이다. 한샘의
말처럼 잠시라도 생각해 버리면 그만이고, 잊어버리겠다고 하면
끝이다. 그런데 뭐가 그리 어려워 제자리걸음만 하고 있는지 자신
이 한심해서 미울 뿐이었다.

어떻게 집까지 왔는지 모르겠다. 도착해 보니 집 앞이었다. 하
지만 가운을 또다시 멈추게 만드는 사람. 오늘만은, 아니, 이제 다
시는 봐서는 안 될 사람이었다. 지금 보면 무슨 말이 어떻게 터져
나올지 모르니까.

"오면 안 되는데……."

그 사람 역시 알고 있다. 가운처럼 아주 잘 알고 있다.

"왜 이렇게 생각날까? 내 머리를 해부해 보고 싶다. 도대체 뭐
가 들어 있길래 이러는지. 그런데 알 것 같기도 해. 내 머리 속에

는 장가운밖에 없을 거야, 아마."

더 이상 멈출 수가 없었다. 숨길 수가 없었다. 그를 향한 이 마음을 더 이상은 외면할 수가 없었다. 가운은 뛰어가 튼튼을 안았다.

"오지 말라고 했지? 내 앞으로 백 미터 이내 접근 금지라고 했잖아. 그런데 너 뭐야? 왜 지키지 않는 거야. 왜 내 말 무시해. 결국 이렇게 힘들기만 할 거면서 왜 내 말 무시했어."

"너 없는 게 더 힘들어. 아주 짜증이 날 정도로 더 힘들어."

"강튼튼… 강튼튼……."

"가운아, 나 피하지 마. 네가 그렇게 가고 나면 마음이 아파서 죽을 것 같아. 정말로 아파. 너무 아프다."

"쉬울 줄 알았는데…… 튼튼아, 넌 나에게 어려운 사람인가 봐. 쉽게 버릴 수 없는 사람인가 봐."

튼튼을 안고 있는 이 순간이 비록 아플지라도 그를 잊어야겠다는 생각보다는 덜 힘들었다. 차라리 그와 있는 것이 긴 고통 속에서 잠시라도 헤어 나올 수 있는 유일한 안식이었다.

"조금만 더 일찍 오지 그랬어. 날 조금만 더 일찍 만나지 그랬어. 그랬으면 이렇게 아프지 않아도 되잖아. 그랬으면 우리 이렇게 돌아가지 않아도 되잖아."

"좋아하는 것 만들고 싶지 않았는데 너를 만나고 하나 깨달았다. 사랑이란 내 의지와 상관없다는 것. 넌 그렇게 나한테 왔으니까. 사랑해, 가운아. 우리…….”

튼튼은 끝내 말끝을 흐렸다. 가슴이 아팠다. 그녀에게 이런 말을 할 수밖에 없는 이 순간이 너무나도 아팠다.

“조금만이라도 행복하자. 아주 조금만이라도…….”

죽어도 안 되는 사랑이라면……
우리에게 주어진 단 일 분이라도 사랑하게 해주세요.
우리 조금이라도 웃을 수 있게,
우리 조금이라도 행복할 수 있게…….

#33

강산이 그렇게도 손꼽아 기다리고 기다리던 금요일이 왔다. 튼튼은 수업 시간 내내 죽을상을 하고 있었지만 강산은 서류 봉투를 만지작거리며 연신 웃고 있었다. 그것이 도대체 무엇인지는 모르지만 꽤나 중요한 것인지 아무도 만지지 못하게 했다.

“인원이 너무 부족한데.”

“무슨 인원?”

“서바이벌 게임인데 심판이 너랑 화이밖에 없잖아.”

“튼튼이도 있잖아?”

“안 돼! 튼튼이는 이 게임에 대해서 전혀 몰라야 게임의 신선도를 유지할 수 있는 거라구!”

"하하하."

강산은 프로급이었다. 우현은 강산을 보며 웃었다. 강산이 이 정도까지 왔으니 튼튼으로선 막지도 못할 것임이 분명했다. 이 황당한 일에 희생양이 되어야 했으니 어찌하든 가여운 것은 튼튼이었다.

"앗, 맞다! 그래, 저 애들이 있었군."

강산은 좋은 방안이라도 생각났는지 자리에서 일어났다. 그리고 신나게 떠들고 있는 미지, 지아, 가운이 있는 곳으로 갔다.

"이봐, 김미지! 반지아! 장가운!"

그렇다, 강산이 찾은 나머지 심판은 바로 이 세 사람이었던 것이다. 과연 그들이 그의 부탁을 들어줄 것인지 의문이었다.

우현은 어쩌면 좋은 계기라고 생각되었다. 아직까지 단 한 번도 미지와 대화다운 대화도 못 나누어봤고, 미지는 피하기만 했으니 이번 계기를 통해서 좋지 못했던 옛 감정을 훌훌 털어버리고 싶은 것이었다.

"왜 불러?"

지아가 못마땅한 듯 강산을 보았다.

"부탁하고 싶은 게 있어서."

"나한테?"

"아니, 너희 세 사람 모두 다."

"우리 전부??"

"응, 너희 전부."

백강산이 부탁하는 것이라 지아에게는 그것부터가 솔깃한 흥밋거리였다.

"그래서 우리더러 심판 보는 것에 참가해 달라고?"

미지의 물음에 강산이 고개를 끄덕인다. 강산의 화려한 설명은 세 사람 모두 매우 잘 들었다. 강산의 진지한 모습은 전학 온 이후 처음이라 해도 과언이 아니었다. 가운은 웃음을 참지 못하고 배를 움켜잡았다.

"정말 백강산이 희한한 애인 줄은 알았는데 이 정도일 줄이야. 그럼 우리가 그 아이들 경기 때마다 졸졸 따라다니면서 심판을 보라는 거잖아? 하하."

"그렇지. 가운아, 역시 넌 머리가 매우 비상하구나? 지아 봐라. 무슨 얘기인지 몰라서 아직도 곰곰이 생각하는 것 봐. 좀 가르쳐 줘라. 보기 안타깝다."

"뭐? 뭣?! 나, 나도 다 알아! 그 네 명의 아이들을 따라다니면서 심판 보라며!!"

"뭐야, 가운이가 한 말 그대로 하면 뭐 해!"

어쩐지 지아가 밀리는 듯했다. 지아의 얼굴은 순식간에 홍당무가 되어버렸다.

"어때? 재미있지 않겠어? 고3 때의 추억을 만든다 생각하고 같이 뭉쳐 보자."

강산의 말대로 유치하면서도 웃긴 일 중 하나였다. 강산의 올해 터뜨린 괴짜 일 중 가장 대박거리인 셈이기도 했다.

"큭, 좋아! 난 할래! 지아랑 미지는?"

'튼튼 내 거 만들기' 프로젝트에 가운이 참가한다니, 그것도 거절없이 단번에 승낙이라니 지아는 못 믿겠다는 듯 가운을 뚫어져라 보았다. 차라리 게임에 참여를 하겠다면 이해를 하겠지만 이건 게임 참여도 아닌 심판을 하는 것에 참가하겠다니 황당하기 짝이 없었다.

"가운아, 진짜야?"

"응!! 지아야, 하자!"

"니가 한다면 내가 굳이 안 할 이유는 없지."

슬슬 지아도 승낙 쪽으로 기울고 있었다. 남은 것은 미지였다.

"두 명은 승낙! 그럼 김미지 너는?"

미지는 잠시 머뭇거렸다. 그러다 4분단에 앉아 있는 우현을 보았고, 더 이상 피하는 것도 무리라는 생각이 들었다. 더 이상 우현 때문에 도망치고 싶지 않았다.

"나도 좋아! 가운이랑 지아가 한다면 나도 할게."

"오케이. 좋았어! 너희 셋, 오늘 부로 구질스 멤버에 합류다. 환영한다."

얼떨결에 구질스의 멤버가 되어버린 세 사람이었다. 왠지 특별하고 재미있는 일이 생길 것만 같은 기분이 들었다. 가운은 벌써부터 기대되고 있었다.

수업이 끝나고 미지와 지아는 가운의 집으로 향했다. 오늘은 오랜만에 가운이네서 맛있는 음식을 해 먹기로 했다. 우울해 보이던 가운이 어쩐지 즐거워 보였다. 연신 싱글벙글이었다. 미지와 지아는 그런 가운이 신기하기만 했다.

"장가운, 솔직히 말해 봐. 무슨 좋은 일 있지?"

지아가 물었다.

"응."

가운이 확실하게 '응'이라고 했다. 이건 틀림없이 좋은 일이었다. 지아와 미지는 궁금해서 못 참겠다는 듯 가운을 거실 소파에 앉히고는 어서 말하라는 눈빛을 보냈다.

"지아가 들으면 화낼지도 몰라."

"내가? 왜? 내가 화를 왜 내?"

"분명해."

"너, 너…… 혹시 한샘이랑 헤어졌어?"

"아니."

"그럼?"

지아는 느끼고 있었다. 분명 튼튼과 관련되어 있다는 것을 말이다. 그리고 더 이상 가운의 마음을 막을 수 없다는 것 또한.

"행복하기로 했어. 우리에게 주어진 시간이 짧으면 짧은 만큼 그 만큼이라도 우리 행복하기로 했어. 더 이상 숨기지 않고 우리 행복할 거야."

'우리' 속에 포함되어 있는 사람은 강튼튼이었다. 이렇게 될 것을 이미 알고 있었는데, 그래서 막아보려 발버둥 쳐보았지만 결과는 지아의 생각과는 역시 반대로 가고 말았다. 지아는 어쩐지 한샘이 걱정되었다.

"우리라니?"

아무것도 모르는 미지가 어리둥절하는 것은 당연했다.

"나랑 튼튼이."

가운의 말에 미지의 눈이 커졌다.

"세상에……."

"그렇게 됐어, 미지야."

미지는 가운을 안아줬다. 알 것만 같다. 이렇게라도 곁에 있고 싶은 마음. 안 되는 것을 알면서도 곁에 있고 싶은 마음을 미지는 알 것만 같았다. 그 행복함 속에서 벗어날 수 없는 죄책감 또한 미지는 알 것만 같았다. 지금 미지가 할 수 있는 건 가운에게 격려해 주는 일밖에는 없었다.

"난 네 결정에 따를 거야. 네가 그렇게 결정 내리기까지 얼마나 많은 고민을 했을지 알거든. 어휴~ 계집애. 어제랑 오늘 계속 웃는다 했더니 튼튼이 때문이었구나? 그렇게도 좋아? 장가운이 이러는 것 진짜 처음 보네?"

"…나 사실 이런 마음 처음이야. 이렇게 슬프고 이렇게 행복한 거 처음이야. 튼튼이가 모두 처음이어서 뭘 어떻게 해야 하는지 잘 모르겠어.”

“가운아, 그럼 한샘이는······.”

지아가 조용히 물었다.

“어휴, 반지아! 분위기 깨는데 뭐 있다니까~ 왜 갑자기 여기서 한샘이가 튀어나와!”

“그래도 한샘이는······.”

한샘이와 안 지 꽤 되는 지아가 한샘을 걱정하는 것은 당연했다. 한샘이 가운을 얼마만큼 좋아하고 사랑하는지 그것에 대해 정확히 아는 지아는 걱정이 앞섰다.

“지아야, 어떻게 생각할지는 모르지만 나랑 튼튼이, 조금만 행복할게. 그리고······ 마지막에는 한샘이한테 갈게. 그러니까 그때까지만 비밀로 해줘. 부탁해.”

가운의 두 눈에 어느새 눈물이 고였다. 너무나도 강인한 가운이 언제부터인지 몰라도 지아 앞에서 눈물을 보일 만큼 간절함을 보이고 있다. 언제나 차갑고 강했던 가운이 말이다. 지아는 자기도 모르게 코끝이 시큰거리고 있었다.

“바보, 부탁할 게 뭐가 있다고······. 알았어. 그 대신 정말 행복하기다! 정말 행복해야 해!!”

#34

왕엄마네 식당이 오랜만에 소란스러웠다. 왕엄마는 강산이 세운 계획을 듣고는 5분 전부터 웃음을 멈추지 못하고 있었다. 왕엄마가 듣기에도 엉뚱하기 짝이 없었던 것이다. 그리고 아무것도 모르는 튼튼은 애가 탈 뿐이다. 아무리 물어도 7시 전까지는 입 밖에 못 꺼낸다며 통 가르쳐 주지 않는 강산이었다.

"야, 백강산! 너 정말 치사하게 이러기냐?"

"음하하, 넌 경기 내내 몰라야 돼! 그래야 성공한단 말이야!"

튼튼이 죽기 살기로 강산의 손에 들려 있는 서류 봉투를 빼앗아 보려 했지만 방어벽인 듯 강산을 감싸고 있는 우현과 화이 탓에 튼튼의 뜻대로 되지 않았다.

"화이야, 너 오빠한테 이러기야?"

"오빠, 이건 인생에 있어서 길이길이 남을 만한 일이야. 그러니까 이번만큼은 강산 오빠가 하자는 대로 해!"

화이마저도 이러다니 튼튼의 마지막 남은 기대마저도 무너지고 있었다.

"이런. 화이야, 우현아, 슬슬 밖에 나가서 안내를 하자꾸나."

강산은 정말 착각하고 있었다. 이것이 꽤나 유명한 서바이벌인 줄 알고 있는 모양이다.

화이는 흰색 장갑이 들어 있는 봉투를 들었고, 우현은 강산이 준 서류 봉투 10개를 들고 식당 앞에 서 있었다. 이윽고 시장 안으로 흰색 매그너스가 들어왔다. 변장미였다.

"어서 와. 제일 처음으로 왔네?"

강산은 차 문을 열어준 후 장미의 손을 잡고 에스코트를 했다.

"별꼴이야."

화이는 흰색 장갑을 건넸고, 우현은 서류 봉투 하나를 건넸다. 장미는 이들의 행동에 어리둥절할 뿐이었다. 우습게도 세 명 다 검은색 정장 차림이었다. 아무리 생각해 보아도 너무나도 우스운 일이 아닐 수가 없어 장미는 웃음을 터뜨렸다.

"역시 구질스야. 못 말려. 하하."

"방정맞아."

화이의 말에 장미는 금세 웃음을 멈추고 도도한 척 폼을 잡지만 이미 망가지고 난 후였다.

부릉부릉.

그때 신나게 달려오는 오토바이 한 대.

"비키시오!!"

오토바이를 타고 시장 골목을 휩쓴 이는 다름 아닌 임푸름. 역시 등장부터가 예사롭지가 않았다. 가죽 바지에 검은색 티, 선글라스에 무스로 완벽하게 세운 머리에 화려한 액세서리들, 거기에 빠지지 않는 손목에 찬 검정 아대. 그런 푸름을 가장 먼저 맞이한 것은 장미의 비웃음이었다.

"역시 너무 만만해서 탈이야. 아무 걱정 없겠어."

"뭣? 이 꼬맹이가!!"

"여긴 튼튼이 오빠가 가장 즐겨 찾는 식당이야. 왜인 줄 알아? 이곳 주인이 왕엄마라는 분이신데 화이의 엄마이자 튼튼이 오빠가 좋아하는 분 중 한 분이시지. 화이와 튼튼이 오빠는 사촌지간이야. 그것도 몰랐어? 쯧쯧. 역시 준비 자세부터가 틀려먹었다니까. 어른들이 그런 차림 퍽이나 좋아하겠어~"

그제야 장미의 옷차림이 눈에 들어오는 푸름이었다. 장미는 단정하게 세미 정장을 입고 있었다.

"뭐야, 백강산, 미리 말해 줬어야지!!"

"걱정 마. 왕엄마는 매우 호탕하시고 재미있으신 분이라서 이해하셔. 걱정 마시게나. 엇! 저기 효원 양이 오는군. 강효원!!"

효원은 캐주얼 차림이었다. 역시 단정했다. 갑자기 불리함을 느낀 푸름이 소리를 질렀다.

"최후의 생존자가 승리하는 거라구! 옷차림이 뭔 상관이야. 움하하."

"그렇게 믿고 싶으시겠지."

"닥쳐, 꼬맹이!"

"별로 닥쳐 주고 싶지 않네요, 천박아줌마!"

"뭣?!"

그때였다. 강산이 소리쳤다.

"오호, 죽이는걸~"

시장 골목 안으로 잘 빠진 에쿠스 한 대가 진입하고 있었다. 강산은 직감적으로 알았다. 마지막 참가자, 윤새하라는 것을 말이다. 강산이 에스코트하기 전에 운전기사가 내린 후 뒷문을 열었다. 곧 이어 나온 윤새하의 모습에 모두 얼어붙었다. 새하의 하는 행동이나 말투로 보아 꽤나 갑부집 딸이겠거니 짐작은 했지만 이 정도일 줄은 몰랐다. 새하는 연한 보랏빛 원피스를 입고 있었다. 그녀의 검정색 긴 머리칼이 오늘따라 돋보이고 있었다.

"모두 다 참가했군. 자, 이제 우리 남은 멤버들만 오면 되겠어."

"남은 멤버라니?"

장미가 물었다.

"심판 말이지, 우리 구질스의 새로운 멤버 셋! 앗, 저기 온다! 여기야, 여기!!"

새하는 가운의 모습을 보곤 당황했다. 가운이 심판으로서 참가할 줄은 상상도 못했던 것이다. 튼튼 혼자서 짝사랑이라도 한단 말인가. 새하는 일이 점점 흥미진지해지고 있다고 생각했다. 어차피 튼튼은 자신의 남자 친구가 될 것이다. 새하는 확신했다.

"뭐야, 뭐야? 장가운 니가 여기를 왜 와? 엉? 가운아!!"

식당 안으로 들어오는 가운의 모습에 왕엄마와 대화를 나누고 있던 튼튼이 흥분하기 시작했다. 튼튼의 모습에 지아와 미지는 웃음부터가 났다. 엉뚱한 친구 한 명 잘못 둬서 고생하고 있는 튼튼이 가엾기 그지없었다.

“나 심판 보기로 했어!”

“뭐? 심판?”

“응. 안녕하세요.”

가운이 왕엄마를 보자 인사를 했다. 가운이 인사를 하자 여기저기서 인사가 터져 나온다. 장미부터 시작하여 새하까지. 왕엄마는 가운을 뚫어져라 본다. 튼튼이 벌써 얘기를 했던 것이다. 장가운이라고, 자신이 너무나도 좋아하는 사람이라고 말이다.

“가운이라고? 자주 놀러오렴.”

“네.”

서바이벌 개막식은 15분이 지나서야 시작되었다.

상을 중심으로 왼쪽에는 장미, 푸름, 효원, 새하가 앉았고, 오른쪽에는 구질스 멤버가 앉았다.

“모두 앞에서 나눠 준 봉투 가지고 있지? 이제 개봉하도록 해!”

강산이 며칠 전부터 준비한 특급 프로젝트가 들어있는 서류 봉투. 아무도 모르는 서바이벌 게임에 대한 자료였다. 자신의 말로는 극비리에 준비한 것이라고 했다.

모두 하나둘씩 봉투 안에 들어 있는 A4 용지를 읽기 시작했고, 읽은 지 얼마 안 돼서 ‘구질스’ 멤버들이 전원 웃기 시작했다. 그렇다면 왼쪽에 앉아 있는 그녀들은 어떠한가. 모두들 인상이 구겨지고도 말았도다. 어이없고 말도 안 되는 서바이벌 게임에 말이다. 특히 흥분한 것은 푸름이었다.

"말도 안 돼! 이게 무슨 서바이벌 게임이라는 거야? 외나무타기, 외줄타기 이따위는 없고 이게 다 뭐야!! 난 안 해. 난 못해."

"그럼 빠지던가. 탈락이라고 처리할까. 임푸름? 좋아. 임푸름, 튼튼이를 포기하겠다고."

"잠깐만! 백강산, 이거 왜 이러실까? 하하. 난 그저 잠시 광분했을 뿐이라고! 하하하. 만드느라 무척 고생이 많았어, 강산."

역시 그녀들의 초비상 약점은 '튼튼'이었다. 푸름은 잠자코 앉았다.

"모두 다 읽었지? 게임은 모두 주말에 이뤄지게 된다. 매주 토요일 방과 후 세 시에 이곳에 모여서 시작하는 거지. 그리고 여인클럽과 구질스가 한 조가 되어 다닐 거야. 내가 이것 덕분에 거금 들여서 무전기까지 빌렸다. 움하하. 어떠냐, 나의 실력이!!"

역시 강산의 흥미는 100%가 넘어선 단계까지 이르렀다. 언제 준비한 건인지 무전기를 보여주며 좋아하고 있었다. 가운은 미칠 것 같았다. 너무 배가 아파서 참기도 힘들었다. 웃는 것을 참느라 고생하는 사람들은 가운뿐만이 아니었다. 화이도, 우현도, 미지, 지아도 마찬가지였다. 하지만 여인클럽 그녀들을 위해서 애써 참고 있었다. 이제 와서 안 하겠다고 하는 것도 왠지 튼튼을 포기하는 것 같고, 혼자서는 죽어도 튼튼을 차지는 못하겠으니 참여하는 자기 자신이 우스워도 참가하는 수밖에는 별다른 묘안이 없었다.

#35

"설명이나 해봐."

효원이 물었다. 아무리 보아도 무슨 게임인지 잘 모르겠던 것이다.

특급 프로젝트 서바이벌 게임.

'튼튼 내 거 만들기!!'

작성자: 백강산.

구질스: 지우현, 강화이, 장가운, 반지아, 김미지.

여인클럽: 변장미(푼수변), 임푸름(여짱), 강효원(젠틀소녀), 윤새하(베르사체).

—5종목.

5종목에서 우승하는 자가 최후의 생존자.

패하는 자는 과감하게 튼튼에게서 떠난다. 어떠한 미련도 없이. 이것은 자신의 이름을 걸고 하는 게임이다. 어김이란 절대 없다. 최후의 생존자만이 모두가 인정하는 강튼튼의 공식 인정! 여자 친구(★왕엄마께서도 보증했음)!

첫 번째, 외모 테스트.

두 번째, 배스룸.

세 번째, 튼튼이 손톱 내 거.

네 번째, 오래 버티기.

다섯 번째, 오래하기.

이기십시오, 강튼튼을 자신의 것으로 만들고 싶은 이는.

본 경기는 운동을 잘하는 것과는 무관하오. 무조건 빠르고 머리 회전이 팍팍 잘되는 이만이 끝까지 갈 수 있는 게임이지. 이름하여 백강산식 서바이벌 게임이라네♬

★확인증서★

나 OOO는 본 경기에서 승, 패와 상관없이 마지막까지 경기할 것을 구질스 멤버들 앞에서 맹세합니다. 또한 최후의 생존자가 튼튼의 여자 친구임을 공식 인정하겠습니다.

OOOO년 O월 OO일

서명: (   )

강산은 서명란까지 만들어놓았다. 거기에 인주까지 준비해 왔으니 이제 아무도 헤어 나오지 못했다. 여인클럽은 모두 그 확인증서에 사인과 지장을 찍었다. 그리고 그것을 다시 강산이 걷어갔다.

"잠시 설명을 해주겠어. 바로 탈락 시킬까 생각했지만 끝까지 가기로 했지. 경기마다 각각 점수가 있지. 1위부터 5위까지 말이야. 1위는 100점, 2위는 80점, 3위는 60점, 4위는 40점, 5위는 20점. 점수는 저기 있는 지우현이 맡을 거야. 각각 너희들을 밀착하여 따라붙게 될 우리 구질스 심판들이 우현에게 보고하는 것이지. 게임이 끝날 때마다 우리 구질스는 모여서 각각 점수를 매긴 다음 순위를 정해서 여인클럽 너희들에게 내가 직접 통보를 한다. 점수제이므로 끝까지 누가 이길지는 모르지. 그러니까 한 게임에서 5위를 했다고 해도 끝이 아니야. 다른 게임에서 1위를 하면 되는 거니까. 모두 머리가 팍팍 돌아?"

"게임에 대해서 설명해 줘."

효원이 다시 물었다. 강산은 사악하게 웃는다.

"그건 안 돼. 게임 설명은 매주 토요일에 시작할 때마다 말하는 것을 원칙으로 한다. 그리고 마지막으로 단 하나! 모두가 명심해야 할 것! 튼튼에게는 절대 비밀이야. 튼튼이가 게임에 대해서 알면 너희들한테도 좋을 것이 없어. 명심해. 너희들이 꼭 이기고 싶으면 말이지. 이 모든 게임은 튼튼이가 피하면 말짱 꽝이니까."

9시가 되어서야 서바이벌 개막식이 끝났고 모두들 내일이 오기를 두려워한 채 집으로 돌아갔다. 강산과 우현은 지아, 미지와 함께 집으로 갔고, 가운은 아직 식당에 있었다.

"예쁘게 생겼네. 허허."

"아, 아니에요."

"아줌마네 가게 자주 놀러와. 튼튼이도 자주 오니까. 알았지?"

"네."

"올 땐 배에 아무것도 넣어서 오면 안 돼. 꼭 빈속으로 왔다가 꽉 채워서 나가야 내 속이 풀려."

"네."

"왕엄마, 걱정 마!"

"튼튼 저놈이 저렇게 좋아하는 걸 보니까 내 기분이 다 좋네."

오랜만이다, 튼튼이 이렇게 웃는 것이. 그 덕분에 가운이 마음에 들었다. 이렇게 튼튼을 웃게 만드는 가운이가 왕엄마에게는 예쁠 뿐이었다. 가운도 마찬가지로 왕엄마가 좋았다. 엄마를 잃은 가운은 왠지 마음이 훈훈해 보이는 왕엄마에게 정이 갔던 것이다. 어쩐지 왕엄마 앞에선 어린아이가 될 것만 같은 기분마저 들었다.

식당에서 나온 튼튼과 가운은 시장 골목을 걸었다. 튼튼이 가운의 손을 먼저 잡았다. 가운은 웃었다. 튼튼을 알고부터 그동안 죽을 것 같았던 그 마음이 전부 사라진 듯했다. 꿈을 꾸는 것만 같았다. 하지만 튼튼의 손을 놓으면 다시 현실로 돌아갈 것 같아서 불안하다.

시장 골목에서 나온 그들은 시내를 걸었다.

"우리 내일 사진 찍자, 많이 찍자. 그래서 많이 간직하자."

"응, 그러자."

튼튼의 말대로 내일은 사진을 찍기로 했다. 그것도 아주 많이.

"그나저나 너 정말 심판하는 거야?"

"응."

"뭐야, 그런 게 어디 있어."

"하하, 강산이 너무 웃겨! 진짜 최고야!!"

"웃기긴. 그게 웃긴 거야? 미친 거지. 그 자식은 엉뚱한 걸 뛰어넘어서 미쳤어."

"큭, 너 아마 놀라서 자빠질 거야. 조심해."

"뭔데? 가르쳐 줘!!"

"싫어!"

"장가운! 넌 내가 진짜 그 애들 중 한 명의 남자 친구가 되었으면 좋겠어?"

가운이가 야속한지 튼튼이 물었다. 튼튼은 가운마저도 가르쳐 주지 않자 더욱 진정이 안 되었던 것이다. 사실 튼튼도 겁이 났던 것이다. 강산의 머리 속에서 어떤 기막힌 일이 나왔을지 벌써부터 겁이 났다. 강산은 시시한 운동 경기에 취지를 둘 사람이 아니었다.

"어쭈! 대답 안 해? 너, 진짜 내가 그 애들 중 한 명의 남자 친구가 되기를 바라는 거야?"

튼튼이 또다시 묻자 가운은 나지막하게 대답했다.

"내가 왜 이번 게임에 심판을 하겠냐는 제의에 군소리없이 승낙했는 줄 알아?"

"왜?"

“내가 확인하고 싶으니까……”

“뭘?”

“내가 네 여자 친구를 골라주고 싶어. 가장 좋은 사람으로 말이
야. 모두 널 좋아하는 열정이 있잖아. 그중에서 가장 좋은 사람이
누군지 보고 싶었어. 내가 판단해 주고 싶었어. 가장 착하고, 마음
씨도 예쁘고, 밝고, 명랑하고…… 정말 좋은 사람이 네 곁에 있어
야 나 안심할 수 있어. 정말로 안심하고…….”

“떠날 수 있다고?”

“응…….”

“바보 같다, 장가운.”

“나는 가는데 혼자 남은 네가 힘들지 않도록 네 옆에 있어줄 좋
은 사람을 찾고 싶어. 나보다 더 좋은 사람 만나라. 부탁이다.”

가야 하는 사람. 끝이 정해져 있는 사랑. 가운도, 튼튼도 알고
있다. 행복해질 수 있는 기간은 정말로 짧다는 것. 그 짧은 기간에
그들은 모든 것을 걸어버린 것이다.

“그런데 어쩌냐?”

“뭐가?”

“난 네가 좋은 사람이라서 사랑하는 것이 아니야.”

“…….”

“웃기지 마, 장가운. 내가 뭐 니가 좋은 사람이라서 착하고, 마
음이 곱고, 밝고, 명랑해서 좋아하는 줄 알아? 너 좋은 인간 아니

야. 너 마음이 고운 것도 절대 아니고. 쳇, 니가 밝으냐고? 아니, 명랑? 그건 절대 아니다. 장가운 너, 최악이야. 최악! 너만큼 최악인 사람이 또 어디 있겠냐? 이것 봐! 난 너밖에 좋아할 수가 없잖아."

튼튼이 앞서 걸었다.

"강튼튼, 너 나 울리는 데 아주 취미 붙었구나? 이렇게 울려도 되는 거야?"

"그러니까 좋은 사람 만나라는 얼토당토않은 말은 꺼내지도 말아."

"바보 같은 놈."

"마찬가지."

벌써부터 이렇게 마음이 아파서 큰일이다. 마지막만 떠올리면, 이별만을 생각하면 이렇게 마음이 아프다.

튼튼은 주위를 두리번거린다.

"가운아, 이렇게 많은 사람들 속에서 때로는 우리 둘만이고 싶지는 않아?"

"응?"

"이리 와봐."

가운은 튼튼이가 서 있는 쪽으로 갔다. 가운이 가자 튼튼은 기다렸다는 듯이 입고 있던 외투를 벗어 가운과 자신 위로 뒤집어씌웠다. 그리곤 휴대폰 플립을 열었다.

“자~ 어때? 이제 우리 둘만이야. 밖에서 웅성대는 소리 들려?”

“응.”

“저 사람들 우리가 뭐 하나 궁금하겠다. 그치?”

“궁금해서 미치겠지?”

그때였다. 튼튼이 가운의 입술로 자신의 입술을 포개었다. 그나마 여유가 있었던 둘만의 공간이 이제는 틈도 없이 좁아져 버렸고, 숨 막힐 정도로 벅찼다.

키스가 끝나자 튼튼은 외투를 내렸다. 그리고 가운의 손을 잡고 뛰었다.

“도망가자. 하하!”

“쿡. 강튼튼, 멍청이!”

튼튼과 가운은 쉬지 않고 뛰었다. 계속 뛰었다.

“강튼튼!”

“응!”

“그거 알아?”

“뭐?”

“나 첫키스였어. 멈추지 마. 계속 뛰어!”

“…….”

“다행이야.”

가운은 튼튼이 들을 수 없도록 조용히 말했다. 그가 들을 수 없도록.

"네가 첫키스여서……. 첫키스는 평생 기억에 남는다고 하더라. 정말 행복해. 나 이제는 평생 널 기억할 수 있게 되었잖아. 정말 고마워."

제6화
시작된 서바이벌 게임

100m

시작된 서바이벌 게임

#36

드디어 '튼튼 내 거 만들기' 서바이벌 게임의 첫 종목을 하는 토요일이 다가왔다. 아침부터 강산은 수선을 피우며 잔뜩 기대하고 있었다. 하루 종일 무슨 게임이냐며 물어보아도 대답을 않는 강산 때문에 튼튼은 의기소침해져 있었다. 그런 튼튼을 우현이 위로한다.

"걱정 마. 설마 강산이가 널 죽이기야 하겠어?"

"지우현, 지금 너 나 위로해 주는 것 맞지?"

"그럼~ 당연히 위로해 주는 것 맞지."

"그래, 위로겠지. 그런데 은근슬쩍 즐거워 보이는구나."

드디어 수업이 끝나자마자 구질스 멤버들은 왕엄마네 식당으로 한 명도 빠짐없이 전원 참석했고, 여인클럽도 오는 중이라고 했다.

"그런데 백강산, 외모 테스트라니? 그건 뭐야?"

지아가 물었다.

"으흐흐, 조금만 기다려. 여인클럽까지 다 모이면 그때 일일이 설명해 줄 테니까."

"어이없는 게임이 아니길 바라."

지아는 은근히 걱정이 되었다. 자신이 보아도 강산은 성격이 유별난 아이인데 게임 또한 정상 같아 보이지는 않았기 때문이다. 사실 이 게임에서 자신이 왜 심판을 봐야 하는지 아직도 아이러니했다. 하지만 뜻밖에도 가운이 열성을 보였기 때문에 지아도 어찌할 도리가 없었다. 참가하는 수밖에는 말이다.

"나 왔다!"

"나도 왔어."

드디어 푸름과 장미가 도착했다. 그러고 보면 푸름과 장미는 비슷한 시간대에 같이 오곤 한다. 그것이 못마땅했는지 서로를 보며 누가 먼저 할 것 없이 으르렁대기 시작한다.

"넌 왜 꼭 나랑 비슷하게 오냐?"

"그건 내가 할 말이거든? 따라오지 좀 말아줘."

"미쳤군. 내가 돌았냐, 널 따라오게?"

"그럼 니가 제정신이야? 미쳤지?"

"아오! 야!!"

그렇게 한참을 으르렁대는 것을 지켜보니 어느새 효원과 새하가 도착했다.

모두들 상 주변에 앉았고 강산이 A4 용지를 보며 천천히 입을 열었다.

"오늘 제1종목을 시작한다. 외모 테스트인 줄은 모두 알지? 천하의 제일가는 명물 중의 명물 강튼튼의 여자 친구가 되기 위해서 이 테스트는 꼭 넘어가야 하지. 외모 테스트라 해서 꼭 예뻐야 한다는 것이 아니야. 얼마만큼의 인간성과 끈기, 애교를 가지고 있는지를 이 게임에서 알 수 있지. 자, 설명하겠다. 이름하여 외모 테스트!"

긴장되는 순간이었다.

구질스는 초롱초롱한 눈망울로 강산에게서 시선을 떼지 않았지만 여인클럽은 달랐다. 모두 묵묵히 앉아 있기만 했다.

"정해진 시간 안에 남자 연락처 많이 알아오기."

그야말로 날벼락치는 순간이었다. 믿을 수 없는 강산의 말이었던 것이다. 모두들 얼어붙고야 말았고, 푸름은 급기야 자리에서 벌떡 일어났다.

"야, 백강산! 너 이게 말이 되는 게임이라고 생각해? 뭐? 정해진 시간 안에 남자 연락처 많이 알아오기라고? 하~ 내가 어처구니가 없어서 당황되다 못해 화가 난다!"

"이야~ 임푸름, 그렇게 자신이 없는 거야? 내가 봤을 땐 임푸름 정도면 1위는 따놓은 당산이라고 생각했는데. 흠, 모두 내 착각이었단 말이야?"

강산의 말에 의해 푸름은 바로 군소리없이 자리에 앉았다. 푸름이 달리고 있으면 강산은 푸름의 머리 위해서 날아다니고 있는 셈이었다. 하늘 꼭대기에 앉아서 모두의 신경을 건드리고 있는 백. 강.산. 그는 실로 대단했다.

"그리하여 여인클럽 네 사람에게 우리 구질스 네 사람이 따라붙을 것이다. 일명 감시자라고 할 수 있지? 공정한 심사를 하기 위해서 말이야. 그러니까 속일 생각은 마. 모두에게 비어 있는 휴대폰을 하나씩 줄게. 이 핸드폰에 연락처를 무조건 많이 입력해 오면 돼. 단 시간은 3시간이다."

효원은 할 말을 잊어버린 듯한 표정이었다. 하기야 그건 효원뿐만이 아니라 여인클럽 모두가 그러할 것이다. 하지만 효원은 다시 웃음을 되찾았다. 이렇게 어이없는 유치한 게임이었지만 어쨌든 뛰어볼 가치가 있는 게임이긴 했다. 강튼튼, 그가 있기 때문이다.

"먼저 변장미에는 반지아. 임푸름에는 강화이. 강효원에는 김지미. 마지막으로 윤새하에는 장가운."

강산의 말이 끝나자 새하가 가운을 보았다. 둘의 시선이 처음으로 서로를 보는 순간이었다. 가운이 먼저 시선을 돌렸다.

“어디를 가서 연락처를 받아 오는지는 상관 않겠어. 다만 모두 같은 장소에서 연락처를 입력해야 되는 것만 명심해. 시작이다.”

강산의 말이 끝나고 모두들 자리에서 일어났다. 강산은 뭐가 그리 좋은지 연신 즐거워 보이지만 푸름은 이미 굳어진 지 오래였다. 자신이 없었던 것이다. 힘에는 자신있는 그녀지만 어쩐지 살랑살랑 웃으며 연락처를 얻기란 힘겨웠던 것이다. 장미처럼 애교가 있는 것도 아니고, 효원이나 새하같이 미모가 뛰어난 것도 아니었다. 화이도 걱정스러운지 푸름을 보며 안타까워했다.

“화이라고?”

“응.”

“난 꼭 1등하고 싶구나.”

“걱정 마. 다른 게임에서 1위 하면 되잖아. 게임은 이것만 있는 것이 아니라고.”

“하하. 내가 꼭 꼴찌 할 것 같다는 말투구나.”

“언니도 이미 느꼈잖아.”

화이의 말에 할 말을 잃고야 말았다. 사실이긴 사실이었기 때문이다.

그들은 모두 식당에서 나왔다.

“K대로 가는 게 어때?”

효원이 말했다. 시내 쪽으로 가려고 했는데 뜻밖에도 효원은 K대를 말하고 있었다.

"K대는 왜?"

옆에 있던 미지가 궁금한 듯 물었다.

"K대 오늘 축제거든."

그제야 효원의 생각을 눈치 챈 미지였다. 역시 효원은 미지가 생각했던 만큼 머리가 좋아 보였다. 축제일 사람들이 북적대는 것은 당연한 일이요, 남자들이 많은 것은 불 보듯 뻔한 일이라.

"좋아! 모두 K대로 출발!"

여인클럽과 구질스는 첫 게임을 하게 될 장소인 K대로 향했다.

#317

K대는 축제인만큼 시끌벅적했다. 여기저기에 사람들이 붐비고 있었고, 그녀들이 찾는 남자들도 무척이나 많았다. 함께 걷고 있던 중 장미가 먼저 누군가를 기다리고 있는 듯 혼자 서 있는 남자에게로 뛰어갔다. 그녀의 작업은 벌써부터 시작이었다. 그러기를 몇 초 후 장미는 휴대폰에 번호를 받아 입력하기 시작했다.

"오빠, 고마워."

뒤돌아 선 장미는 승리의 브이 표시를 남은 세 명의 여인클럽에게 자랑스러운 듯 휘날렸다. 푸름은 처음으로 장미가 부러웠다. 연락처를 가르쳐 달라고 할 엄두도 나지 않는 모양이다. 만남의 광장인 분수대가 있는 곳으로 갈 때였다. 누가 먼저라 할 것 없이 효원과 새하가 서 있는 곳으로 남자들 몇 명이 달려왔다.

"누구랑 같이 왔어요?"

"아뇨."

"그럼 우리랑 같이 놀래요?"

한 청년이 새하와 효원에게 물었고, 그 물음이 끝나자마자 그녀들은 동시에 외쳤다.

"연락처가 뭐예요?"

역시 그녀들도 튼튼이 시급했다. 이기고 싶었던 것이다.

"큭큭. 진짜 웃긴다. 강산 오빠는 어떻게 이런 생각을 했나 몰라? 안 그래?"

"백강산만이 할 수 있는 엽기적인 짓이지."

화이와 가운은 조용하고 차분한 새하마저 연락처를 받기 위해 노력을 하고 있으니 웃지 않을 수가 없었다. 화이는 가운을 보았다. 화이는 튼튼의 마음을 누구보다 가장 잘 알고 있었다. 튼튼이 말하지는 않았지만 느낌으로 가운에게 마음이 있다는 것쯤은 알 수 있었다. 그리고 화이의 생각으론 가운 또한 튼튼에게 마음이 없진 않을 것이다.

"괜찮겠어?"

화이가 물었다.

"뭐가?"

"튼튼 오빠한테 다른 여자가 생겨도 말이야."

이번에는 가운이 화이를 보았다. 가운의 눈에 당황함이 역력했다.

"놀라지 마. 튼튼 오빠랑은 어렸을 때부터 같이 지냈어. 오빠를 보면 알아. 오빤 여자들 앞에서 한 번도 흔들린 적이 없었어. 여태 껏 진심으로 누군가를 만난 적은 단 한 번도 없었지. 못 믿겠지만 오빠에게서 여자들이란 불필요한 존재일 뿐이야. 그들 앞에선 웃어도 뒤에선 씹어버리는 사람이 강튼튼이야. 그런 사람이 언니 이름을 꺼내면서 우리 엄마한테 자랑을 하더라. 그때 알았지. 진심으로 좋아하고 있구나."

"…응."

"남자 친구 있는 것 때문에 그러지? 이해해."

"전에는 튼튼을 떠올리면 웃음부터 나왔는데 요즘은 이상하게 눈물부터 나오네. 빌어먹을."

"사랑해서 그래. 버릴 수 없어서 더 그래. 그래서 눈물이 나는 거야."

가운은 뒤돌아 섰다. 그런 가운의 어깨를 화이가 살짝 매만져 준다. 화이의 말이 맞았다. 이렇게도 눈물이 나는 것은 사랑하기 때문에 그런 것이다. 그것 외엔 다른 이유는 충분한 해답이 될 수가 없었다.

"야! 너 죽을래? 연락처 빨랑 안 불어?!"

어쩐지 조용하다 했다. 화이가 잠시 가운과 이야기를 나누고 있는 동안의 그 짧은 시간에 푸름이 누군가를 잡았고, 대뜸 연락처를 물어보자 상대방 남자가 가르쳐 주지 않았던 것이다. 덕분에 안 그래도 충분히 심리 상태가 좋지 못한 푸름이 급기야 폭발을 한 것이다.

"뭐예요? 연락처를 가르쳐 주든 말든 내 마음이지. 이 사람이 어디다 대고 화를 내. 화, 화를."

상대방 남자는 푸름의 인상을 보자 소리를 치려다 말곤 금세 조용히 수그러져 버렸다.

"야, 연락처 받아도 절대 연락할 생각 없으니까 그냥 말이나 해 봐. 엉? 오늘 누나 컨디션 이빠이 제로다. 그러니까 우리 서로 마음 상해하지 말고 조용히 끝내자. 엉?"

"싫다니까요."

"야!! 어서 말 못해!"

"제 연락처는요…….'

그리하여 푸름도 하나의 연락처를 저장할 수가 있었다. 힘을 동원해서 받아낸 것이긴 해도 여간 기쁘기 짝이 없었다. 이제 남은 시간은 한 시간이었다. 푸름은 초조하기 시작했다. 장미는 싱글벙글 웃으면서 잘도 연락처를 받아내고 있었다. 하지만 푸름은 단 하나.

"쳇, 그래, 그래. 걱정 말자. 앞으로 게임 4개나 남았다고! 이것 쯤이야 꼴찌 해도 상관없어. 강산이 말대로 다른 게임에서 1등 하면 되는 거니까! 음하하."

역시 진지해지기 1분도 못 되어 다시 원상 복귀하는 푸름이다. 그녀의 학교 친구들은 그런 푸름을 보고 낙천적이라 보기 좋다 하지만 그것은 절대로 낙천적이 아니었다. 단지 낙천적이라 믿고 싶을 뿐. 푸름은 어디를 가도 가만히 있지 못하는 스타일이었다. 푸름에게서 진지함을 찾기란 장미에게서 예의를 찾는 거나 마찬가지였다.

푸름은 외모 테스트 게임을 포기했다. 어쩌면 그것은 처음부터 포기해야 했을지 모르는 게임이라고 스스로를 위로했다. 이유인즉 새하를 둘러싼 수많은 남자들 때문이었다. 제 아무리 변장미라 할지라도 이길 수가 없었다. 이미 게임은 새하 쪽으로 기울어지고 있는 듯했다.

"아니, 어떻게 된 것이 어떤 인간은 화를 내면서 연락처를 받아야 하고 어떤 인간은 가만히 있어도 연락처를 가르쳐 주겠다고 하니 이 세상이 미친 게 아닐까? 쳇."

푸름은 한탄을 했다.

"그러게 장미처럼 애교라도 있어야 할 것 아니야. 효원이나 새하 언니가 애교있는 것 봤어? 장미는 애교라도 철철 넘치지."

푸름의 감시자인 화이 또한 이번 게임은 확실히 졌다고 판단했다.

악몽 같던 한 시간이 지났고, 드디어 제1게임은 끝이 났다. 모두들 다시 왕엄마네 식당으로 모여 소지하고 있던 휴대폰을 꺼내

강산에게 넘겼다.

"변장미 25개. 강효원 67개. 윤새하 80개. 애개, 뭐야, 임푸름? 달랑 한 개?"

푸름이 시선집중을 받았다. 푸름은 창피했는지 모두의 시선을 피해보려 애를 썼다. 그런 푸름이 안쓰러워 이번에는 화이가 거들었다.

"됐어! 우리는 다음 게임에서 이기기로 했어! 아직 시작이라고!!"

"역시 화이야~ 너와 나는 뭔가가 통하는구나. 나도 그렇게 생각하고 있었거든! 어쩜 이렇게도 통할까?"

하지만 가만히 있을 장미가 아니었다. 화이와 푸름의 대화에 끼어들어 푸름의 화를 돋운다.

"흥! 통하긴 개뿔이 통해? 역시 내 예상대로야. 어떻게 달랑 한 개밖에 못 받았을까? 강산 오빠, 이건 아예 탈락감 아니야?"

장미의 통통거림 속에는 푸름을 비웃고 있는 것이 95%는 차지하고 있었다.

"순위를 말해 줄게. 현재 1위 윤새하, 2위 강효원, 3위 변장미, 4위 임푸름. 모두들 다음 주에 있을 제2종목 배스룸에서 좋은 성적을 거두도록 해. 오늘 모두 수고했어."

이로써 '튼튼 내 거 만들기'의 제1종목 외모 테스트에는 윤새하가 당당히 1위를 차지하면서 끝이 났다.

　구질스에게는 즐거운 하루, 여인클럽에게는 웃지 못할 하루의
해가 저물고 있었다.

#38

　한가한 일요일 아침이었다. 가운은 일어나자마자 집 청소를 하
기 시작했다. 간간이 쌓여 있던 먼지도 닦아내고, 한동안 밀려 있
던 이불 빨래도 했다. 그동안 신경 쓰지 않았던 거실 커튼도 떼어
세탁기에 돌리기도 했다. 집 안 청소를 마친 가운은 이젠 정원으
로 나왔다. 그리고 군데군데 엉성하게 자란 잡초들을 뽑았다. 마
지막으로 시원하게 물을 뿌림으로써 정원 청소도 끝이 났다. 모처
럼 만에 느끼는 상쾌함이었다.
　"우와! 깨끗한걸?"
　가운은 정원을 둘러보며 기지개를 켰다.
　"아가씨, 청소가 끝나셨으면 이제 저와 데이트하셔야죠."
　"튼튼아?"
　"청소하고 있었어?"
　"이제 다 했어."
　"그럼 얼른 준비하고 나와. 기다리고 있을게."
　"응."
　집 안으로 들어간 가운은 급한 맘에 계속 허둥댔다. 씻기 위해
욕실 문을 열고 급하게 뛰어들어 가다 그만 발을 헛디뎌 욕실 바

닥에 엉덩방아를 찧었다. 가운은 자신의 모습에 웃음이 나왔다.

"장가운, 정말 웃겨. 그렇게도 좋아? 그렇게도 신나?"

가운은 웃음이 멈추지 않았다. 그리고 대답했다.

"응, 좋아. 너무 좋아. 너무너무 행복해."

샤워를 마친 가운은 서둘러 자신의 방으로 들어갔다. 화장대 앞에 앉은 가운은 스킨과 로션을 차례로 발랐다. 가운의 손이 색조 화장품으로 멈췄다. 이내 가운은 조심스럽게 파우더를 발랐다.

"너무 진한가?"

가운은 안 되겠다 싶었는지 휴지로 얼굴을 문지른다. 그리고 일어서서 옷장 앞에 섰다. 옷장 안은 그녀가 지금껏 꾸미기에 얼마나 관심없이 살았는지를 여실하게 보여주고 있었다. 하는 수 없이 흰색 바지에 하늘색 블라우스를 입고 나왔다. 튼튼이 보고 있자 창피해졌는지 고개를 숙여 딴 짓을 했다.

"예쁘다."

튼튼의 예쁘다는 말에 가운의 얼굴이 홍당무가 되어버렸다.

"흠. 흠."

부끄러운 마음에 헛기침을 두 번 하고는 먼저 앞장서서 걸었다. 그런 가운이 귀엽게 느껴진 튼튼은 미소를 지었다.

"우리 예쁜 가운이 손이나 한번 잡아볼까?"

그 미소에 가운은 자신도 모르게 웃음이 나왔다. 참으로 신기한 사람이다. 미소 하나로 사람을 흔들리게 만든다. 미소 하나로 먹구름인 하늘을 맑게 만드는 사람이다. 그 미소 하나로 감히 행복해지고 싶다는 소망을 품어본다. 짧지만 긴 행복. 그것을 가운, 그리고 튼튼이 바라는 것이다.

여의도에 도착한 그들이 가장 먼저 찾은 곳은 유명한 여의도 공원이었다. 튼튼은 공원 입구에 있는 자전거 대여점에서 2인용 자전거를 빌렸다. 앞에 튼튼이 타고 뒤에는 가운이 탔다. 자전거가 출발했다. 오늘따라 튼튼의 미소가 더없이 밝았다.

"2인용 말고 뒷좌석 있는 걸로 빌릴 걸 그랬다."

"왜??"

"그래야 가운이 네가 내 허리를 잡잖아~"

"뭐야~ 강튼튼, 왕변태!"

"하하하."

자전거를 타고 여의도 공원을 두 번도 넘게 도니 벌써 두 시간이 지나가 버린 후였다. 생각보다 시간은 너무도 빠르게 지나가는 듯하다.

그들은 자전거를 받납 후 서로의 손을 잡고 아이스크림을 파는 곳으로 갔다. 똑같은 아이스크림을 들고 한입 베어 먹고는 뭐가 그리 좋은지 또 웃음이다. 튼튼과 가운은 벤치에 앉았다. 앞의 벤치에 앉아 있는 꼬마 여자 아이가 둘을 뚫어져라 보았다.

"야, 강튼튼! 넌 이제 여학생들도 모자라서 꼬마까지 접근이냐?"

“내가 뭘~ 난 아무 짓도 하지 않았어!”

“웃었지? 그치? 웃었으니까 꼬마가 널 자꾸 보잖아.”

“웃는 것도 죄야? 꼬마가 귀여우니까 웃음이 나오는 걸 나보고 어쩌라구!”

“차라리 인상을 써라, 인상을 써!”

가운은 오버다 싶었는지 딴 곳을 보며 만회해 보려 했지만 이미 튼튼은 쿡쿡 웃고 있었다.

“이야~ 살다 살다 장가운이 질투하는 것도 보고 오늘 여의도 오길 아주 잘한 것 같네.”

“뭐? 지, 질투라니! 누가! 누가 질투를 하나?”

오늘 가운의 얼굴은 수난시대였다. 하루 종일 울긋불긋해졌다 잠잠했다를 반복하고 있으니 말이다. 튼튼을 노골적으로 보던 꼬마는 엄마의 손에 이끌려 공원에서 나갔다. 이로써 가운의 질투는 끝이 났다. 애꿎은 튼튼을 탓하는 가운이었다.

오후 다섯 시가 되어서야 공원에서 나왔다. 역으로 걸음을 옮겼다.

“저, 잠깐만요.”

처음 보는 남자가 튼튼을 붙잡았다.

“네?”

“아까 공원에서부터 계속 보고 있었습니다.”

“누구를요? 저를요?”

“네. 우선 이것 받으시죠.”

남자는 지갑에서 명함 하나를 꺼내 건넸다. 명함에는 ‘WB프로덕션’ 대표 김윤우로 되어 있었다.

“보시다시피 전 스타를 배출하는 회사의 대표입니다.”

“네, 그렇군요.”

“실례가 안 된다면 성함을 물어봐도 되겠습니까?”

“……강튼튼이요.”

“나이가?”

“열아홉이요.”

“저와 함께 손잡고 일해볼 생각이 없습니까?”

“저보고 연예인이 되라구요?”

“네!”

김윤우의 눈은 반짝이고 있었다. 뜻밖의 제의에 튼튼은 물론이고 가운도 어리둥절했다. 하지만 곧 튼튼은 고개를 저었다. 생각이 없다는 뜻이었다. 하지만 김윤우의 생각은 달랐다.

김윤우가 두 시간 동안 지켜본 강튼튼은 충분히 주목받을 만한 인물이었다. 그의 10년 넘은 연예인 키우기의 직감은 언제나 어긋난 적이 없었다. 이번에도 마찬가지다. 김윤우의 가슴에는 뜻 모를 두근거림이 비춰지고 있었다. 강튼튼, 이 아이를 잡아야 한다는 것만의 뇌리에 스치고 있었다. 김윤우는 30분 넘는 설득 끝에 간신히 튼튼이 다니고 있는 학교와 연락처를 받아냈다.

"저 이만 가봐도 되죠? 갈게요."

김윤우는 튼튼의 뒷모습을 넋 나간 듯 본다. 걸 생각도 하지 않은 채 말이다. 그리고 나지막하게 말했다.

"강튼튼, 넌 대단한 스타가 될 것이다. 내 직감은 언제나 어긋나지 않지. 그리고 넌 꼭 내 제의를 받아들인다. 두고 봐, 넌 한국 최고의 스타가 된다. 넌 내 인생 최고의 대박 주인공이 될 거다!"

#39

"어쩔 생각이야? 연락 안 할 거야?"

"나보고 연예인을 하라고?"

"좋은 경험이잖아."

"난 싫어."

"왜? 넌 충분히 인기 끌 거야. 지금도 엄청나잖아."

"지금도 충분히 성가셔. 그런데 나보고 연예인 되라구? 아악! 정말 싫다!"

"큭큭."

끈질기게 따라붙는 장미와 푸름이가 떠오르자 튼튼은 미친 듯이 고개를 저었다. 아무리 생각해 보아도 여의도에서 생긴 일은 어처구니가 없었다. 자신보고 연예인이 되라니…… 생각만 해도 끔찍했다.

튼튼은 가운을 집 앞까지 바래다줄 수 없었다. 가운은 집 근처 큰 도로에서 튼튼을 돌려보냈다. 아무래도 한샘이 집 앞에 있을 것만 같았다. 전화기도 꺼놓은 채 튼튼과 함께였으니 걱정 많은 그가 집 앞에서 자신을 기다리는 것은 당연한 일이었다. 그렇게도 행복했건만 집으로 가는 길은 그저 막막하기만 했다. 그리고 미안한 마음이 역시 가득했다. 역시 그녀의 생각대로 집 앞에는 한샘이 기다리고 있었다. 언제부터 기다리고 있었을까? 한샘이 서 있는 자리 곳곳에는 담배꽁초들이 보였다. 선뜻 부를 수가 없었다.

"장가운."

한샘의 부름에 가운이 천천히 그가 있는 곳으로 왔다.

"어디 갔었어?"

"그냥 바람 좀 쐬러."

거짓말이다. 한샘에게 처음으로 하는 거짓말이었다.

"바람 쐬러 어디?"

"이곳저곳 돌아다녔어."

"전화기는 왜 꺼놔?"

"밧데리가 없었어. 들어가자."

역시 마음이 편치 못했다. 하지만 적어도 튼튼과의 짧고도 긴 행복을 무너뜨리고 싶지는 않았다. 점점 못된 여자가 되어가고 있었다. 그래도 이젠 멈출 수 없고, 이대로 보낼 수 없어 잔인함을 선택했다. 어차피 마지막은 한샘이니까…… 죽어도 강튼튼이 될 수는 없으니까 말이다.

“나 세수 좀 하고 올게.”

가운이 욕실로 들어가자 한샘은 가운의 가방에서 휴대폰을 조심스럽게 꺼냈다. 그리고 전원 버튼을 누른다. 밧데리가 없다는 휴대폰은 전원 버튼을 누르자마자 바로 켜졌다. 그리고 밧데리 양은 빈칸 없이 가득했다. 한샘은 통화 목록을 보기 시작했다. ‘바보’라고 되어 있는 번호. 한샘은 그 전화번호를 자신의 휴대폰에 저장했다. 그리고 조용히 다시 전원을 껐다.

세수를 마친 가운이 나왔다. 거실에 앉아서 TV를 보고 있는 한샘의 곁으로 갔다.

“한샘아, 밥 먹었어? 볶음밥 해줄까?”

“아니야, 먹고 왔어. 넌?”

“나도 먹었어.”

“혼자서 먹었어?”

“응.”

“너 혼자 밖에서 밥 먹는 것 별로 싫어하잖아.”

“아~ 오늘따라 계속 걸었더니 허기가 지더라구. 그래서 우동 하나 사 먹었어.”

“그래? 별일이네.”

TV만 보던 한샘이 자리에서 일어났다.

“나 약속이 있어서 이만 가볼게. 전화할게.”

“응. 조심해서 잘 가.”

"그래."

가운의 집에서 나온 한샘은 자신의 휴대폰에 저장되어 있는 번호를 눌렀다. 신호음이 가고, 한샘의 가슴은 타 들어가기만 했다.

[여보세요.]

한샘은 빠르게 플립을 닫았다. 역시 예상대로다. 강튼튼이었다. 가운의 휴대폰에 저장되어 있는 '바보' 라는 사람은 강튼튼이었다. 설마 했다. 정말 설마 하고 걸어본 것인데 이렇게 맞을 줄이야. 한샘은 미쳐 버릴 것만 같았다. 아니라고 생각했다. 설사 그렇다 할지라도 이젠 튼튼에게 향한 마음을 접었다고 생각했다. 하지만 그의 생각은 곧 착각이었다.

"강튼튼, 죽을 각오 해라."

WB프로젝션 대표 김윤우.

집으로 온 튼튼은 지갑에 넣어둔 명함을 꺼내 바라보다 또다시 웃었다. 황당한 일이었다. 자신을 스타로 만들어주겠다니. 하지만 그는 정말로 자신에 찬 모습이었다. 확고한 모습으로 튼튼에게 말했었다.

"스타라니…… 내가 스타라구? 이봐요, 아저씨. 난 세계적인 스타보다, 몇 천 명의 스타보다 단 한 여자의 스타가 되고 싶은데…… 그건 당신이 어떻게 해줄 수 없을까? 휴~"

튼튼은 김 여사의 내려오라는 말을 듣고 거실로 내려왔다. 거실에는 효원이 와 있었다. 효원과 강 회장, 김 여사는 소파에 앉아서 다과를 즐기고 있었다.

"오빠, 나 왔어."

"어, 그래. 효원이 왔구나."

김 여사의 얼굴이 환해졌다.

"효원이는 어떻게 된 것이 볼 때마다 더 예뻐지는 것 같아. 그렇지 않아요, 여보?"

"그러게 말이야. 효원아, 넌 사귀는 아이는 있니?"

"네? 없죠~ 제가 사귀는 사람이 어디 있어요~ 왜요? 이모부가 소개시켜 주실래요? 히히히."

"튼튼이 친구 중에 좋은 아이가 있으면 소개시켜 주고 그래라. 또래 친구들이 옆에 있으면 좋은 법이야. 서로 도움도 주고. 이성으로 말고 친구 말이야."

부모님과 얘기를 마친 효원은 집에 가기 전 튼튼과 정원을 거닐었다. 튼튼은 효원이 강산의 프로젝트에 참가한 것이 최고의 의문이었다. 어쩌자고 효원이 참가한 것인지 궁금했다. 그 프로젝트의 결말은 분명 자신의 여자 친구가 되는 것이었다.

"오빠, 궁금하지, 내가 왜 그 프로젝트에 참가했는지?"

"아, 응, 궁금하지."

"오빠를 좋아하니까."

"뭐??"

"하하. 놀라기는~ 오빠, 거기 참가한 애들한테 전혀 관심없는 것 나 알아. 그래서 일부러 참가한 거야."

"무슨 말이야?"

"내가 참가해서 꼭 1등 한 다음 여자 친구 물거품으로 만들게 해주려고. 내 생각 어때?"

효원의 말에 튼튼의 얼굴이 환해지고 있었다. 튼튼은 몹시도 기뻐 효원을 안고 빙그르 돌았다. 효원의 말대로 효원이 1등만 한다면 당연히 프로젝트의 결말은 당연히 끝난다.

"효원아! 오빠가 너 시합 때마다 나가서 응원해 주마. 꼭 1등 해야 된다!!"

"조심해서 잘 가."

"응, 갈게. 학교에서 봐."

"그래."

튼튼은 웃고 있었다. 효원은 바로 고개를 돌려 걸었다. 씁쓸하다. 씁쓸하다 못해 코끝이 찡해진다. 자신은 강한 사람인데 이렇게 흔들리고 있다는 사실이 가끔은 우습기만 하다.

"어쩌냐, 오빠. 사촌끼리는 사랑하면 안 되는 거지? 그치? 그런데도 사랑하게 되면 그때는 숨겨야 옳은 일이지? 그렇겠지?"

어쩌자고 한국으로 다시 돌아왔을까? 효원은 바보 같은 자신의 선택을 탓했다. 첫눈에 반한 남자가 이모의 아들이라니……. 이젠 자신의 마음을 어떻게 설득해야 좋은 일인지 효원은 그저 답답하기만 했다.

#40

드디어 토요일이 찾아왔다.

오늘의 2회전 '배스룸'은 백화점에서 열린다. 강산이 설명해 준 게임 내용을 듣고 여인클럽의 얼굴은 1회전 '외모 테스트' 때보다 더 일그러져 있었다. 더욱더 황당해하고 있었다. 2회전 '배스룸' 그 게임이란.

"모두들 백화점 화장실에 들어가 주길 바라. 그것도 남자 화장실. 여인클럽 한 명과 구질스 한 명이 칸 안으로 들어간 다음 남자 손님이 들어오면 그때 노래를 불러야 해. 그 다음 그 남자 손님한테 '제 노래 몇 점 주실래요?' 라는 질문을 해야 하고 그 남자 손님이 주는 점수에 따라서 순위가 매겨진다. 단, 물어본 남자가 말도 없이 나오거나 노래 도중 화장실에서 나오면 그건 무효처리. 바로 4위로 등극한다. 오케이? 모두들 좋은 성적을 가지고 돌아와. 만약 4위가 공동으로 생겼을 때는 기회를 한 번씩 더 주겠어. 움하하."

이것이었다.

"백강산의 머리를 해부해 보고 싶어."

푸름은 백화점 앞에서 이를 바드득 갈고 있었다. 장미도 예외는 아니었다. 팔짱을 낀 채 애꿎은 자신의 심사 위원 지아를 흘겨보고 있었다. 장미의 시선에 흠칫 놀란 지아는 눈을 동그랗게 뜨곤 장미에게 말한다.

"내가 뭘!! 난 잘못한 게 없단 말이야."

"흥. 좋겠어? 내 옆에서 가만히 있기만 하면 되는 것 아니야. 창피는 내가 다 당하고 언니는 라이브 코미디 쇼나 보고?"

"그러길래 왜 강튼튼을 좋아하니? 흐흐~"

"내 기필코 꼭 승리해서 튼튼 오빠의 애인이 되겠어!!"

장미가 승리의 찬 눈빛으로 스스로에게 파이팅하고 있을 때 효원과 새하는 백화점 안으로 발을 들여놓고 있었다. 그녀들은 벌써 마음을 단단히 먹고 남자 화장실로 진입하려 하고 있었다. 화들짝 놀란 장미와 푸름도 그에 질세라 빠르게 쫓았다.

"야, 변장미, 우리는 나중에 하는 게 어때?"

"나중에?"

"그래. 효원이랑 새하가 하는 것 한번 보자구."

"그럴까?"

"그래~ 저 아이들은 어떻게 하는지 무척 궁금하기도 하고."

"그래, 좋아! 이 게임은 너무 황당해서 조금 지켜본 다음 마음의 준비를 단단히 해야 한다구!"

처음으로 푸름과 장미가 일맥상통하는 순간이다.

조금은 한적한 4층 신사복 매장 화장실 근처에서 서성이고 있는 여인클럽과 구질스. 황당한 게임이건만 튼튼과 관련되어진 게임이라 긴장되는 것은 어쩔 수가 없었다. 그 긴장의 시간을 깬 사람은 다름 아닌 효원이었다.

"나 먼저 들어갈게."

언제나 보아도 시원시원한 성격의 소유자였다. 효원과 미지가 조심스럽게 남자 화장실 안으로 들어갔다. 효원과 미지는 화장실 맨 안쪽 구석진 칸으로 들어갔다. 그곳에서 5분간 기다리고 있었을까. 미지의 무전기가 울렸다.

"지금 남자 한 명 진입. 시작하기 바람."

"감지."

미지는 효원을 보며 눈치를 주었다. 효원은 쿡쿡 웃는다. 미지가 작게 물었다.

"왜 웃어?"

"한국에 와서 별 짓 다 하는 것 같아서……."

"히히. 그래서 재미있긴 재미있어. 앗, 미안. 왠지 즐기고 있는 사람 같네."

"괜찮아. 사실 나도 재미있는걸."

"후후~"

화장실 안으로 누군가가 들어왔다. 효원은 조용히 목을 가다듬고 노래를 시작했다. 효원이 선택한 노래는 'My All' 이었다.

무전기를 통해 나오는 효원의 목소리는 가히 환상적이었다. 깜짝 놀랄 만큼 굉장한 노래 실력을 가지고 있었다. 밖에서 대기하고 있던 여인클럽과 지키고 있는 구질스는 효원의 노래 실력에 감탄이 절로 나왔다.

화장실에 들어온 남자는 갑자기 흘러나오는 노랫소리에 깜짝 놀라 뒤를 돌아본다. 백화점 내에서 틀어준 노래치고는 매우 가까이에서 들렸고, 반주도 전혀 나오지 않았다. 이상하게 생각한 남자는 화장실 칸마다 문을 열어보았고, 맨 안쪽에 있는 칸에서 누군가가 노래를 부르고 있다는 것을 눈치 챘다. 남자는 그냥 지나치려 했으나 지나치기엔 노래를 부르는 여자의 목소리가 매우 아름답고, 감미로웠다. 남자 화장실에서 흘러나오는 여자의 음성. 남자는 문득 관심이 생겼는지 가만히 서서 노래를 감상했다.

"I'd give my all for your love tonight."

효원의 노래가 끝났다. 남자는 박수를 쳤다. 남자의 박수 소리에 효원과 미지는 동시에 웃었고, 효원은 용기있게 그에게 물었다.

"제 노래에 몇 점 주실래요?"

과연 남자는 어떤 대답을 할 것인가?

"당연히 백 점 만점! 앵콜 해도 돼요??"

"야호!!"

남자의 대답에 효원과 미지는 서로 박수를 치며 좋아했다. 효원의 기분은 날아갈 듯했다. 미지 또한 효원의 용기에 박수를 보냈다.

효원이 처음부터 백 점을 받고 나오자 푸름과 장미는 펄쩍펄쩍 뛰며 자신들의 차례가 언제 올까 걱정스러워 하고 있었다. 장미는 그렇다 치고 푸름의 걸걸하고 걸쭉한 목소리. 어찌하란 말인가!

드디어 도도한 윤새하의 차례였다. 새하는 가운과 함께 남자 화장실 안으로 들어갔다.

"괜찮겠어?"

새하의 성격은 아직 파악하지 못했지만 그녀의 이미지로 보아 걱정스러운 게임이긴 했다. 가운의 물음에 새하는 고개를 끄덕였다.

"남학생 두 명 들어간다. 시작해."

우현의 지시가 끝나자 수다를 떨며 남학생 두 명이 화장실 안으로 들어왔다. 새하는 갑자기 휴대폰을 꺼냈다. 그리고 무언가 빠르게 눌렀다. 이윽고 나오는 휴대폰 음악 소리. 휴대폰 벨소리는 요즘 한창 유행인 노래가 나오는 벨소리였다. '아틀란티스 소녀'. 짧게 벨소리가 끝나자 그 끝난 부분부터 시작하여 노래를 이어 부르는 새하. 재치있는 모습이었다. 짧게 한 다음 끝내고 싶었던 것이다. 새하의 성격상 당연한 일이었다. 얼굴이 빨갛게 달아오른 새하. 킥킥 웃고 있는 남학생 두 명에게 물었다.

"제 노래 몇 점 주실래요?"

그러자 남학생 두 명 중 한 명이 말했다.

“예뻐요?”

킥킥 웃으며 묻고 있는 남학생. 새하가 가만히 있자 가운이 도 왔다.

“보면 후회하지 않을걸요.”

“우와! 좋아! 백 점!”

“잠깐, 이 바보야, 그렇게 점수를 후하게 주면 안 되지! 한 5점 만 깎아!”

“그럴까? 그럼 95점!”

이로써 현재 1위는 강효원. 2위는 윤새하가 된 셈이었다.

#41

“네가 먼저 해.”

“싫어. 먼저 해.”

“난 아직 노래 연습이 덜 됐어.”

“목소리로 봐서 더 이상 연습해도 별 소득이 없겠어.”

“허!! 이봐. 원래 이런 목소리가 그 뭐냐, 락! 너 락 알지? 그런 노래에 딱이라구.”

“락도 락 나름이어야 말이지.”

“이게!!”

불과 30분 전만 하여도 서로 통했던 푸름과 장미였지만 모두의 기대와는 달리 다시 트집을 잡고 으르렁대고 있었다.

"야! 좋아. 그럼 우리 가위바위보로 차례를 정해!"

"유치해."

"안 내면 하기! 가위바위보!"

유치하다고 한 장미는 푸름이 가위바위보를 외치는 순간 바로 가위를 냈고, 푸름은 보를 냈다.

"오, 럭키! 내가 이겼어! 얼른 들어가시지?"

자신이 말해 놓고 안 지킬 수 없는 노릇이었다. 푸름은 괴로운 얼굴을 하고는 화이의 손에 이끌려 화장실로 들어갔다.

"언니, 제발 백 점 받아야 해."

"걱정 마! 음하하."

"그렇게 태평하게 웃을 때가 아닐 텐데."

"화이야, 이 언니의 터프하고 환상적인 목소리를 너무 얕보지는 말거라. 언니가 한때는 잘나가던 락커 아니었겠냐! 임 락커! 몰랐구나?"

"그렇게라도 생각하고 싶다면 생각해야지. 힘내, 언니."

"어, 어, 그래."

화이의 썰렁한 응원에 푸름은 잠시 주춤했다.

"시간이 없다. 꼬마 아이가 들어간다."

꼬마 아이라는 말에 푸름의 입꼬리가 올라갔다. 협박이라도 해서 점수를 딸 생각이었다. 과연 푸름의 생각대로 꼬마아이가 그 협박에 순순히 응할 것인가. 그것이 문제로다. 시작되는 푸름의 놀라운 목소리.

"나 보기가 역겨워 가실 때에는 말없이 고이 보내 드리오리다~"

푸름은 눈을 꼭 감고 자신의 노래에 도취되어 상상의 나라로 푹 빠지고 있었다. 화이는 얼빠진 표정을 지었고, 화장실 밖에 있던 구질스와 여인클럽은 주체 못할 만큼 웃음이 터져 나오고 있었다.

"역시 별것 아니었어."

흡족해 하는 장미였다.

"나 보기가 역겨워 가실 때에는 죽어도 아니 눈물 흘리오리다~ 예~ 끝!!"

자신감에 활활 타오르는 푸름은 혼자만의 세상에 빠져 미쳐 가고 있었다.

"꼬마야! 누나 노래에 몇 점 줄래?"

하지만 혼자만의 세상은 거기서 끝이 났다. 믿을 수 없는 꼬마 아이의 행각.

"빵 점!! 퉤퉤!"

"뭣?!!"

순간 울컥한 푸름, 화장실 문을 열려고 고리를 잡았다. 그런 푸름을 화이가 잡았다.

"그래, 불쌍하네. 인심 썼다. 10점! 메롱!!"

꼬마 아이는 매우 빠른 속도로 화장실에서 나와 쏜살같이 어디론가 사라졌다. 남자 화장실에선 푸름의 억센 비명 소리만이 들려오고 있었다.

"하하하. 10점이래, 10점. 어떡해. 너무 우스운 점수 아니야? 어떻게 50점도 아닌 10점이야? 정말 인생 그대로의 점수를 받았어. 하하하."

배를 움켜잡고 웃고 있는 장미. 안 그래도 흥분한 푸름은 미칠 듯 장미에게로 달려들었다.

"변장미, 죽을래?"

"언니, 참아!"

화이가 아니었으면 순식간에 싸움이 날 뻔했다.

"지우현! 이건 무효야, 무효! 나 다시 하겠어."

"안 돼. 넌 10점이야. 벌써 적었어."

단호한 우현의 말에 푸름은 더 이상 어찌할 도리가 없었다. 여유를 부리며 화장실 안으로 들어가는 장미. 이번 게임도 푸름의 패배란 말인가. 푸름은 거의 폐인 수준의 표정으로 바닥을 긁고 있었다. 푸름은 타 들어가는 심정으로 장미가 들어간 남자 화장실을 바라보았다.

드디어 한 남자가 화장실로 들어가려 하고 있었다.

"들어간다. 준비해."

우현의 신호가 끝난 후 그 남자가 화장실 안으로 들어가는 찰나 빠른 속도로 뛰어들어 가는 웬 할아버지. 덕분에 남자는 잠시 주춤거리다 뒤에서 함께 온 여자가 불러 화장실을 들어가다 말고는 다른 곳으로 가버렸다. 당황스러운 상황이었다. 영문도 모른 채 화장실 안에서 사람이 들어오기만을 기다리고 있는 변장미.

장미는 발소리가 들리자 과감하게 노래를 시작했다. 어차피 푸름이 10점을 받았으니 그렇게 힘들게 애쓰지 않아도 될 거라는 생각에 왠지 모를 자신감으로 가슴이 벅찼다.

"다가설 용기가 왜 내겐 없는지 그대가 오길 기다리는 내 맘 아는지 어쩌면 그대가 날 알고 있을까. 하지만 그저 스치듯이 지나치잖아."

볼일 보기를 마친 할아버지는 들려오는 노랫소리에 뒤를 돌아서서 두리번거린다. 그리고 이윽고,

"뭐여? 웬 노랫소리여? 별일이네."

그리곤 화장실을 나가 버렸다. 느닷없이 멀어지는 발소리에 당황한 장미는 급기야 멀어져 가는 누군가를 불러야 했다.

"저기요! 여보세요! 저기요, 저 노래하고 있거든요? 저 노래 점수 주셔야 되거든요?"

전혀 무응답. 다급해진 장미는 화장실 문을 열고 나왔지만 아무도 없는 썰렁한 화장실 안.

"아악! 말도 안 돼! 어디 갔어? 어디 갔어!! 점수를 줘야 한다구!! 20점이라도 괜찮아! 점수 줘! 점수 달란 말이야!!"

상황은 대역전이었다. 4위에서 3위로 올라선 푸름은 당당하게 어깨를 펴고 울상을 하고 있는 장미를 향해 최대한의 밝고 명랑한

표정을 보였다. 믿을 수 없다는 듯 장미는 연신 소리쳤고, 다시 하자면서 억지를 부렸다. 하지만 아무리 억지를 핀다고 해도 단호한 우현을 꺾을 수는 없었다.

"장미는 이번 게임에서 4위야."

"아악! 오빠, 다시 해! 다시 하잔 말이야!"

"4위."

순위를 적은 우현이 백화점에서 나가자 2회전 '배스룸'은 끝났다. 전혀 예상치도 못하게 4위로 전락해 버린 장미는 우울한 마음에 대성통곡하며 택시를 타고 사라져 버렸다.

서바이벌 '튼튼 내 거 만들기' 게임은 2회전이 끝난 현재 무척이나 흥미로운 상태였다. 공동 1위를 달리고 있는 윤새하와 강효원. 공동 2위를 달리고 있는 임푸름과 변장미. 전혀 예측 불허의 게임이었다. 과연 누가 황당하고 엽기 그 자체인 서바이벌 게임에서 1위를 할 것이란 말인가. 그것이 이제는 구질스 모두의 공통 관심사가 되어가고 있었다.

#42

[고객이 전화를 받을 수가 없어…….]

벌써 몇 번째의 전화인지 강산과 우현은 모두 전화를 받지 않았다. 오늘은 토요일. 그들이 서바이벌 게임을 한창 진행하고 있을 시간이었다. 궁금한 튼튼이 전화를 몇 번씩이나 해보았지만 연락이 되지 않았다.

"그래, 강산아! 네가 무얼 하든 관여는 하지 않겠다만 제발 나한테 이상한 짓을 하는 게임은 아니길 바라! 난 널 믿고 싶어, 백강산!!"

믿고 싶었지만 아무래도 개운치 않은 것은 사실이었다.

튼튼은 왕엄마네 가게로 걸음을 옮겼다.

"왕엄마, 나 왔어!"

"튼튼이 왔냐? 밥은?"

"배가 하나도 안 고파. 내 배가 이상해. 혹시……."

"혹시?"

"왕엄마 봐서 좋아서 배고픈 것도 잊은 것 아니야?"

튼튼이 듣기 좋은 넉살에 왕엄마의 눈가에 주름이 생겼다. 이렇게 한 번씩 보이는 애교에 왕엄마는 하루 종일 피곤했던 몸이 일순 녹아지는 듯했다.

손님이 가고 난 후 치우러 가는 왕엄마를 자리에 앉혀놓고는 자신이 손수 치우기 시작했다. 그런 튼튼이 안쓰러운 왕엄마가 일어서면 튼튼은 인상을 쓰며 다시 자리에 앉혔다. 왕엄마는 웃음이 절로 나온다. 그녀는 튼튼과 화이 보는 낙으로 세상을 산다. 가끔 가슴이 치밀 만큼 슬퍼질 때도 있지만 그녀는 이젠 가슴 한 켠에 담고 살기로 했다. 잊은 듯, 잊지 않은 듯 그러다 생각나면 가끔 지난 세월에 소주 한 잔을 입에 털어놓을 수 있을 만큼만. 그렇게 담고 살기로 작정했다.

"그 가운이란 아이 말이야."

"가운이?"

"그래. 어른스러워 보이더라."

"얘개~ 장가운이?"

"응. 그때 왔던 애들 중에선 가장 어른스러워 보이던데? 차분해 보이고."

"큭큭, 그럴지도 모르지."

가운이 어른스럽다는 말에 웃음이 나온다. 하기야 어른들 눈에 그렇게 보이는 건 당연한지도 모르겠다. 장미나 푸름을 보면 도저히 어른스럽다라는 말이 나오지 않는 것을 보면 말이다.

"왕엄마, 가운이 예쁘지?"

이번에 왕엄마가 웃는다. 튼튼이 한 사람을 놓고 이렇게 얘기하는 것은 처음 있는 일이었다. 예쁘지? 착하지? 괜찮지? 라며 묻는 튼튼의 마음속엔 이미 장가운이란 아이가 반 이상을 차지하고 있는 것이 틀림없었다.

"왕엄마가 화이한테 좀 물어봐, 요즘 강산이랑 우현이랑 뭐 하고 다니냐구."

"그 녀석들 아주 웃기는 괴짜들이야."

"그러게 말이야."

"아줌마들이랑 강산이 얘기 하면 얼마나 웃는지 모르겠다."

"가끔 내 친구인 것이 무서울 때가 있어."

"그런 친구가 있어야 나중에 돌이켜보면 웃고 하는 거지. 안 그 라?"

"하긴. 나 이만 가볼게. 왕엄마, 일 그만 하고 집에 들어가서 쉬 어."

"내 걱정은 말고. 늦겠다. 어서 가봐."

"응. 왕엄마, 나 간다!"

식당에서 나온 튼튼은 집으로 가기 위해 버스 정류장으로 걸음을 옮겼다. 부재중으로 자신의 번호가 떴을 텐데 전화가 아직도 없는 것으로 보아 강산은 서바이벌 게임에 푹 빠진 것이 분명했다. 하루 종일 연락이 없는 가운이 조금은 야속했는지 튼튼은 가운의 번호를 보곤 입을 삐쭉 내민다.

"쳇, 그래, 그래. 심판 보시느라 바쁘다 이거지?"

봐주는 셈치고 튼튼이 먼저 가운의 번호를 눌렀다.

[응.]

가운의 목소리다. 목소리를 듣자 이내 함박웃음이 되어버린다.

"뭐 하고 있었어?"

[지금 집에 들어왔어. 넌 하루 종일 뭐 했어? 연락도 없구.]

"연락두 없구? 쳇. 누가 할 소리인데!!"

[헤헤~]

그때였다. 누군가가 튼튼의 어깨를 잡았다. 통화하고 있던 튼튼이 뒤를 돌아보았을 땐 왠지 낯설지 않은 얼굴이 있었다. 예전에 아무 이유 없이 공원에서 튼튼을 건드렸던 그 아이들이다. 짧은 커트 머리의 남자. 박재성이다. 튼튼은 안다. 재성이 왜 자신을 찾아왔는지 말이다.

"잠깐 얘기 좀 하자?"

재성이 말했다.

[튼튼아, 왜 대답이 없어?]

"내가 나중에 다시 전화할게."

[응?]

튼튼은 전화를 끊었다. 재성은 튼튼에게서 휴대폰을 빼앗아 전화 목록을 확인하곤 비웃음을 지었다. 재성의 행동에 튼튼의 얼굴이 처음으로 굳어졌다.

"너 아주 개새끼구나? 남의 물건 참 잘 뺏네?"

재성이 약 올리듯 비아냥거리고 있었지만 튼튼은 전같이 웃고 있지 않았다. 재성의 행동에 잘 웃어넘기는 그가 이번엔 단단히 화가 난 것이었다.

"얘기하러 가자."

"그래. 우리 얘기나 오늘 한번 길게 해보자구. 널 기다리는 사람도 있고 하니."

재성은 여유를 부리며 앞장서서 걸었고, 그 뒤를 튼튼, 그 뒤를 세 명의 녀석들이 따라 걸어오고 있었다.

재성은 한적한 공터에서 걸음을 멈췄고 그곳에서 누군가를 불렀다.

"데리고 왔다. 나와라."

그러자 어둠 속에서 또각또각 발소리가 들려왔다. 누군지 알 것 같았다. 이한샘이다.

"한샘아, 이 새끼 싸움 좆도 못하니까 그냥 반 죽여 버려. 쉽게 끝날 거야. 약골이거든~"

또 한 번의 비아냥거림.

한샘과 튼튼은 얼굴을 마주하고 섰다. 한 사람은 이글이글 타오르는 질투심으로 미쳐 버린 듯한 얼굴을 하고 있었고, 한 사람은 담담한 얼굴을 하고 있었다.

"내 경고, 너한테 씨도 안 먹혔냐?"

한샘이 물었다.

"몰랐는데 내 낯짝이 상당히 두껍나 보다. 씨도 안 먹혔네?"

"도둑질에 상당한 끼가 있나 보다, 너?"

"낯짝도 두껍겠다, 못 하는 게 뭐가 있겠어? 안 그래?"

"훗, 내 체질상 원래 싸움 못하는 새끼는 취급도 안 하는데 넌 오늘 좀 맞아줘야겠다."

분노에 찬 한샘이 튼튼의 얼굴로 향해 주먹을 쳐 올렸을 때였다. 누구도 예상치도 못 하게 한샘의 주먹을 튼튼이 한 번에 잡아내렸다. 그 모습에 어이가 없어진 재성이 튼튼의 배를 가격했다.

재성이 다시 한 번 칠 그 순간 분위기는 걷잡을 수 없을 만큼 고요
해졌다. 튼튼이 재성을 단번에 쓰러뜨렸기 때문이다. 대한공고의
알아주는 싸움꾼 박재성을 말이다. 믿을 수 없는 상황이었다. 재
성이 일그러진 얼굴로 보자 튼튼이 입을 열었다.

"난 원래 한 번만 참아."

#43

"한주먹 쓰신다 이거야?"

한샘이 말했다. 그의 말에 튼튼이 입을 비튼다.

"봐주는 것도 여기까지야."

"봐주는 것도 여기까지라? 훗, 봐주는 것도!!"

"도둑질이라고 했냐?"

"그럼 이게 도둑질이지. 아니면 넌 뭐라고 생각해?"

"도둑놈이 왜 훔치는 줄 아냐?"

"원래 남의 것이 커 보이는 법이거든."

"아니, 틀렸어. 허술해 보이기 때문에 훔치는 거야. 저 정도면
가질 수 있겠다 싶어서 말이지. 그래서 훔치는 거야."

참고 있던 한샘이 튼튼의 멱살을 잡았다.

"그럼 내가 허술해 보이기 때문에 이따위 짓을 한다는 거냐? 장
가운 정도면 가질 수 있겠다 싶어서 너 지금 수작 부리고 있는 거
냐구?!"

"이한샘, 단단히 착각하고 있어, 지금."

"착각? 무슨 착각이라는 거냐?"

"날 시원찮은 도둑놈으로 말이지. 내가 너 따위가 허술해 보이기 때문에 시작을 했겠냐? 너 따위가 허술해 보여서 그렇게도 어려운 장가운 사랑하고 있겠냐?"

튼튼의 물음에 한샘은 말문이 막혔다.

"나도 경고 하나 하자."

사늘한 튼튼의 시선. 얼어붙어 버린 듯한 차가운 얼굴. 그에 비해 금방이라도 터질 듯한 한샘. 극과 극이었다.

"내 사랑을 욕보이게 하지 말아라."

한샘이 튼튼의 멱살을 꽉 움켜잡았다가 이내 놓았다. 튼튼은 왔던 길로 방향을 틀었다.

악에 찬 한샘이 울분을 토하며 말했다.

"나만 보던 애야! 나만 보던 애라구! 네까짓게 뭔데 그 애를 가지려는 거야! 네가 뭔데 날 이렇게 화나게 만드냔 말이다!! 강튼튼, 대답해!!"

튼튼은 대답하지 않았다. 걸음을 멈추지도 않았다. 그렇게 한샘의 시야 속에서 사라져 갔다.

튼튼은 가운네 집 앞으로 왔다. 하지만 벨을 누르지는 않았다. 그저 가운의 방만을 물끄러미 바라보았다.

"가운아, 나 오늘 나쁜 짓 했다. 그러면 안 되는 건데…… 사실은 내가 진짜 나쁜 놈인데 나도 모르게 화가 나서 더 큰소리 뻥뻥 치고 말았어."

얼굴 위로 떨어지는 한 줄기 하얀 눈물.

"왜 화가 났는지 알아? 부러워서…… 이한샘 그 자식이 부러워서 화가 났다. 참아야지, 참아야지 하면서도 부러워서, 못내 부러워서 못 참겠더라. 자식…… 조금만 참아주지. 조금만 기다려 주지. 그럼 너 돌아갈 텐데…… 내게서 잠시 머물다 돌아갈 텐데…… 몇 개월만 참으면 될 텐데…… 고작 그 몇 개월을…… 어떤 새끼는 평생을 참으며 살아야 할지도 모르는데……."

끝내 그 하얀 눈물은 참지 못하고 폭포수가 되어버렸다.

"너의 마지막은 내가 아니라고 했잖아. 이한샘이 마지막이라고 했잖아. 어차피 그 자식이라고 했잖아. 알면서도 네 곁에 있고 싶었어. 알면서도 내 옆에 두고 조금만 행복하자고 했어. 가운아, 언젠가는 보내야 할 너를 내 옆에 두면 둘수록 왜 이리 못난 새끼 마냥 잡고 싶은 건지 모르겠다. 이게 사랑이 아니라 욕심이면 좋겠다. 욕심이 지나쳐서 이러는 거라 믿고 싶다. 사랑이면…… 내가 널 어떻게 보내."

꿈이라도 좋다. 거짓말이어도 좋다. 가운이 한 번만이라도 자신을 잡아주기를 바랐다. 자신의 곁에 있겠다는 말을 하기를 기대했었다. 하지만 한 번도 꿈이라도, 거짓말이어도 그런 말은 하지 않았다. 단 한 번도.

"언젠가는 보내야겠지…… 언젠가는 가야겠지…… 그런 널 위해서 나 못나게 굴지 않아야 할 텐데…… 마음 단단히 먹고 너 보내야 하는데…… 벌써부터 이렇게 눈물나서 그때 가면 난 어떡하나. 병신같이 눈물부터 나는데 난 정말 어떡하나."

"거기 튼튼이니?"

가운이었다.

튼튼은 재빨리 얼룩진 얼굴은 손을 닦았다. 그리고 돌아선다.

"어, 가운아. 어디 갔다 와?"

"잠깐 슈퍼에. 참, 아까 무슨 일 있었어? 갑자기 전화를 끊길래……."

"무슨 일이 있어~ 아무 일도 없었어."

튼튼과 가운은 집 앞 계단에 앉았다. 가운은 슈퍼에서 사 온 음료수를 튼튼에게 건넸다.

"대접할 게 이것밖에 없네."

"계단도 집이야? 쿡."

"대접이란 단어가 꽤 어색했지? 얼른 마시기나 해."

가운은 음료수를 마시고 있는 튼튼을 물끄러미 바라보았다. 언제나 싱글벙글이다. 언제나 웃고 있다. 그래서 보는 내내 즐거움을 선사해 주는 사람이다. 보기만 해도 웃음이 나는 그런 사람.

"튼튼인 항상 웃고 있어서 좋아."

“응.”

가운은 몰랐다. 그렇게도 항상 웃고 있는 사람이 불과 몇 분 전만 하여도 자신의 방 창문을 보며 슬픔 가득 배인 두 눈으로 울고 있었다는 것을 말이다.

“그렇게 늘 웃었으면 좋겠어. 난 웃는 네 모습을 정말 좋아하니까.”

“응.”

“나 이만 가볼게. 얼른 집에 들어가.”

음료수를 다 마신 튼튼은 자리에서 일어서 가운에게 웃음 한번 지어주곤 돌아섰다.

집으로 들어온 가운은 소파 위에 올려져 있는 휴대폰을 보았다. 슈퍼를 간 사이 한샘에게서 전화가 왔었던 모양이다. 부재 중 전화만 하여도 10통이나 와 있었다.

미친 듯 가운에게 전화를 걸고 있던 한샘. 열 번 이상의 시도 끝에 드디어 가운의 목소리가 들려왔다.

[응.]

“왜 이제야 받아! 왜 이렇게 늦게 전화를 받냐구!!”

[미안. 잠깐 슈퍼 갔었어.]

“전화기 항상 들고 다니라고 했지!”

[너 이상하다. 무슨 일 있어?]

"말할 거야."

[뭘?]

"부모님한테 너랑 나 약혼한다고."

일순 머리가 정지된 느낌이다.

[아직은 보류하기로 했잖아.]

"보류? 그 딴 것 필요없어. 난 한다면 해. 알겠어? 나 이제 그만 미치게 만들어. 너 때문에 이미 돌아버렸으니까 더 이상 미친놈 만들지 말란 말이야!"

가운과의 통화를 끝낸 한샘은 재성의 만류에도 불구하고 눈앞에 보이는 대로 부수기 시작했다. 더 이상 참을 수가 없었다. 이대로 참아버리면 숨이 막혀 가만히 있을 수가 없었다.

"나도 경고 하나 하자."

"내 사랑 욕보이게 하지 말아라."

"강튼튼! 경고? 네까짓게 나한테 경고를 했어? 내 사랑 욕보이게 하지 말라고? 그런데 이걸 어쩌지? 네까짓게 아무리 날뛰어봤자 난 가운이 포기 안 해. 가운인 아무한테도 못 줘. 약혼할 때 네 새끼의 어두운 표정 기대하고 있겠다."

제7화

자존심

#44

영어 단어를 보고 있던 새하는 어깨가 뻐근할 정도로 아팠다.
잠시 쉴 겸 자리에서 일어나 방을 나왔다. 일층으로 향한 계단을
내려가다 보니 엄마와 아빠가 이야기를 나누고 있었다. 새하는 본
의 아니게 그 대화를 엿듣게 되었다.

"태광그룹 강 회장 알지?"

"그럼요, 알고말고요."

"그 강태형 회장의 외아들이 영재라는 소문이 자자하더군."

"어머, 그래요?"

"전교 1등은 물론이고 전국에서도 1등을 한다던대?"

윤정식의 말에 민경애가 놀라운 듯 입을 다물지 못했다. 윤정식은 계속해서 강태형의 외아들에 대해 말했다. 윤정식은 강태형의 외아들에 대해서 들은 지 얼마 되지 않았다. 최근에 기업의 모임에서 여러 사람들의 입에 오른 강 회장의 아들에 대해 듣기 시작했고 귀가 솔깃했던 것이다. 사실 윤정식뿐만 아니라 딸을 가진 사람들은 모두 한 번씩은 강태형의 외아들에 대해 생각하고 있었던 것이다. 다만 윤정식이 조금 늦은 것뿐이었다.

"그래서 강태형 회장의 외아들에 대해 알아봤더니 우리 새하와 같은 학교에 같은 반이더군."

"어머머! 여보, 그 말이 정말이에요? 우리 새하랑 같은 반이라구요?"

"그렇다니까. 이름이… 강튼튼이라고 했지, 아마?"

윤정식의 말에 새하는 놀라고 말았다. 튼튼이 태광그룹의 아들인지는 몰랐다. 단지 부유한 계층의 아이일 것이라고 생각은 했지만 그 정도일 줄은 꿈에도 몰랐다. 어쩜 그렇게도 철저하게 가리고 있었던 것인가. 더욱더 흥미로워지기 시작했다. 강튼튼이라는 아이에 대해서 말이다.

"약혼시키는 게 어떻겠어?"

"약혼이요? 아직 어린데 괜찮을까요?"

"약혼에 나이가 무슨 상관 있어? 내년이면 20살인데, 다 큰 청년이지. 그리고 지금 약혼부터 해둬야 혼사가 더욱 빠르게 진행되는 법이야."

"하긴 태광이 우리 쪽과 손잡는다고 해서 아쉬울 것은 없지요. 그리고 우리 새하도 어디에 내놓아도 손색이 없는 아이구요."

"그걸 말이라고 해? 우리 새하면 천하의 영국 귀족도 울고 갈 정도지."

"여보, 그런데 새하가 과연 좋다고 할까요?"

"흠, 싫다고 해도 별수있나. 설득시켜 봐야지."

새하의 딱 부러지는 성격을 아는 윤정식과 민경애는 사실 걱정이 앞섰다. 새하에게 약혼이라는 것을 말하는 것과 그것도 자신과 같은 반 남자 아이라니 새하가 놀랄 것은 당연한 일이었다.

"아빠, 엄마, 전 좋아요."

새하가 계단에서 마저 내려오며 말했다.

"새하야."

"아빠, 강튼튼이라면 약혼해도 좋아요."

"튼튼이를 아니? 하긴 같은 반이니……."

"내가 좋아해요."

윤정식과 민경애는 놀랐다. 대뜸 좋아한다니… 새하가 강 회장의 아들을 좋아하고 있을 줄은 꿈에도 몰랐다. 그들이 어렵게 다가갈 일이 손쉽게 풀리고 있는 느낌이었다.

다음날, 윤정식은 강태형을 찾아갔다. 자신의 딸 윤새하와 강태형의 아들 강튼튼의 약혼을 위해서 말이다.

"이런… 선진그룹 회장께서 어인 일이십니까?"

"오랜만입니다, 강 회장."

"앉으시죠."

"요즘 불황인데 태광은 좀 어떠합니까?"

"모든 기업들에게 지금 이 시기가 가장 힘든 건 당연한 것 아니겠습니까. 이겨내려고 열심히 발버둥 치고 있죠. 선진은 윤 회장께서 어련히 잘하고 계시겠죠?"

"나 사실은 강 회장한테 간곡한 부탁이 있어 왔습니다."

"간곡한 부탁이라뇨? 허허, 윤 회장께서 부탁이라니… 무조건 들어드려야지요. 부탁이 무엇입니까?"

요즘 같은 불황에 선진의 회장 윤정식이 태광의 강태형한테 부탁할 것이라고는 단 한 가지밖에 없었다. 그 한 가지를 이룸으로써 또 다른 하나를 얻을 수 있으니 일석이조였다. 모두가 상부상조하는 길이었다.

"우리 기업과 손잡읍시다."

윤정식의 말에 강태형이 그만 놀라고 말았다. 선진과 손을 잡는 것은 태광에 큰 도움이 되는 일이었다. 자본이 탄탄한 기업. 선진그룹은 모든 기업들이 탐내는 기업이기도 했다. 모두들 앞다투어 선진과 손을 잡기 위해 부단히 노력을 했지만 그것은 좀처럼 성사되지 않았다. 그만큼 윤 회장은 철저한 인물이었다. 자신에게 도움이 되지 않는 이상 상대방이 내민 손을 매섭게 외면했다.

그런 선진이 먼저 손을 내밀고 있었다. 이건 분명 어떤 일이 있어도 승낙을 해야 하는 일이었다. 설사 윤정식이 말도 안 되는 조건을 내세운다고 해도 말이다.

"대신 강 회장이 내게 줄 것이 하나 있지."

"벌써부터 긴장이 되는군요."

"강 회장, 아주 좋은 아들을 두었던데……."

"우리 튼튼이 말입니까?"

"소문이 아주 자자해. 아주 영리하다고 하던데… 내 한번 만나 보고 싶군."

"자리 한번 만들어야겠군요."

"난 그 자리에 우리 딸과 함께 나갈 생각인데……."

윤정식은 말끝을 흐리고 있었다. 하지만 강태형은 그의 생각을 꿰뚫고 있었다. 윤정식이 바라는 것은 분명히 자신의 아들과 윤 회장 딸의 만남일 것이다. 의외로 강태형이 생각했던 것보다 훨씬 더 간단한 일이었다.

윤정식의 생각을 읽은 강태형은 자신이 먼저 입을 열었다.

"윤 회장, 약혼은 어떻습니까?"

"하하하!"

윤정식이 크게 웃었다.

"역시 강 회장 앞에선 내가 조금도 늦출 수가 없군 그래."

"태광의 자식과 선진의 자식의 만남이라…… 이거 세기가 주목할 만한 일이군."

"아시는지 모르겠지만 우리 여식이 미래고등학교를 다니고 있습니다."

"하하, 이런 우연의 일치가 있단 말입니까? 우리 아들도 그 학교를 다니고 있죠."

"뿐만 아니라 같은 반이더군."

"하, 이런, 그 녀석들 이미 만나고 있으니 쉽게 일이 진행되겠군요."

모든 것이 윤정식과 강태형의 뜻대로 되어가고 있었다. 마치 미리 딱 맞추어놓은 것마냥 한 치의 오차도 없이 일이 진행되자 그들 또한 새삼 놀라고 있었다.

"그나저나 우리 딸은 좋다고 하던데 튼튼 군이 어떠할지 모르겠군."

"오, 이런. 윤 회장의 여식이 좋다고 하던가요?"

"그 녀석은 튼튼이를 벌써부터 마음에 품고 있더군요. 하하하, 요즘에는 여자들이 더욱 적극적이라더니, 우리 딸이 그럴 줄은 누가 알았겠습니까."

"우리 튼튼이야 제 어미가 시키는 건 뭐든지 다 하는 녀석이니. 우리 쪽도 큰 걱정은 없으셔도 될 것입니다."

"튼튼 군이 효자군요."

"그런 효자가 또 어디 있겠습니까?"

"하하하, 그럼 난 강 회장의 뜻 충분히 알고 가겠습니다. 오늘 찾아오기를 잘한 것 같군요. 우리 좋은 인연 맺읍시다."

윤 회장과 강 회장의 악수는 모든 일이 그들의 뜻대로 되어가고 있다는 것을 암시했다. 이제 남은 것은 그들이 꿈꾸는 것들을 하나씩 하나씩 성사시켜 나가는 것뿐이었다.

#45

여인클럽이 맞이하는 세 번째 토요일. 그들은 오늘의 서바이벌 게임에 또다시 당황하고 말았다. 오늘은 세 번째와 네 번째 게임을 동시에 한다고 했다. 세 번째 게임은 '튼튼 손톱 내 거'였다. 말 그대로 튼튼의 손톱을 가져와야 하는 게임이었다. 가장 많이 가져온 사람이 최후의 승리자였다.

푸름과 장미는 손톱 깎기를 들고 잔뜩 벼르고 있었다. 흥분한 푸름과 장미와는 달리 보이지도 않는 효원과 조용히 자리에 앉아 있는 새하였다. 푸름은 그런 새하가 참으로 대단해 보여 말을 붙여보았다.

"야, 윤새하, 넌 안 갈 거야?"

"여기서 4위를 해도 난 상관없을 것 같아. 너희들이나 열심히 해."

"뭣이?!"

"열심히 하라고. 왜, 불만이니?"

"헉! 야, 윤새하!!"

"참아. 상종할 것도 없다구."

장미가 푸름을 말렸다.

"잘난 척 왕내숭쟁이."

장미의 말에 새하가 미소 지었다.

"알고 있어."

"푸름 언니, 가자!"

알고 있다는 새하의 말에 더 약이 오른 장미가 푸름을 질질 끌고 식당에서 나왔다. 그 와중에도 푸름은 장미가 자신을 언니라고 부른 것에 감격해서 어쩔 줄을 모르고 있었다.

"야, 변장미! 네가 이제야 제정신으로 돌아왔구나."

"뭐가?"

"자식, 이제야 언니를 언니라고 부르는구나. 난 알고 있었어, 넌 무척 착한 아이라는 걸 말이야."

"새하 저년보다는 나은 것 같아서! 난 사실 내숭 떠는 것들보단 언니같이 털털한 사람이 좋거든. 그래야 튼튼 오빠도 여자로 보지 않을 거구."

"응??"

"아니야. 언니, 어서 가자!!"

장미의 뒷말을 제대로 듣지 못한 푸름은 언니라는 말에 마냥 좋아서 들떠 있었다. 튼튼이 현재 도서관에서 공부를 하고 있다는 말에 도서관으로 맹렬히 쫓고 있는 중이었다. 며칠 뒤에 있을 전국 모의고사 준비를 하고 있다고 했다. 이번엔 기필코 1등을 하겠다는 푸름과 장미의 당찬 의지였다. 하지만 그 의지는 도서관 앞에서 스르르 무너지고야 말았다. 그들이 본 것 중에서 최고로 어이없고 황당한 일이 아닐 수 없었다. 몇 시간 전부터 보이지 않던 효원이 벤치에 앉아서 튼튼의 손톱을 깎아주고 있었다.

"엇, 푸름이랑 장미네. 안녕~"

튼튼이 둘을 알아보고 인사했지만 어쩐지 둘의 반응은 시큰둥했다. 그 모습이 그저 재미있기만 한 튼튼이다.

30분 전에 전화를 걸어온 효원은 튼튼에게 당장 도서관 앞으로 내려오라 했고, 무조건 손톱을 깎아야 한다고 했다. 게임 이야기를 들은 튼튼은 자신을 돕고 있는 효원에게 아무 거리낌 없이 손을 펼쳤던 것이다. 효원은 하나도 빼놓지 않고 열 개의 손톱을 깎아 종이에 쌌다.

"이번에는 내가 1등이네. 나 지금 식당으로 갈 건데 같이 안 갈래?"

환하게 웃고 있는 효원이 이 순간 가장 얄밉게 느껴졌다.

가벼운 마음으로 효원이 앞서서 걸었고, 얄미운 마음으로 푸름과 장미가 으르렁거리며 뒤따라 걸었다. 푸름과 장미가 언제부터 저렇게도 사이가 좋았단 말인가. 둘은 장단을 맞춰가며 이야기꽃을 피우고 있었다.

"그래도 새하 그 지지배보다야 저 아이가 낫지. 안 그래?"

"당연하지. 난 윤새하 정말 싫어!!"

"맞아. 나도 싫다니까! 예쁘면 다야? 인물이 좀 되기로서니 어디서 잘난 척이야? 사실 그 애가 예쁜 건 사실이지만 뭐니 뭐니 해도 애교는 장미, 너 아니냐? 아무리 얼굴이 예뻐도 애교가 없으면 꽝이라니까. 여자는 애교가 짱이야."

"호호호. 사실 그렇기야 하지. 그리고 말이 나와서 그렇지, 얼굴만 예쁘면 뭘 해? 여자는 애교가 있어야지. 언니처럼 말이야. 안 그래?"

"어머, 역시 너와 난 통하는 데가 있었구나."

"그러게 말이야. 이제야 발견하다니 너무 아쉽다. 그치?"

앞에서 걷던 효원은 둘의 대화를 듣고 웃음을 참느라 혼났다. 대놓고 웃기도 뭐해서 혼자서 킥킥거리며 도둑웃음을 지어야 했다. 아무리 보아도 잘 어울리는 한 쌍이었다. 저 사이가 언제까지 갈지는 두고 봐야 했다. 제발 하루만이라도 넘어가기를 바라고 있었다.

식당 안으로 모인 여인클럽과 구질스는 주말의 바쁜 시간을 보내고 있는 왕엄마네 식당을 몇 시간 돕기로 했다. 사실 오늘 10시부터 있을 네 번째 서바이벌 게임은 왕엄마네 식당의 방 한 칸을 하루 빌려 진행하기로 했다.

"여기요!"

한 손님이 손을 들자 가운이 빠르게 대답하며 뛰어갔다.

"여기 김치 좀 더 주시겠어요?"

"네, 바로 드릴게요."

그런 가운의 모습을 멀리서 본 왕엄마는 흐뭇한 듯 웃고 있었다. 보면 볼수록 마음에 드는 아이였다.

9시가 되자 가게 안은 제법 한가해졌다. 왕엄마는 하루 종일 일한 탓에 온몸이 다 뻐근했다. 어느새 화이는 왕엄마의 곁으로 와 어깨를 주물러 주었다.

"어깨 주무르는 건 튼튼 오빠가 짱인데. 그치, 엄마?"

"그렇지. 튼튼이 손이 시원하지."

"엄마, 호랑이도 제 말 하면 온다더니 오빠 왔다."

화이의 말대로 튼튼이었다.

튼튼이 오자 푸름과 장미는 좋아 죽겠다는 표정을 지으며 달려들었다.

"오빠, 나 오늘 가게 일 도왔어!!"

"나도, 나도! 장미랑 나랑 열심히 했어!!"

둘은 튼튼의 팔을 하나씩 차지하며 오늘 일에 대해 신나게 설명해 주고 있었다. 보상 심리라고 해야 할까? 열심히 했으니 칭찬해 줘라! 이거였다. 그들의 마음을 알아차린 튼튼은 한술 더 떠서 말했다.

"이야~ 너무 수고 많았어. 역시 너희들 일 열심히 하는구나. 난 뭐든 열심히 하는 사람들이 좋던데…… 엇! 저기 손님들 나가신다. 상 치워야겠다!"

"어머머, 어서 가야겠다."

푸름이 손님이 나간 상으로 가자 장미도 질세라 뛰었다. 푸름과 장미는 점점 덤 앤 더머가 되어가고 있었다.

튼튼의 시선이 가운과 마주치자 짧게 웃었다. 화이가 왕엄마의 어깨를 주무르고 있자 튼튼은 재빠르게 뛰어와 화이와 자리를 바꾼다.

"이렇게 가게에 있어도 되는 거야?"

"응, 오늘 도서관에서 밤샌다고 했거든. 괜찮아."

"모의고사 준비는 잘되고 있는 거지?"

"그럼~ 열심히 하고 있어. 왕엄마 실망시키지 않을 거니까 걱정 마."

"걱정 안 해. 네가 어련히 잘할까. 믿으니까 걱정 안 한다."

"응."

구질스는 바빠지기 시작했다. 잠시 후 시작될 네 번째 서바이벌 게임을 위해 벌써부터 손님방을 치우기 시작했다. 상을 한쪽으로 모두 치우고 그곳에 베개 4개와 이불 4개를 가지런히 깔아놓았다. 누구라도 자고 싶은 충동을 주는 포근한 느낌을 만들기 위해 열심이었다.

"자~ 이제 모두 들어와!"

강산의 말에 밖에서 초조하게 기다리고 있던 푸름과 장미가 가장 먼저 들어왔고 그 뒤를 이어 새하와 효원이 들어왔다. 가장 뒤늦게 들어온 사람은 튼튼이었다. 튼튼이 들어오자 여인클럽은 놀란다. 튼튼은 게임에 참여하지 못하게 한다고 했었기 때문이다.

"이번 게임에는 튼튼이가 있어도 상관없어. 그러니까 놀라지 마."

강산의 부연 설명이 있고서야 모두들 고개를 끄덕였다.

"이번 '오래 버티기'는 뭐냐면 말이지."

과연 강산이 말하는 '오래 버티기'란 무엇일까. 여인클럽과 구질스, 튼튼의 관심이 집중되고 있었다.

#46

모두의 이목이 집중된 가운데 천천히 강산의 말이 시작되었다.

"지금이 10시. 지금부터 내일 오후 10시까지 잠을 자지 않아야 승리할 수 있는 것이지. 여인클럽 네 사람은 24시간 동안 잠을 자면 안 돼."

강산의 설명에 구질스 멤버들 사이에서 웃음이 터져 나오고 있었다. 가만히 있을 푸름과 장미가 아니었다.

"강산 오빠, 미쳤어? 난 11시만 되면 졸린 사람이야! 지금 무슨 소리 하는 거야!!"

그렇다. 장미의 경우는 일찍 자는 것이 습관이 되어 11시만 되면 잠을 자곤 했다. 그런데 24시간 동안 자지 말고 버티라니……. 죽음의 시간 11시를 어떻게 참으라는 것인가. 그것도 앞으로 1시간밖에 남지 않은 것을. 울화가 치밀고 있었다.

"이봐, 강산, 너 이 게임 일부러 집어넣었지?"

푸름이 말했다.

"무슨 말이야?"

"나 잠 많은 것 알고 일부러 넣은 거잖아! 그치? 너 나 싫어하는구나? 이놈이 일부러 날 지게 만들려고 이런 게임을 한 거야! 그치? 네 이놈!!"

역시 다혈질의 푸름이다. 금세 흥분해 강산을 다짜고짜 밀어붙이기 시작했고, 지켜보던 우현이 푸름을 저지하자 그제야 제정신을 차렸다.

"흥분하지 마, 임푸름."

우현의 조용한 목소리에 푸름이 조금 긴장했다. 평소 조용한 우현의 성격이 푸름에게는 늘 긴장하게 만들었던 것이다.

"너 지우현이라고 했지? 알았으니까 저리 가! 에비!"

우현이 제자리로 돌아가자 푸름이 조용히 숨을 돌린다.

"항상 자신만만인 내가 쟤 앞에만 서면 괜스레 작아지는 것 같단 말이야. 이상해.”

“언니, 혹시 우현 오빠를 좋아하는 것 아니야?”

푸름 옆에 있던 장미가 말하자 푸름이 급격히 흥분하기 시작한다.

“무슨 소리야!! 말도 안 되는 소리 하지 마! 난 오직 튼튼이만을…… 읍!”

순간 당황한 장미가 푸름의 입을 손으로 막았다.

“흥분하지 마. 사람들 듣겠어.”

“아, 알았어. 임푸름, 오버하지 말자.”

그때 튼튼이 백강산에게 말했다.

“우와~ 역시 백강산은 사이코야. 어떻게 이런 게임을 생각할 수가 있는지. 강산아, 여자는 잠이 생명인 것도 몰라? 많이 자야 피부가 탱탱해진다고 했어. 게임도 게임이지만 잠을 안 자는 건 좀 그렇지 않냐?”

튼튼의 말에 푸름과 장미가 눈물을 머금고 다가와 그의 손을 잡았다.

“어쩜 이렇게 마음이 넓을까?”

“왜, 왜 이래?”

푸름은 부드러운 눈빛마저도 공포적이었다. 그에 질세라 장미는 튼튼의 손에 자신의 얼굴을 비비며 그의 넓은 마음을 칭찬했다. 하여튼 한시도 눈을 뗄 수 없는 덤 앤 더머였다.

“만약 이번 게임에서 효원이가 1등을 하면 다섯 번째 게임은 할 수 없어.”

강산의 말에 푸름이 당황했다.

“무슨 말이야?”

“효원이가 두 번째 게임까지 1위였어. 그런데 이번 세 번째 손톱게임에서도 1위를 했어. 새하는 점수가 비교적 괜찮지만 너와 장미는 현저히 다르지. 너희는 세 게임 합계 점수가 겨우 140점이지만 효원의 경우는 280점이라구. 그런데 효원이가 이번 게임도 1위를 한다면 380점으로 너희가 마지막 게임에서 1위를 한다고 해도 이길 수가 없지. 고로 이번 게임에서도 효원이가 1위를 하면……”

“끝이라는 거냐?”

푸름은 마치 사형 선고라도 받은 듯 절망적이었다.

“그렇지.”

“끝이라면…… 튼튼이의 여자 친구는 강효원이 되는 거냐……”

“그렇지. 우리 게임의 취지가 그것이니까.”

“그런데 백강산.”

“응.”

“야!! 너 아까부터 진짜 어려운 단어만 골라 쓴다? 나참, 어이가 없어서! 현저히는 뭐고, 취지는 뭐냐? 너 미쳤어? 네가 그렇게 유식해!!”

“역시 넌 1분도 진지하지 못하구나. 나랑 참 비슷한 아이야. 진지해지지 못하는 것만…….”

그렇다. 모두들 잠시 착각했다. 푸름이 튼튼의 여자 친구가 될 수 없다는 충격으로 잠시 슬퍼졌거나 자신을 다시 한 번 돌이켜보는 중이라고 생각했지만, 1분도 채 안 되어 그 망상들은 모두 산산조각나고 말았다.

“난 절대로 자지 않아!!”

이를 악무는 푸름이 뒤로는 침울해 보이는 장미가 있다. 장미는 벌써부터 잠이 오고 있었던 것이다. 웃고 있는 효원의 옆에는 세 번째 게임부터 왠지 평온해 보이는 새하가 푸름의 눈에 거슬리고 있었다. 이상하다. 확실히 이상하다. 푸름이 입을 열었다.

“야, 윤새하, 넌 뭐냐? 게임엔 관심도 없어 보인다?”

푸름의 말에 새하가 대답했다.

“내가 그래 보여?”

“응.”

“어쩌지? 임푸름, 정확하네.”

모두의 시선 집중이었다. 너무 뜻밖인 새하의 말에 가만히 있을 푸름이 아니었다.

“윤새하, 그 말인즉 넌 게임에 아예 관심이 없다는 뜻이냐?”

“응.”

"하~ 기가 막히네. 너 그럼 무슨 생각으로 이 게임에 참가한 거야? 이건 튼튼의 여자 친구가 되고 싶은 사람들만 하는 거야. 너 생각이 있는 애냐?"

"난 게임에만 관심이 없다고 했어."

"뭐라고?"

"이 게임에서 이기든 지든 어차피 결과는 나와 상관없거든."

"무슨 말이야?"

"너희가 아무리 1등 하여 튼튼의 여자 친구가 된다 해도 튼튼의 부모님들도 인정하실까?"

순간 분위기가 싸늘해졌다. 알 수 없는 말을 한 새하. 새하의 말에 가장 놀란 것은 이 게임의 주인공인 튼튼이었다. 갑자기 그녀의 입에서 나온 부모님. 과연 무슨 뜻일까.

"윤새하, 잠깐 나 좀 보자."

튼튼이었다. 새하는 너무도 자신만만한 표정이었다. 부모님들의 약속이 그녀를 이토록 당당하게 만들고 있었다. 새하의 당당함은 이제부터가 시작이었다.

"아무튼 너희들 앞에서 확실하게 말하겠어. 이런 게임에서 이겨봤자 소용없어. 그리고 백강산, 앞으론 튼튼이를 두고 이런 게임은 하지 말았으면 좋겠어. 네 친구면 함부로 대하지 말아야지, 안 그래? 순 네 마음대로니?"

"윤새하! 나가서 얘기하자고 했지!!"

새하가 강산에게 말하는 태도에 화가 난 튼튼이 소리쳤다. 상황은 더욱 안 좋게만 흘러가고 있었다. 새하의 말은 모두를 고민에 빠지게 만들었다. 부모님들도 같은 생각일까라니……. 그 말이 맞지 않기를 모두 바라고 있었다. 그중에서도 가운은 누구보다 더 간절히 바랐다. 우습게도 가운의 가슴은 새하의 말로 인해 심하게 쿵쾅대고 있었다.

#47

밖으로 나온 튼튼과 새하. 튼튼은 새하가 나오자마자 새하의 손목을 강하게 잡아끌었다.

"너 무슨 말이야? 아이들 앞에서 무슨 말 하는 거야?"

"말 그대로야. 우리 부모님과 너희 부모님이 약속하셨어."

"무슨 약속!!"

"약혼."

새하가 말했다.

"뭐? 약혼?"

튼튼의 눈 밑이 살짝 경련을 일으켰다.

"우리 곧 약혼해."

"씨발! 대체 누가 우리야!!"

"너와 나. 윤새하와 강튼튼."

도저히 믿을 수 없는 말이었다. 믿을 수 없을 뿐만 아니라 이해하고 싶지도 않은 말이었다. 약혼이라니, 튼튼은 미칠 것만 같았다.

"그렇게 벌레 씹은 얼굴 할 만큼 내가 싫어?"

새하가 이를 악물고 물었다. 자존심이 매우 상했던 것이다. 모두의 부러움의 대상이자 선망의 대상인 윤새하를 한 남자가 무참히 밟아버리고 있었다. 화가 나는 것은 튼튼도 마찬가지였다.

"난 좋았어. 우리 약혼 얘기를 듣고 난 좋았는데 넌 고작 이것뿐이니? 네 약혼녀가 될 사람 앞에서 고작 그런 표정뿐이야?"

"윤새하!"

"기억할게. 오늘을 기억할게. 내 자존심을 이렇게 짓밟은 오늘을 꼭 기억하겠어."

새하가 뒤돌아 섰다. 그런 새하에게 튼튼이 다시 한 번 말했다.

"사랑하는 사람이 있어서 그래."

새하가 멈칫했다.

"내 마음을 가져간 사람이 있어서, 나 그 사람한테 미안한 짓은 하고 싶지 않아."

"장가운을 그렇게나 사랑하고 있어?"

차가운 새하의 얼굴에 눈물이 흘러내렸다. 하지만 튼튼은 그런 새하의 눈물을 모르고 있다.

"누군 평생을 가도 하지 않을 우스운 게임을 하고 있는데 넌 그 애만 사랑하고 있어? 어떤 사람은 바보가 되어가는데! 널 차지하기 위해서 그렇게도 미련한 짓을 하는데! 넌 그 사람한테 미안한 짓 하고 싶지 않아서 약혼을 못하겠다는 거야!!"

"새하야……."

"웃기지 마, 강튼튼. 내가 무너진 만큼 너도 무너져야 해. 무슨 일이 있어도 난 약혼할 거야. 성사시킬 거야. 그러니까 넌 따라오기만 하면 돼."

골목 사이로 새하가 사라졌다. 튼튼은 그만 주저앉고 말았다.

가게 안의 기둥 뒤에 숨어서 새하와 튼튼의 대화를 모두 들은 가운은 눈물을 흘렸다. 튼튼의 당당한 이유 앞에서 가운은 한없이 미안해서 가슴이 아팠다.

"튼튼아, 걱정 마. 이제야 알겠어. 나 알 것 같아. 이제 내가 누굴 선택해야 하는지 아주 잘 알겠어. 아주 잘 알 것 같아."

새하는 차로 30분이나 걸리는 거리를 무작정 걸었다. 집으로 가는 지금 이 순간이 새하에게는 곤욕이었다. 집으로 들어선 새하는 엄마를 보자마자 주저앉았다. 모르겠다. 언제부터 이렇게 정신없이 마음을 빼앗긴 것인지, 왜 이렇게 무모한 시작을 했던 것인지. 눈앞이 아득했다.

"새하야, 무슨 일이야? 이렇게 늦게 들어오고 너 정말 무슨 일 있니?"

걱정스러운 눈빛으로 자신을 보고 있는 엄마를 향해 새하는 쓴

웃음을 지었다.

"엄마……."

"그래, 말해 보렴."

"어릴 때부터 내가 가지고 싶은 건 모두 줬잖아. 내가 가지고 싶다는 건 아빠나 엄마, 무슨 수를 써서라도 다 줬어. 그치?"

"그럼. 우리 하나밖에 없는 딸이 가지고 싶다는데 아빠랑 엄마가 못 줄 게 뭐 있겠니. 아무리 어려운 것이라도 꼭 주고 말지."

민경애는 자신의 하나밖에 없는 딸을 꼭 안아주었다. 힘들게 얻은 아이. 그래서 한없이 예쁘고 귀했다. 지금껏 힘든 것이라곤 하나도 없게 키운 아이였다.

"그럼 이번에도 내가 가지고 싶은 것 줄 거지? 그치, 엄마?"

"뭐든지 말만 해. 우리 딸한테 다 줄 테니까. 뭐가 그리 가지고 싶니?"

"나중에 말할게, 엄마. 내 힘으로 갖지 못할 때……."

방으로 들어온 새하는 침대에 누웠다. 새하가 누워 있는 그 침대는 가격이 상당한 것이었다. 프랑스에서 건너온 귀한 수입 가구였다. 언젠가 TV를 보며 무심코 '저것 예쁘다. 가지고 싶다' 라고 말했는데, 일주일 뒤 자신의 방에 그것과 똑같은 디자인의 침대가 있었다. 화장대 보석함에 있는 다이아몬드 반지도, 그에 어울리는 목걸이도, 장롱 안에 있는 값비싼 수많은 고급 옷도 모두 새하가 가지고 싶다는 말 한마디로 쉽게 얻은 것들이다. 너무나 쉽게 얻어서 그 가치를 모를 뿐.

"절대 장가운한테 안 줘. 넌 내가 가질 거야. 안 줘. 절대로!"

강산이 꿈꾸던 서바이벌 게임의 4번째 경기는 더 이상 진행할 수가 없었다. 새하의 말에 그곳에 있던 아이들 모두는 그것이 무엇을 뜻하는지 알 수 있었다. 고요했던 분위기를 지아가 깼다.

"그럼 새하는 부모님들이 인정했다는 소리야? 아니면…….."

"약혼이 아닐까?"

미지였다. 그 말에 장미는 방방 뛰었다.

"말도 안 돼! 절대 있을 수 없는 일이야. 튼튼 오빠의 부모님이라면 우리 부모님들도 안단 말이야! 싫어! 절대 안 돼!!"

이건 장미뿐만 아니라 모두에게 있을 수 없는 소리였다. 잠자코 있던 우현은 방에서 나가 튼튼을 찾기 시작했다. 하지만 튼튼은 이미 없었고 울고 있는 가운만이 자리를 지키고 있었다.

"가운아, 튼튼이는?"

"갔어. 집에 간 것 같아."

"왜 울어?"

"그동안 잘못만 한 것 같아."

"무슨 잘못…….."

"튼튼이한테 너무 큰 상처만 준 것 같아. 내 상처가 두려워서 결국엔 튼튼이에게 상처 주는 일만 하고 있었어."

　가운은 그동안 한샘에게 줄 상처가 두려웠다. 튼튼을 향한 마음을 부정할 수 없었기에 인정해 버린다면 그 마음으로 인해 한샘이 받을 상처가 무서웠다. 그래서 튼튼에게 단 한 번도 갈 수 있다는 희망적인 말을 해본 적이 없었다. 아니, 할 수가 없었다. 한샘에게 줄 상처가 두려워 정작 자신이 사랑하는 사람에게는 상처만 줬던 것이다. 그래서 가운은 마음이 아팠던 것이다.

　"미안해서 곁에 있었어. 죄스러워서 곁에 있어야 한다고 생각했어. 가끔은 이것도 사랑이 될 수 있다고 생각했어. 어쩌면 사랑할 수 있을지도 모르겠다는 생각만 했는데……."

　우현은 가운의 작은 어깨를 어루만져 주었다.

　"가운아, 나도 전에는 소중한 사람이 상처 입을까 봐 내 사랑을 버렸다. 그게 가장 나은 일이라고 생각하고 내 사랑을 버렸어. 그렇게 1년이 지나고, 또 1년이 지나고…… 많은 시간이 지나고 나서야 깨달은 건 내가 너무 어리석었다는 거였어. 결국엔 모두 다 상처 입었거든. 이렇게 될 바에는 내 사랑에게 상처 주지 말 걸. 내 사랑을 힘들게 하지 말 걸. 넌 돌아가지 마라. 네가 가야 할 길로 가라. 그래야 모두가 살더라."

　사랑은 때로 잔혹하다. 그 안에는 선택이란 것도 포함되기 때문이다. 모두들 하나를 선택함에 있어 괴로워한다. 어떤 이는 포기한 채 돌아서기도 한다.

　우현은 포기한 사람이었다. 선택할 수가 없어 포기했던 것이다.

　가운을 찾으러 함께 나왔던 지아와 미지는 본의 아니게 그 말들을 엿듣게 되었다. 결국 미지는 왈칵 눈물을 터뜨렸다. 그때가 생각났다. 너무 힘들고 괴로웠던 그때가 생각났다.

〈2권에 계속…〉

임은희

82. 05. 28(음력)

충북 청주 출생

장안대학교 문예창작과 재학 중

현재는 수원에서 가족들과 살아요

발라드를 무척 좋아해서

슬픈 발라드 찾기가 취미예요 ^^;

진짜 슬프다 싶으면

그 자리에서 바로 눈물 흘리고

내 노래라고 착각하기도……

러브리걸의 소설나라

http://cafe.daum.net/8096

『나는 그놈의 전부였다』 1부

있잖아, 나는 기억할게… 너는 잊어.
애교 아닌 애교로 네게 예쁘게 보이려고 애쓰던 내 모습들 전부 잊고,
네 옆에서 팔짱 끼며 바라보던 내 모습도 잊어.
노래를 부르며 그 노래 주인공이 너라고 하던 말도 잊고,
네 행동에 행복해하던 내 모습들도 잊어.
학교 앞에서 너를 기다리던 내 모습도 잊고,
네 기억 속에서 두 번 다신 살 수 없도록 나를 잊고 또 잊어줘.
그게 네가 나한테 할 수 있는 첫 번째 복수야.
그리고… 윤강연이랑 정말 행복한 모습 내 앞에서 보란 듯이 보여줘.
그게 두 번째 복수야.
잊어야 돼.
기억할게. 나는 잊지 않고 기억할 거야.
준성아… 안녕.

도서출판 **청어람**
부천시 원미구 심곡1동 350-1 남성빌딩 3층 우420-011

E-mail : eoram99@chol.com
☎ 032-656-4452   FAX 032-656-4453

임은희

82. 05. 28(음력)
충북 청주 출생
장안대학교 문예창작과 재학 중
현재는 수원에서 가족들과 살아요
발라드를 무척 좋아해서
슬픈 발라드 찾기가 취미예요 ^^;
진짜 슬프다 싶으면
그 자리에서 바로 눈물 흘리고
내 노래라고 착각하기도…….

러브리걸의 소설나라
http://cafe.daum.net/8096

『나는 그놈의 전부였다』 2부

사회와 부딪치면 부딪칠수록 현실적인 회사원 준희와
그런 준희 앞에서 이상을 꿈꾸는 대학생 준성.
알 수 없는 불안과 오해의 조각들로 멀어지는 두 사람.
마음을 잡지 못하는 준희 앞에 나타난 능력맨 이 대리!!
아직도 준희뿐인 준성이 앞에 나타난 야심찬 십대 얼짱!!
이 대리vs고딩 얼짱. 그 기막힌 사연!

"니가 싫어졌으면 얼마나 좋을까?
어느 날 문득 니가 헤어지자고 해도 슬프지 않게……."

18+23=6 그놈과 나의 사랑은 6살입니다.

도서출판 **청어람**
부천시 원미구 심곡1동 350-1 남성빌딩 3층 우420-011

E-mail : eoram99@chol.com
☎ 032-656-4452 FAX 032-656-4453